故乡的莲溪

周宏伟　著

上海文艺出版社

图书在版编目（CIP）数据

故乡的莲溪 / 周宏伟著 . — 上海：上海文艺出版
社，2024
ISBN 978-7-5321-9001-0

Ⅰ . ①故… Ⅱ . ①周… Ⅲ . ①散文集－中国－当代
Ⅳ . ① I267

中国国家版本馆 CIP 数据核字（2024）第 065432 号

责任编辑　徐如麒
　　　　　毛静彦
装帧设计　长　岛
封面绘画　林　音

故乡的莲溪
周宏伟　著
上海世纪出版集团　上海文艺出版社
上海市闵行区号景路 159 弄 A 座 2 楼　201101
上海文艺出版社发行中心发行
上海市闵行区号景路 159 弄 A 座 2 楼 206 室　201101　www.ewen.co
苏州市越洋印刷有限公司印刷
开本 880×1230　1/32　印张 9　字数 218,000
2024 年 4 月第 1 版　2024 年 4 月第 1 次印刷
ISBN 978-7-5321-9001-0/I·7088　定价：58.00 元

告读者　如发现本书有质量问题请与印刷厂质量科联系
T：0512-68180638

江南风情的忠实记录

——周宏伟散文集序

符志刚

如果说周宏伟是无锡文坛今年杀出的一匹黑马，兴许有人会不以为然，不过当你了解了以下一组数据，可能就会打消这个疑虑。短短一年多时间，他在全国、省、市、区各级文学平台上，累计发表散文百余篇，达十二万多字，其中不乏《北方文学》《天津文学》《海外文摘》《散文选刊》《青春》《红豆》等含金量较高的纯文学刊物，其作品从数量到质量都很不错，令人刮目相看。

我与宏伟第一次相识，是在两年前，区作协"惠山文心"公众号编发他的第一篇散文作品《周家巷》，虽然是处女作，但文笔老练精干，全无青涩之气，令我眼前一亮。进一步了解后才知，他是一名 60 后，文学愤青，早在三十多年前，他就已是《无锡日报》《无锡县报》的骨干通讯员，在一家市属企业里负责宣传工作，转制后下海创业，现为商界成功人士。儿子顺利接班后，他才重新回到阔别了二十多年的文学园地，再拾作家之梦。

宏伟的家乡是惠山区前洲街道。这里是一方底蕴深厚、名人荟萃、诞生奇迹的热土，也是文学的高地，国学大师冯其庸、文学名家周国忠等都出生于此。在他们的影响下，前洲近年来涌现出了一批功底扎实、创作勤奋、成绩傲人的作家，被评论界誉为"前洲现象"。尽管在文学上出道较晚，但宏伟得益于自己丰富的生活阅历积淀和刻苦的阅读学习，厚积薄发，创作势头很猛，大有后来者居上之势。

半个月前，宏伟将他最近一年多来创作和发表的所有散文作品打包发我，嘱我为其散文集写序。因为这是他人生中第一本个人散文集，我十分清楚此书在他心目中的分量，自然不敢草草应付，遂认真仔细地通读了两遍，觉得主要有以下几个特点：

一是通篇洋溢着浓郁的江南风情。宏伟从小就生活在无锡玉祁、前洲一带。这里是典型的江南水乡，也是全国乡镇工业最为发达的地区，寻常巷陌，纵横交错，河塘水泽，星罗棋布，自小就生于斯长于斯的作者，有着异常丰富的生活阅历，经历的故事数不胜数，这些，都成为宏伟笔下取之不尽、用之不竭的创作素材。无论是吴侬软语的有机应用、风俗民情的生动体现，人物故事的娓娓道来，还是山川景物的逼真描摹，都彰显着鲜明的江南地域特色，氤氲着浓浓的江南风情气息。这些作品仿佛是从湿漉漉的江南大地里，刚刨出来的鲜灵灵的莲藕、荸荠，活色生香，充满了生机活力，令人赏心悦目、爱不释手。

二是生动刻画了一批惟妙惟肖、栩栩如生的水乡人物群像图。在宏伟笔下，林林总总的人物有好几十个，有妻子儿孙，有父母兄弟，有亲朋故友，有父老乡亲，有老师和师傅，还有乡野村民，这些人物或工笔细描，或简笔勾勒，或挥洒写意。他们置身于一个个生动有趣的故事里，活跃在一幅幅背景不一的生活场景里，与作者相互交集着，通过他们的爱恨情仇、喜怒哀乐和生老病死，折射出特定时代背景下，生活在江南农村大地上的芸芸众生相。

三是真实本色的情感流露。由于散文抒写的几乎都是真人真事，因而不矫情、不造作。从宏伟作品的字里行间，我们可以逼真地感受到各种丰富的情感，有对父母长辈的拳拳怀念之情，有对人生爱侣的眷眷伉俪之情，有对子女儿孙的殷殷舐犊之情，有对兄弟姐妹的浓浓手足之情，还有对恩师师傅的深深感恩之情，以及对养育自己的家乡故土的无限依恋之情。这些情感，或绵绵无期，或丝丝缕缕，或炽热如火山喷涌，或恬淡如明月清风，交织在一起，构成了宏伟作品的基本情感基调：本色、真实。

四是语言清新活泼，雅俗共赏。宏伟的文字就像他的为人，简单、直率，而又不失幽默。他的作品里，很少有生僻拗口的文字，大都直白如话；而大量方言俚语的有机运用，则有效增强了文字的灵动性和风趣感。作为一名初出茅庐的草根作家，他一方面广泛地阅读国内外优秀作家的作品，另一方面又虚心地拜名家为师，结合自己的勤奋创作，力图探索出一条适合自己的创作之路。从文集呈现的文字来看，宏伟已基本找到了这条路子。

文学是一种高雅的人生苦旅。然而既然你已经选择了她，就必须心无旁骛地走下去，向更高的目标挺进。衷心期待宏伟能以这本集子作为新的起点，创作出更多更好的富有自己特色的文学作品来。

是为序。

2023 年 12 月 5 日于竹心斋

（符志刚，中国散文学会会员、江苏省作家协会会员、无锡市作家协会常务理事、原惠山区文体和旅游局局长、惠山区作家协会主席）

文学路上追梦人（自序）

周宏伟

2022年3月，是近三年中最痛苦的时候。适逢工厂拆迁，转而去金湖创业，经历了大家共同遭遇的那段痛苦的日子，困顿在苏北，足不出户。此时，张书记要我写几篇回忆故乡的文章，终于又触动了我创作的欲望。于是，沉下浮躁了二十多年的心，重新拿起了书本，捡起了几乎生锈的笔。

年轻时，我在市属企业从事宣传工作，自谓正宗的文艺青年。20世纪80年代末和90年代，作为县报的通讯员，在各种媒体上发表过不少文章。不料企业转制，我只好辞职下海，自己开厂创业。沉浮商海，忙忙碌碌，一晃竟然二十多年过去了。在此期间，我从没有正正经经地写过一篇文学性的文章。虽然已为商人，但心中的文学梦，从来没有湮灭。

父亲八十大寿时，四世同堂，家庭成员已有三十几人。在娱乐城拍了许多照片，家里人都说，要编一本《周家往事》，纪念前辈，留传后人，这个重任，我义不容辞。于是，早日完成这件颇有历史意义的家族大事，始终萦绕在我的心头。

几种动因，综合在一起，使 2022 年 3 月成为我文学路上再出发的新起点。无意中见到朋友圈里国忠兄的文章被转发在"惠山文心"里，觉得这个创作平台非常不错，那就先从这里出发吧。

　　回望这一年多来，从第一篇《周家巷》开始，我在惠山区作家协会主办和协办的"惠山文心""惠山新闻报"，无锡市作家协会主办的"无锡作家""无锡文艺界"，中国作家协会主办的中国作家网，大型文学网站"江山文学"，省、市"学习强国"平台，以及《北方文学》《天津文学》《散文选刊》《海外文摘》《今古传奇》《阳光》《都市》《青春》《红豆》《海燕》《雪莲》《作家文摘》《工人日报》《河南工人报》《广西民族报》《无锡日报》《江南晚报》《中国散文家》《中国乡村》等文学期刊和报纸上，发表了上百篇文章。

　　写作过程中，冯其庸学术馆的老馆长冯有责先生，多次为我的文章提供资料，并指导我的创作。刚刚故去的冯军老师，是我年轻时写通讯报道的领路人，他对文学的痴迷令我终身难忘。我还受到了许多前辈和老师的热心指导。前洲的周国忠老师、石惠泉老师、余剑英老师；惠山区作协的符志刚老师、郜峰老师、张秋生老师、陆国忠老师、宋子伟老师；无锡市作协的黑陶老师、陆阳老师、丁一老师、张颂炫老师、江凤鸣老师，他们的点评和辅导，让我获益匪浅。

　　为了提高文学修养，我特意去北京，听了几次名家的文学讲座。梁晓声老师说，写别人的时候，有关自己的内容一定要尽可能少写；王宗仁老师说，写文章最好用词通俗、平实，尽可能少用形容词；

蒋建伟老师说，要坚持自己的特点和擅长，不能人云亦云，否则别人好的东西没学会，自己好的东西全丢了。宜兴的王顺发老师说，写散文很快就会见顶，要尽快向小说发展，这样，才能发挥出你无限的想象力，创作的素材也会源源不断、取之不尽。山月书院的姚勇军老师经常对我说，写文章切入的速度要快，有景、有情、有对话、有感想、描写细腻、生动有趣才能成为好散文。我时常警告自己，虽然目前从商，但过去摆弄文字的时间并不算短，也有了比较丰富的阅历和生活积累，决不能放松对自己的要求，要么不写，要写就尽可能地写好，按照师友们的提点，一步一个脚印，走好自己的文学之路。

你若盛开，清风徐来。共同的志趣，相同的经历，让家乡的一群文友们走到了一起。我们相互鼓励，共同提高，在文学的海洋里遨游，在写作的过程中寻找快乐。

实事求是地讲，由于我长期办企业，对于文学的追求和热爱，确实被耽搁和荒废了多年，缺失了人生中一段重要时期的文化修炼，因此，我的文章始终"尚欠火候"。加之性子又急，不到两年时间就捣鼓出了不少所谓的作品，虽然也算是厚积薄发，但心里总觉惴惴不安。有个前辈老师教导我，要把文章拿出去，大胆地投稿，发表就是硬道理。哪怕有人说你不成熟、不老练，甚至沽名钓誉。这样，至少也是验证自己的一种方式。多出去交流，总比待在家里闭门造车进步快。写作是为了让自己的生活更加地充实和满足，是为了自己更快乐。到了我这样的年纪，多年的江湖练历，心态好了，脸皮也厚了，并不惧怕别人的说三道四。因此，我的文章绝大部分都敢于拿出去发表，哪怕是区县级的文创平台。

令人欣慰的是，本次结集的将近五十篇散文中，有二十九篇在省级以上报纸或文学期刊发表过。当然，这不能说明一切。我自己很清醒，我的文学修养还很肤浅，写作的技巧也有待进一步提高，我诚心诚意地接受各位师友的批评、指正。

文学创作不是我的专业，但却是我一直的梦想。心里有梦，就一定会有诗和远方。愿我的初心，撑开久已梦想的那片天空，成为其中的一片云彩。

2023 年 11 月

目　录
contents

全家福

追梦之旅

故乡的莲溪

梦里水乡

那年我十七岁

全家福

父母的婚礼

1953年12月11日，百年古镇北七房的西街，传来了口琴、风琴和手风琴合奏的婚礼进行曲。在中心小学的大礼堂，正举行一场别开生面的婚礼。

新郎周品泉，我的父亲，年方二十五岁；新娘马敏之，我的母亲，妙龄二十一岁。主婚人是我的奶奶和外公；介绍人是同校的老师许晔、冯永曾；证婚人是郁品泉。大家欢聚一堂，喜笑颜开，祝福这对郎才女貌的新人。

父亲出身贫寒。祖父曾在私塾教书，抗战时期被日本鬼子掳去，未能生还，留下奶奶和六个子女。一家人挤在周家巷低矮的祖屋里，忍饥挨饿，苦苦挣扎。解放军过江后，身为长子的父亲就参加工作，由于表现优秀，很快入了党，成了乡里的农会主任。不久，父亲受命回村办学校，在周家老祠堂里办起了群胜小学。母亲是学校从城里招来的第一个老师。两年后，群胜小学被合并，两人一起调到了北七房中心小学。教学相长中，他俩产生了情愫。

母亲是无锡城里人，家境优渥。外公在中山路上开了几间商铺，生意不错。家里有一架钢琴，母亲在教会学校念书时，弹琴唱歌是出了名的。新中国成立之初，母亲从无锡圣德女子中学高中毕业，报考了哈尔滨一所音乐学院。谁知外婆不忍独女远赴苦寒之地，偷偷把录取通知书藏了起来。母亲被蒙在鼓里，以为升学无望，灰心之余，听说乡下在招教师，便背着心爱的手风琴来到了群胜小学。一张被藏起来的通知书，改变了母亲一生的命运。

结婚那天，母亲剪掉了留了多年的长辫子，特意请人用火钳子烫了卷发。她还穿上了咖啡色的薄呢子料连衣裙，还有黑色的高跟皮鞋。时髦、洋气的装扮，让那些没有见过"世面"的乡下姑娘看直了眼。

父亲用老师们凑份子的钱置办了一套中山装，显得英俊潇洒。只是，两人站在一起时，母亲那双要命的高跟鞋，把父亲本就矮小的身材衬托得更加低矮，观礼的人群中发出一片笑声。拍结婚合影时，生泉阿叔偷偷地往父亲的脚下塞了两块八五砖。

母亲是家中独女，嫁妆自然十分丰厚。十几件檀木家具，几只沉重的樟木箱，堆在周家巷老屋的门前。乡下人哪里见过这样的排场，羡慕得眼睛发直，都说草窝里落了只金凤凰。奶奶笑得合不拢嘴，眼睛眯成了一条缝。

外公却一脸的不高兴。他个子高大，从周家巷那低矮的祖屋出来时不小心被门框撞了一下，头上起了个包。他心里憋屈得紧："什么样的人家不好找，偏偏找了个穷得嗒嗒嘀的，哭的日子在后头呢……"

外婆没去祖屋，和新娘子一起待在中心小学的宿舍里。那里是临时布置的婚房，虽然简陋，但宽敞明亮，很整洁。外婆一直在抹眼泪，知道女儿的婆家很穷，心疼女儿要吃苦头，偷偷地塞给母亲一包金银细软。后来在困难时期，家里常常揭不开锅，母亲忍痛一点一点地拿出去变卖，换来了米粮，支撑着一家人熬过了那艰苦的岁月。

再风光的婚礼，也如烟花那般，璀璨很快就湮灭了，留下的是那漫长的苦难岁月。母亲有一次回娘家，想找些旧棉衣带回去，给孩子们改改做夹袄，翻箱子时无意间看到了那张大学录取通知书，忍不住痛哭一场。擦干眼泪后，她转身回到了乡下，没有和谁说这件事。多年以后，母亲无意中提起此事，我们不禁暗暗叹息：如果母亲心愿达成，她一定会穿着美丽的衣裳，在聚灯光下尽情地歌唱，生活也一定会浪漫而美好。可是，我们又暗暗庆幸，如果母亲没有下乡，哪会有今天的我们！母亲为了父亲，奉献了最美的青春；父亲为了家庭，劳累了一辈子。

父母的婚礼，距今已经七十年了。书房里挂着的那张结婚照，刹那间把那些场景拉近。父母的音容笑貌，犹在眼前。

父亲的遗嘱

秋雨轻轻敲打在黛青色的鳞鳞瓦上，飞溅起一朵朵雨花，沿着瓦槽，经过檐滴的导引，潺潺而泻，砸在坚硬的水泥地上。我推开办公室的窗棂，看窗外秋雨潇潇而下。秋意弥漫，一阵冷风裹着雨点吹进心里，我打了个寒战，不禁想起了八年前那场冬雨，那雨更冷，更凄凉。

2015 年 2 月 1 月，上午 9 时。我正在厂里上班，突然，手机铃声炸响，我一看是大哥来的电话："小弟，父亲不行了，你赶紧回来吧。"

尽管早有心理准备，一刹那，我还是有点慌。

父亲发病后日渐消瘦，吃的东西也越来越少。尽管我们变着法子让他进食，可他就是没有一点胃口。在康复医院特护了半年多，前几天已经失去了医疗的必要，医生说可以回家了。父亲一天比一天虚弱，生命的气息如同风中摇曳的烛火，随时会熄灭。我的心一直揪着，可最后的时刻终究还是要到了。

我机械地打开车门，发动后往家赶，十分钟的路程，显得是那么遥远。车窗外下着雨，却没了雨打的音韵，只剩下对眼睛和鼻子猛烈的冲击，以及天与地密密缝织的灰色。

父亲的脸像一张纸，灰白透明，此刻神情俱无，已是弥留状态。我冲过去握住他的手，还有一点温度，却软绵绵的没了分量。我心里发闷，感觉自己没有流泪，眼镜片子却蒙上了一层热雾，喉咙发干，嘴巴像被什么东西粘住了。大姐在一旁喊："小弟回来了，小弟回来了，爸爸醒醒，爸爸醒醒……"

父亲没有反应，大家的心里一片冰凉。我握着这熟悉又突然变得陌生的手，颤抖不已。突然，父亲眉睫动了，仿佛被大家的哭喊声惊醒，眼皮颤动，嘴巴张开，可是，似乎又被千斤重担压着，睁不开眼，也发不出一点声音，眼角却有泪水缓缓地流淌下来。父亲一定也舍不下我们啊，我赶紧用力抖动父亲的手，大声地呼唤："爸爸，爸爸……"

父亲不再有一丁点生命的气息，我终究没能把他拉回来。父亲去了，从此，我们再也没有父亲。男儿有泪不轻弹，如果眼泪能换回父亲，哪怕再让他多留一天，我倾尽所有，也心甘情愿。

二姐擦干眼泪，忙着张罗起来。她拿来了两只金色的纸元宝，让我赶紧塞在父亲的手里，并紧紧握住，直到手掌冰冷，不再落下。父亲啊，希望你早日到达天堂，那里没有风雨，那里没有病痛，只要牢牢地攥紧掌中的金元宝，不管到哪里，你都是有钱人，一定会无忧无虑。

母亲小中风，平时有些糊涂，那天却很清醒。三姐说，母亲大清早便抓着父亲的手不放开，一边流泪，一边反复地喊着父亲的名字："品泉，品泉……"相濡以沫几十载，所有的默契与感应早就融进了彼此的血脉。

三个姐姐七手八脚地帮父亲擦洗身子，我缓过神来，和大哥、二哥一起帮父亲换衣服。这时的父亲，面容很安详，脸色却更加灰白。整个人似乎缩小了，变得很薄、很轻。尽管早已备好颜色鲜艳的老衣，我却知道，父亲不会喜欢，那厚厚的红色的棉袄棉裤，穿在身上肯定不舒服。我说："大哥，我们还是给父亲换一身吧，穿上他平时最喜欢的衣服，他一定会更满意。"大哥想了想，点了点头。姐姐马上去衣柜里拿了过来。父亲最后穿了一套中山装，这是他在职时走上讲台或者外出开会时，经常穿的那套衣服。胸前插一支钢笔，下面的口袋里，一边装两包"南京"香烟，另一边装了五百元钱。

牵着我的手，一路陪伴我长大的父亲，终于挂在墙上了。大哥在无锡舜柯山选定了父母的墓地，那里离家不算太远，有山有水，郁郁葱葱，父亲将先行一步，长眠于此。骨灰安放时，二哥默默地点了一支烟，吸了两口，然后插在香灰里。我悄悄地把父亲戴了一辈子的手表放了进去。全家人默默地站着，站着。墓碑旁有几枝松柏，在寒风中颤抖，瑟瑟有声。冬雨潇潇，湿漉漉，冷飕飕，吞吐着微凉的记忆，我似乎又听到了父亲的声音。

一年后，母亲也离开了我们。母亲去得很安详，跟了父亲一辈子，自然要追他而去了。

父亲1928年11月11日出生，2015年2月1日离世，终年八十八岁。

看着父亲的遗像，那些陈年往事，情不自禁地涌上心头。

父亲十六岁那年，爷爷被日本鬼子抓去，关在青阳小学。由于交不起赎金，生不见人死不见尸。家里顿时失去了顶梁柱，苦难的生活从此开始。父亲和奶奶一起，含辛茹苦地拉扯大了三个弟弟和两个妹妹。幸好，父亲小时候读过书，刚解放就入了党，做了农会干部，生活才有所好转。

1952 年，父亲去城里招募了几名洋小姐来乡下做老师，在周家巷的祠堂里了创办了群胜小学。过了几年，被调往前洲中心小学担任党支部书记。后来，又去石塘湾中心小学做校长。

父亲结识了同为老师的母亲，在教学相长中，产生了情愫。母亲家境优渥，是个名副其实的大家闺秀。而父亲却一贫如洗，在周家巷仅有一间低矮的祖屋，家里没有一件像样的家具。

"十年动乱"期间，父亲在玉祁中心小学做校长。在那个特定的年代里，作为工农出身的干部，只要能跟上形势，本来是可以免遭冲击的。但他反对揪斗、打骂老干部，被"造反派"称为"保皇派"。有一天，父亲听说洛社的造反派要把洛社师范的吕校长押到街上去游斗，便心生一计：先从玉祁中学叫来一群红卫兵，又让后勤处的工友戴上工宣队的红袖套，一大早从玉祁赶到洛社，紧跟在游行队伍的后面，高喊着"要文斗、不要武斗"的口号，把胸口挂着"走资派"的牌子、头上顶着高帽子的吕校长带出了游行队伍，悄悄地藏在学校的食堂里。但没有不透风的墙，父亲被人检举揭发，受到了行政处分，降职为普通的工勤人员。

父亲从小在农村里长大，干农活自然不在话下。校园里的角角落落，都被他开垦出来，种上了各式各样的蔬菜。食堂后面用乱砖和碎石砌出个猪圈，喂养了几头大肥猪。年底时，学校里请人杀猪，老师们一起聚餐，却被造反派画了大吃大喝的漫画贴到玉祁街上。好在父亲贫农出身，已经丢官罢职，加上那些猪又是食堂里自己养的，总算没有被批斗。

后来，父亲被落实政策，调往洛社师范担任总务处长和校办厂厂长。"文革"结束后，又先后担任无锡县文教局计财股长、苏州地区教育局综合科长、雪浪文教工场场长等职。

20世纪80年代初，前洲中学易地重建。父亲是基建方面的专家，因此被调回前洲中学，负责新校舍建设。当时，学校里刚刚提拔了新校长，资历比较浅，于是两个骨干老师不服气，一直捣乱，让新校长下不来台。这两个老师一个是高三班主任，一个是初三班主任，属于教学能手，所带的班级升学率很高。这让新校长无计可施，便请老资格的父亲出面劝说。几次三番，无济于事。父亲又请他俩喝酒，劝他们适可而止，否则将被调到下面的初中去。他俩觉得老头子是吓吓人的，不可能有这个能耐。没料想，父亲没费多大劲便把他俩调下去了，并设法到天一中学调来了几名骨干教师，稳住了局面。数年之后，父亲听说那两个老师吸取了教训，教学质量仍然很高，便又建议领导把他们调回来。一来一去，心态调整好了，大家都很服气。

父亲为人仗义，办事公道，在知识分子成堆的地方，比较有威信。除了抽烟，他没有其他嗜好，抽的一直是大前门，晚年才抽十元一包的红南京。

父亲大部分时间在外地工作，为了长点见识，我曾短期跟着父亲一起生活。父亲在洛社师范工作时，我去洛社中学读书，每逢周末一起从洛社走回北七房，要花两个多小时，到家后还要去自留地里劳动。农村里大家都穷，邻里之间经常要为小事吵架，父亲始终教诲我们，"忍"不是"怕"，吃亏就是占便宜。乡下人自留地里一般都种蔬菜，各家的菜地中间只隔一条小沟，旁边的人家经常会把小沟平掉，故意把地垅做到我家这边，我们见了都忿忿不平，父亲却一笑了之。

父亲一生清贫，对他的弟弟妹妹们十分照顾，与自己的子女一视同仁。我大叔和小姑的婚事，都是他一手操办的。我在家里年龄最小，没吃过多少苦，居然也跟父亲学会了很多农活，锄地种菜，挑粪浇水，包括一些简单的劳作。

父亲退休后，精心照顾多病的母亲和幼小的孙辈，身体一直比较健康。兄弟姐妹们拖家带口，几十个人一起回家吃饭，他总是不厌其烦。在我们的眼里，父亲就是一座大山，只要他在，全家人就有主心骨，便心安理得。

八十岁后，父亲有次便血，被诊断为前列腺癌。由于体质较好，医生说可以采取保守疗法，不用开刀。几年中用了许多昂贵的进口特效药，较好地控制住了病情。父母亲退休工资比较高，公费医疗保障也很好，平时有积蓄，子女生活条件都不差，因而父亲的晚年生活，算得上无忧无虑。

父亲胆子很小。七十岁以后第一次打吊针，吓得脸发白。八十岁后患癌症，兄弟姐妹们不敢和他讲。病历请医生写一份假的，检验报告和诊断书全部藏起来，配的专用药，瓶子统统换掉。老先生戴着老花眼镜，一直在探究各种蛛丝马迹，经常要打听自己的病情。医生说小病，大伙说没事，他也便觉得没有大的问题。父亲只是胆小，并不愚笨，心里应该有点数，但彼此不说破。其实他内心里也不想承认，不敢承认。父亲年龄越大，对未来越恐惧。父亲最后一年的求生意识越来越强烈，时常让我惊恐不安，甚至束手无策。

父亲要走了。他自己不想走，大家也舍不得他走。尤其是母亲，吵吵闹闹一辈子，恩恩爱爱一辈子，没人能代替父亲在母亲心里的位置。父亲如果走了，母亲也留不长。

父亲要走了。晚年的父亲失去了知识分子的味道，彻底回归了农民的思维和本质。他在用了大半生的通讯录后面亲笔写下了遗嘱：

树家风：团结友爱，互相帮助。

分遗产：1. 存款由子女六人平均分配；2. 房产按惯例由兄弟三人共有；3. 家具杂物等由长子忆群负责处理。

父亲尽管很不舍，舍不下一生的亲情，舍不得并不可观的财产，但终究还是明事理的，怕因为遗产惹纠纷。父亲多虑了，他用一生的时间，早已为我们作出了榜样：长兄如父，父爱如山。

生离死别，是每个人都要经历的，也正因如此，人生才更可贵，更值得去珍惜。

父亲离开我们八年了。对父亲的思念，伴我从春雨绵绵，到秋雨潇潇，到冬雨凄凄。乡愁缠缠绵绵，梦中常常惊现久病难愈的父亲，别一番滋味萦绕心头。父亲的遗嘱，那张慢慢泛黄的纸，如同这风中的秋叶，一直在飘荡，从未遗落。

母亲的牵挂

昨夜，又梦见母亲，那亲切慈祥的脸庞，真真切切地呈现在我的梦境。母亲说："宏伟，家里还有吃的吗？可千万不能饿着孩子呀……"

母亲一生，总怕家里人挨饿。穷惯了的人，总牵挂着家里人的温饱。她哪里知道，现在的我，虽不能说腰缠万贯，但早就衣食无忧了。母亲镌刻在骨子里的忧患意识，始终不能改变。

母亲小时候住在无锡书院弄，家里在中山路上开了几家皮箱店。无锡解放时，母亲恰好从圣德女子中学高中毕业，又恰好遇到父亲创办的群胜小学来城里招聘老师，于是，郎才女貌，志趣相投，一段美妙的姻缘就这样成就了。

小学办在乡下的祠堂里。没自来水，没水泥路，没抽水马桶，这些对于自幼生活在城里的娇小姐来说都是要命的。相比之下，没有工资反而是无关紧要的，上课、备课、吃饭、睡觉全在老屋子里。

20 世纪 60 年代，母亲最牵挂的是全家人的温饱。虽然父母都是老师，有固定的工资，但一家老小十几张嘴，需要吃饭的人实在太多。父亲少年丧父，和祖母一起抚育弟妹五人，母亲又是光荣妈妈，一口气生养我们兄弟姐妹六个。奶奶烧饭要用大锅，满满一锅，还时常担心不够。困难时期，奶奶只能烧一锅菜汤，大家眼巴巴地等母亲从食堂里打一小盒饭回来，倒在锅里，搅一搅，全家人分了吃。母亲还带着大家去割红花草，剁碎了捏成团，在米粉里滚一下，蒸熟了吃，乡下人都称其为"解放团子"。听到粮站里有内部供应的喂牛的豆渣饼可以充饥，里面的负责人又是自己的学生，母亲托他偷偷地买点来，以备不时之需。

大叔要讨老婆了，家里实在没有多余的钱。母亲只好拿出自己的陪嫁，从里面挑出两个金戒指，缝在大哥的衣袋里，叫他乘石幢轮船去城里，找外公的邻居杏花阿姨帮忙卖掉。之后家里遇到各种困难，母亲如法炮制，一包首饰终于穷尽。外公假装不知道，总会每次另给大哥五元钱，让他带回家里。外婆知道女儿在乡下日子不好过，只能偷偷抹眼泪。

70年代开始，母亲开始牵挂儿女们的婚事。她自己从城里嫁到乡下，尝够了理想主义带来的痛苦，绝不愿意让子女重蹈覆辙。父亲做中心小学校长，干部子女带头下放，大哥、大姐、二姐的户口便落到老家周家巷。好在大哥从小优秀，高中毕业后当兵提干，有了锦绣前程。大姐、二姐虽在农村，还有回城的希望，所以母亲竭力反对他们找农村户口的对象。大哥的青梅竹马，被母亲严词拒绝，最好找个教师，能继承她和父亲的衣钵。大姐夫、二姐夫都是农村的，家里也都是兄弟三个，虽说造了新房子，但家徒四壁，还有债务。大姐夫尽管是母亲从小看着长大的干儿子，母亲也坚决反对。可惜女大不由娘，两个姐姐寻死觅活，非嫁不可，最后母亲无法阻挡，只好顺其自然。

好在二哥、三姐比较听话，参加工作后都找到了门当户对的对象。

80年代，母亲牵挂的是我们的工作和家庭，尤其是下一代的成长。母亲很传统，比祖母还要重男轻女，一点也没有城里出身、一辈子做老师的知识分子的觉悟。

两个孙子是她的心头肉，却很顽皮，从小只做坏事，不干好事。母亲退休后的心思，全都耗费在他俩身上，稍不留神，两个小家伙便爬到对面的五层楼顶大吼大叫，向下扔石子。紧靠着隔壁长妹家的后门，两个小赤佬居然找来废纸和木柴，架起了火堆，险些把她家的门烧掉。伴随着孙子们的成长，母亲脸上的皱纹越来越深，眼睛也越来越迷糊……

圣德中学的教堂里，当年曾流淌过母亲柔风细雨般的钢琴声，如今的北七房老街已是一片废墟，但老人们似乎还能听见马老师嘹亮清澈的歌声。百年沧桑的北七房小学，永远留着母亲三十八年辛勤耕耘的汗水和桃李的芬芳。

母亲的心里，始终牵挂着父亲和儿女，青春无悔，一如既往。我无法理解，母亲从一个任性娇贵的洋小姐，蜕变成一个朴实无华的乡村教师，历尽生活的磨难，究竟有什么样的精神支撑？

转眼又是秋分，秋雨绵绵不绝。对母亲的思念，撑开是把伞，护佑着我年少时静心求学，青春季四处闯荡，中年后二次创业，直到如今修身齐家。收拢是颗心，对母亲的敬仰和故乡的怀恋浓浓地交融在一起，绵长不息。梦中常与母亲对话，时刻在提醒我：扬长避短，事业有成；居安思危，家业永固……

有牵挂，天涯不遥远；有思念，人生不孤单。我们是母亲一生的牵挂，同样，母爱也是儿女们一世的温暖。

二　哥

二哥走了，永远地离开了。

2023 年 8 月 28 日傍晚，我在金湖新厂的食堂里吃过晚饭，像往常一样出门散步。七夕已过，天气陡然凉了，扑面的风冷飕飕。还没走几步，下起了绵绵细雨，我无奈返回办公楼。

突然，手机铃声急急地响起。我蓦地一惊，感觉有什么不好的事要发生。手机那头是在无锡的侄媳，她哽咽着说："叔叔，不好了，爸爸躺在床上，没有呼吸了，估计是脑梗，怎么办？"我一惊，马上镇定下来："立即打 120，无论出现什么情况，都送医院急救。"然后转身喊我的侄儿，"你爸突然中风，已送医院抢救，我们马上赶回去。不要慌，安心开车，我已通知你婶婶，她会赶过去安排好一切的。"侄儿和我一起来金湖三年多了，在我投资的公司做总经理。

金湖至无锡，走高速需要两个小时。我分别给妻、儿子和在江阴的大哥打了电话，简单地交待了一下。一路上，雨越来越大，狂风裹着雨点疯狂地砸向挡风玻璃，嘈杂烦乱。侄儿此刻的心情一定也如这雨吧，我按掉了所有来电，和侄儿一起紧盯着前方的道路，在心里默默祈祷，希望一路畅通，平安到家。

结果早已注定。下高速前，我看到了妻发来的短信，医生建议停止抢救。尽管已有心理准备，眼泪还是不由自主地迷糊了双眼。我不敢吭声，待下了高速，过了道闸，才伸手抚摸着侄儿的后背，轻轻说道："威威，你爸走了，节哀。现在开始，你是家里的主心骨了，一定要挺住。"

二哥1960年2月出生，今年六十四岁。按照现在的平均年龄，纵不算英年早逝，也实在走得早了点，而且走得太突然，家人和朋友们都难以接受。他去年小中风了一次，似乎没留下后遗症，恢复得还可以。退休后应酬少了，平时早睡早起，也出去遛弯，但不肯多走，出去一会儿就回来了。每天午后上网，看看新闻，炒炒小股，两点左右上床午睡。谁曾想，他竟一睡不起。医院诊断：脑梗后遗症，猝死。全家人悲痛万分。

父母都是老师，生养我们兄弟姐妹六人，很不容易。二哥排行老四，上面一个大哥，两个姐姐，下面一个妹妹，一个弟弟。如今，老兄弟姐妹们骨肉相亲，互相帮衬，奋斗了大半辈子，终于苦尽甘来，儿女们都已成家立业，先后做了爷爷奶奶或外公外婆，大家都说，从此可以一起享享清福了。二哥和二嫂相濡以沫，儿子媳妇事业有成，可爱的孙女也上小学三年级了，正是享受天伦之乐的时候。不料，他竟率先离去，没留下片言只语。从此，他和兄弟姐妹们天人永隔。

父母在世时常讲，兄弟姐妹六个中，二哥自小最灵巧。当年，北七房小学低年级复式班的窗台上，经常会趴着一个五岁的小男孩，手上拖着一只奶瓶，眼睛滴溜溜地盯着正在上课的母亲。渴了，自己喝口奶；累了，躺在窗户下打个盹；奶喝掉了，便脆生生地叫唤："姆妈，奶奶没有了……"顿时，小朋友们哄堂大笑，这便是我的二哥。

大一岁的二姐坐在课堂里上算术课，母亲叫她站起来，提问："5+6等于多少？"二姐一哆嗦，赶紧掰起了指头，但数来数去都不够，急得哭出声来。"5+6=11"，二哥在窗子外面喊，又引起了哄堂大笑。校长笑着走过来，把他抱进了课堂，从此，姐弟俩便坐在了一张课桌上。二姐比较笨，小学里成绩跟不上，留了一级。于是，弟弟反而比姐姐高了一级。

二哥的同学中，数他年龄最小，学习成绩却很棒，尤其是数学，一直名列前茅。上了高中，仍是年龄最小的小学弟。那时，农忙季节，学校里会下达割草指标，同学们都要挑一担自己割的草，交到学校指定的试验田里，那里有沤肥的灰潭，用草绞河泥。二哥割草慢，同学们抢着帮他一起割，第二天起早挑了一担草去交公，负责收草的人说："咦，你倒挺积极，怎么又来交草了？刚刚有人帮你交掉了呀。"原来，邻村有个女同学，夜里悄悄地帮他割了一担草，凌晨就挑来帮他交掉了。从北七房到前洲，来回十几里地，大家都笑他："阿进，女同学肯定是看上你了。"

二哥喜欢调皮捣蛋。小时候，我们几个的眼睛，始终紧盯着奶奶挂在床头帐杆竹上的小箩筐，里面似乎有取之不尽的零食。大哥和大姐自然不会去偷吃，二姐和三姐有贼心没贼胆，我个子太小够不着。早上听见奶奶在骂了，说里面的东西少了，被哪只老虫（无锡土话，老鼠）偷吃了。二哥属鼠，大家都叫他老虫，奶奶肯定心知肚明，但不说破，他也从不承认。我偶尔看见二哥垫个小板凳，在翻奶奶的那个箩筐，也不举报，反正见者有份，多少能分到一点，我不吃亏就行。

大哥出去当兵，逢年过节有慰问品。有一年配供的是几袋油面筋，那玩艺在当时可是个稀罕物啊，可以生吃，嚼在嘴巴里，脆生生，甜兮兮，满口生香。于是，二哥出主意，和玉祁的二表哥、诸巷上的大表姐，后来听说还有北七房的玉才（表姐夫），几只老虫凑在一起，躲在老屋的阁楼上，把几袋面筋全都偷吃掉。顺便还把留作过年吃的花生呀、枣呀，统统分掉了。后来东窗事发，但参与的人太多，法不责众，只好不了了之。

二哥脾气倔，小时候在外面挺凶，不太肯吃亏的。两个姐姐比较善，常被村上的人欺负，二哥只要听说，马上就要去报复，哪怕对方人高马大，也从不惧怕。有次为了保护二姐，和巷上的二流子打架，结果被对方砸破了额骨头，血流不止，两个姐姐赶紧把他拖回家。二哥半夜里爬出来，用砖头把人家的窗子玻璃全砸了。那天父亲刚巧在家，气得拿起扁担要揍他，二哥急忙逃走，躲进了后门头的桑树田里，不见踪影。老奶奶急了，一遍一遍地出去喊，喊他转来吃饭，还发动大家出去找，找不到大家都没饭吃。整整一天没看到他的人，傍晚终于出现了，而且洋洋得意，像得胜归来的英雄。后来听他讲，他其实只在桑树田里躲了一小会，远远看见父亲出门了，便翻过隔壁的围墙，从前屋的窗口里爬进来，钻到阁楼上睡了一天觉，不用上学，小人书看看，很适意。

二哥学习成绩好，所以讨人喜欢。他闯了祸总能"逍遥法外"，大姐、二姐却经常要替他吃冤枉官司。大哥常年在外，二哥在家里就摆大王了，对两个姐姐挺凶，但从不欺负我和三姐。兄弟姐妹中，二哥外貌最像父亲，长得最神气，而且身体也最好。尽管他一直被父母责骂，但大家心里都清楚，二哥在父母的心里，分量始终是最重的。

二哥比我大七岁，我是他的小尾巴。小时候，我跟着他游泳、摸蚌、钓鱼、照黄鳝、捉田鸡；他教会我骑自行车，打乒乓球、吹口琴。后来又一起学摄影，冲印相片，组装半导体……二哥小时候心灵手巧，动手能力极强，我跟着他，自然也多才多艺了。

二哥1976年7月高中毕业，在家待业两年后被劳动局分配进无锡县钢铁厂，当了一名正式的炼钢工人。在那里，他度过了一生中最美的青春。先做砌炉工、炉前工，再做电工、钳工，由于表现突出，被领导外派学习连铸连轧，掌握了一套先进的冶炼工艺和实操技能。从一名基层普工，迅速成长为班组长、工段长、团总支书记、炼钢车间负责人。在那里，他遇到了同样优秀、美丽贤淑的二嫂，并很快珠联璧合，生下了聪明伶俐的儿子。一时间春风得意，踌躇满志。

20世纪90年代末，适逢改革大潮，二哥被兴澄钢铁公司作为科技人员引进，担任研发中心工艺师。二嫂随调，侄儿也在市一中读完高中，并参加高考。小家庭在江阴度过了一段相对安逸的生活。兴澄钢铁正值产品转型期，桥用钢绳的特种钢成为拳头产品，二哥随着企业共同成长，在那里大显身手，不仅负责主关工艺，还担任前方生产厂长，在业内博得了较大的声誉。

于是，国内遇到冶炼工艺、设备改造等重大问题的钢企纷纷向他伸出橄榄枝。二哥便辞职下海，带着一帮小兄弟走南闯北，专门为钢厂解决遇到的瓶颈问题，分别承包了几家钢厂的技术改造和生产管理。见识广了，朋友多了，胆魄也越来越大，在包头、泰安、淮安等地，被钢企聘为负责全面工作的总经理。

可惜好景不长，国内钢铁行业遭遇了前所未有的低潮和转型期。钢铁白菜价，钢企一落千丈。那时，恰巧我也因国企转制辞职下海，创业成功，并在常熟、九江等地开设了几家分厂。二哥和二嫂受我指派，去庐山脚下的新公司分别担任经营和财务负责人。后来，二哥又担任拥有股权的瑞昌公司总经理。

二哥脑子活络，聪明能干，讲江湖义气，有时对朋友盲目信任，因而造成决策失误。他有个一起参加工作并长期保持合作关系的朋友，在胡埭工业园开机械厂，主要做钢结构，生意一时很红火，劝二哥放弃在江西的企业，去他的公司合伙经营，结果投资失败，几百万血本无归。二哥在事业上遭遇了前所未有的失败，信心受到了极大的打击。从此，二哥只敢在钢铁行业内做做顾问，和其他朋友一道做些钢材小生意了。实事求是地讲，二哥的这次挫折，对他的身心健康有很大的伤害。

2015 年，二哥办理了提前退休手续。由于过去经常喝酒，饮食不节制，既不锻炼身体，也不注重保养，于是，高血压、痛风接踵而至。整天待在家里不出去活动，朋友少了，缺乏交流，与原来的生活节奏差别太大，因而心情不舒畅，经常发脾气，终于酿成了悲剧。之前二嫂和大哥经常劝导，他很执拗，没起任何效果。

我和三姐与二哥年龄相近，从小一起长大，感情自然很深。二哥的聪慧、节俭、能干、肯吃苦，我始终敬佩。童年和少年时代，他一直是我的榜样。成年以后，二哥长期不在我身边，经历不同，交流不多，想法和观念与我差别很大，尤其是经营理念不很一致。但他和大哥一样，无论是生活还是工作，自始至终愿意迁就我，帮助我，没有条件，甚至放弃自尊。有时想想，我感到十分愧疚和遗憾。

二哥走了，走在中元节的前两天。从此，他孤单地挂在墙上。一奶同胞，同气连枝，我此生再无二哥。午夜梦回时，常常泪湿枕巾。故乡北七房老街上的祖屋，门前那条弯弯的莲溪，门后那片苍翠的桑椹地，我们一起潜过的北塘河，我们一起跳过的通济桥，还有那只二哥亲手制作的，我刻意画了眼睛、眉毛和胡子的风筝，都随风而去，越飘越远了。

二哥啊，这样亲切的称呼，在你活着的时候，我竟从未亲口喊过，直到今天，我才真真切切地从心底里喊出来。

全家福

　　我家里有很多老照片，夜阑人静时翻看，仿佛进入了时光隧道，那些过往的人和事，就会清晰地浮现在眼前。恍然间，"共道人间惆怅事，不知今夕是何年"之感，便油然而生。其中有一张四世同堂的全家福，尤其显得珍贵。

　　全家福摄于2007年春节。那天，我们这一脉三十余人欢聚一堂，在前洲娱乐城留下了幸福的瞬间。望着照片正中间坐着的慈父慈母，我的思绪不由自主地回到了那些艰难困苦的年代。

　　我父亲十六岁就失去了他的父亲。爷爷是被日本鬼子抓走的，因为实在穷，交不起赎金，爷爷一走就再也没有回来。作为长子的父亲，小小年纪就帮奶奶分挑起了家庭重担，不知道吃了多少苦。三个叔叔和两个姑姑能够顺利长大成人，父亲功不可没。

　　虽然家里穷，父亲还是读了书，加上他积极上进，成为周家巷最积极的农会干部，刚解放就光荣地加入了中国共产党。

父亲利用周家巷祠堂作校舍，去城里招募了几个老师，创办了私立群胜小学。没多久，父亲就调到前洲中心小学任党支部书记。后来，又被调到石塘湾中心小学、玉祁中心小学做校长。"十年动乱"以后，父亲先后在洛社师范、苏州地区文教局、无锡县教育局做中层领导，主要负责基建后勤方面的工作。

父亲一辈子靠两条腿走路，从没骑过自行车。在洛社师范工作时，每逢周末走回北七房，需要两个多小时。在前洲中学工作时，每天来回也要两个小时。父亲每天早早起床，扒拉几口早饭就出发。晚上，也常常星光满天时才到家里，全家人等他一起吃晚饭，肚子饿得咕咕叫。偶尔早回，便换上那双破旧的解放球鞋，去自留地里锄土、种菜、浇水。印象中的父亲就是个陀螺，忙得一刻不停。他平时很严肃，难得和我们一起交流。

临近退休时，父亲变化很大，不仅学会了买菜、烧饭、做家务，还学会了照顾我母亲和孙子。退休后变化更大，经常满脸笑容，站在教师新村门口，见到熟人递支烟，嘻嘻哈哈吹半天，日子过得舒坦惬意。

我的母亲，未出阁时是无锡城里的洋小姐，高中毕业后下乡找工作，恰好找到我父亲所在的民办小学，教学相长中父母结下情缘。婚后，母亲跟着父亲吃了很多苦头。那时，农村里烧饭用土灶头，平时都要把稻草先弄成草把子，可是母亲不会，就把整个稻草一股脑儿往里塞，塞得太实，常把火弄熄了，整个灶间烟熏火燎，呛得人直往外窜。饭没煮好，鼻子上沾满灰，成了唱大戏的。晚上的油盏头，不亮，要批个作业或做点针线活，都很费眼睛。油灯的烟味也很冲，鼻孔里挖挖，往往都是黑的。

最不习惯的是用马桶，还有村里的烂泥路。人都说，马老师下雨天走路像跳舞，有时脚陷在烂泥里，拔也拔不出来。由于用眼过度，母亲高度近视，晚上去学校夜办公，深夜回家看不清路，有一次险些走到河里。

大哥小学毕业后，初中停课了，大清早就爬起来放牛。牛棚在祠堂里，早上漆黑一片，看不见，得在黑暗中摸到牛鼻子，解了牛绳，牵出祠堂。然后，大哥站在牛前面，牛会很懂事地低下头，让他骑在牛头上，然后它慢慢抬高头，大哥便可以爬到牛背上了。放过牛的大哥，很早就会学了驾牛耕田、耙田。那牛和大哥已经建立起深厚的感情，犁吃土深了，牛拉不动，就会回头望一望，大哥明白这是老牛在求助了，便会把犁抬高一些……后来，学校复课了，大哥上完了初中、高中，毕业后被部队招去当兵，很快入党提干，十几年后转业在银行工作。

大姐初中毕业，二姐小学毕业，就去生产队里干活了。姐妹俩很能干，许多农活都拿得起放得下，甚至连罱河泥、摇船这样壮劳力才能干的活也不在话下。虽然干得多，但因为是女孩子，最多也只能记七折工分。两个姐姐找的对象都是农村人，后来可以上调时，却因为结了婚没办成。二哥和三姐虽然在农村长大，却没有吃到多少苦头，顺利地分派了工作，后来成家立业，都比较顺利。

我的少年时代欢乐多，苦恼也多。母亲为了培养我的一技之长，竟然从三年级开始教我语文，一直跟班到五年级，每天放了学还要逼着我背诵成语字典。我除了语文学得不错，其他都很一般。上完初中，我考取了高中技工班。毕业后，同学们都去了乡镇企业，我是城镇户口，被分配进了县属厂，在冷焊车间做锻工。因为有特长，被调到科室搞宣传工作，并成为《无锡县报》《无锡日报》的通讯员。后来，又做了十几年团委书记、办公室主任、分厂厂长等。那些年，我很努力，进步也比较快。在长江公司工作的十八年，是我一生中最美的青春，在那段时间里，我结了婚，分了房，生了儿子。业余时间还在前洲中学门口开了一家小书店，自娱自乐，寄托当年的文学情怀。

2001年，县属企业转制，我觉得再干下去已经没有意义。三十出头，正好一搏，于是辞职下海，自主创业。我先是与朋友合伙开了个机械厂，但产品低端，没有发展潜力，放弃了。又去大哥的公司搞营销，仍感到平台太小，后劲不足，又放弃了。

2004年，通过朋友介绍，我应聘于常熟市供电局，和其属下的常源变压器公司合伙办了一个新公司，专业生产变压器铁芯，我任公司总经理，并承包经营，占有实股。公司虽然只有三十多人，但每年销售超过两千万。数年下来，赚到了人生的第一桶金。

2008年，经营承包期满，我回到自己的家乡，买了厂房，添了设备，终于有了真正属于自己的实体。从此，步入了人生发展的快车道。其间，我还去南京机械专科学校修了两年的企业管理课程，拿了个大专文凭，加上以前的资历，顺利地评上了职称。

创业是辛苦的，但感觉很充实。超市里的各种方便面都吃过，床底下塞满了雪碧可乐的瓶子。出去跑供销，开坏了两辆汽车。腰椎间盘突出开了刀，后遗症很严重，无法坐车，只好半躺在后座上。

老婆出生在大别山，从小跟着奶奶生活，吃过不少苦。上初中时奶奶带着她回到了前洲老家，毕业后分配在我同一个单位，做车工，一干也是十八年。我下海不久，她也辞职，随我一起创业。她在公司烧过饭，做过采购，后来管财务，样样井井有条。

儿子上大学前就有了打算，直接报了机电一体化专业，毕业后来自己厂里，不久就能独当一面。没过几年，儿媳妇进门，大学里学的是财务，正好派上用场。全家人一起努力，企业办得挺不错。

父母退休以后，买了自己的房子，退休工资也很高，儿女孝顺，子孙满堂，生活质量与过去相比，无疑有天壤之别。

2015年2月1日，父亲永远地离开了我们，享年八十八岁。父亲临终前，母亲已经小中风，她伸出颤抖的手，总想要抓住父亲的手，可惜没能抓住。一年之后，伉俪情深、终身相伴的父母，终于又在天国团聚了。

不久，孙女小瑶出生，我四十七岁便成了年轻的爷爷，朋友圈中很少见。又过三年，孙子小尧出生，真是祖上积德，好事成双。如今我也是三代同堂，其乐融融，特意去影楼照了一张全家福。

两张全家福，是时代变迁的缩影，也是周家生活的真实写照。在我们的眼里，父母永远是最伟大的。兄弟姐妹一奶同胞，血浓于水；妻子儿孙亲情相连，休戚与共。这些弥足珍贵的人生记录，将永远刻在我的心里。

周家往事

　　这几年多事之秋，父母相继过世，孙女瑶瑶诞生，自己也快五十岁了。岁月匆匆，从此上无老下有小。

　　闲来无事，和忆群大哥说起，想把周家往事疏理一遍，争取把上两代的事情记录下来，多年以后，或可让我们的后辈，藉此了解一下周家近代的历史。前事不忘，后事之师，真心希望周家几代人团结互助的家风能够一脉相承。

　　我的爷爷叫周景陆，光绪二十九年（1903）癸卯十一月初一生，前洲周家巷人。历史上，周家巷属北七房，北七房古时候叫莲蓉。爷爷的祖上是从玉祁槽坊迁入莲蓉村的。爷爷年轻的时候做过私塾先生，后来和同乡一起去上海经商，主要是做布料生意，也投资一些股票，脑子比较活络。抗日战争期间，生意失败，避居乡下，从此家道中落。由于走南闯北，思想比较进步，曾短期参加过锡西北反抗日军的组织，民国三十二年（1943）癸未九月二十五日，被日寇掳至青阳，关押在青阳中学，过了一个月，又被押往江阴，从此音讯全无。其间，曾有伪保长出面索要钱粮，说可以赎人，但数额巨大，奶奶和父亲无力筹措，没有成功。国仇家恨，使父亲那辈人痛恨日本。我们这一代，无人见过爷爷，只有一张画像，至今留在我的书房里。

我的奶奶叫顾秀金，光绪二十六年（1900）庚子正月初五生，玉祁玉东人。1985年2月26日（农历）去世，享年八十四岁。记得奶奶很慈祥，对我们兄弟姐妹六个都很疼爱。父亲的三个弟弟和两个妹妹，也都由奶奶和父亲抚养成人，因此，奶奶在家里德高望重，特别受人尊敬。北七房老屋里有灶间，奶奶成天坐在那里，兴致好的时候会抽支烟，念几声佛。奶奶不识字，我记得她只会翻来覆去念一句：阿弥陀佛。我上小学时，家里条件已经不错了，父母都做老师，每月有工资。奶奶虽然没文化，但她是当家人，全家除了父亲，所有人的收入都要交给她掌管，包括洋小姐出身的母亲，每月领到的工资也要如数上缴。上海的小叔是局级干部，也要每个月寄给奶奶十元钱，讲好是私房钱，紧急的时候才能拿出来用。灶台上两口大锅，管十几张嘴，大叔家、小姑家都不开伙，大大小小全要到我家里来吃饭，因此开销很大。奶奶在她的娘家玉东，还有一个侄子和一个侄女需要她资助，因为他俩的母亲去世很早，父亲又是个聋哑人。小时候我听他俩也随我的父亲、叔叔和姑姑们一起，喊奶奶为姆妈，可见感情之深。奶奶在家里掌权，管钱，辈分也最高。奶奶很传统，但不重男轻女，一碗水端得很平。我知道，在她心里，最重要的还是我的大哥，毕竟是大房长孙，但大哥常年在外当兵，自然得不到什么好处。奶奶嘴上骂得最多的是二哥，因为他一直要偷吃奶奶挂在床头帐杆竹上的那只竹箩里的零食，但也只是嘴上骂骂而已，其实，二哥才是她最宠爱的孙子。

我的外公叫马学坤，家住无锡市中山路大成巷的书院弄。外公生前是开皮箱店的，据说，好的时候在中山路上有好几家门店。解放前，外公的生意逐步没落，由于对店里的伙计过于信任，有一次店里所有的资金被那个伙计卷包逃走。所以，解放后评的成分是"小商"，没有被戴上资本家的帽子，在以后的各种运动中，也没有遭受大的冲击，也算因祸得福。对于外公，我没有任何记忆，只晓得和娘舅长得很像。小时候，礼拜六和母亲一起乘石幢轮船到无锡外公家，见到的也只是娘舅、舅妈和一个表姐。外公什么时候出生，母亲没有提起过。大哥说，外公是1972年11月去世的，当时大哥刚参军，穿着军装去送别，因此大家才记得。

我的外婆叫徐根仙，她去世时我还没有出生。她的出生年月、去世年月至今无法考证。外婆的名字也只有大哥才知道。这个很奇怪，我母亲在世时，很少提及外婆。外公外婆家的事情很神秘，据说外婆是外公丧妻后的续弦，外婆只生了母亲一个女儿。母亲有三个同父异母的哥哥，但来往的似乎只有我见过的无锡的那个娘舅，其他两个，据说很早就去外省工作了，没有音讯。母亲因为娘家成分复杂，高中毕业后就到乡下教书，因此认识了父亲，从此也成为了一个地道的乡下人。母亲在世时，似乎不太愿意提起她的家庭和往事。

由此我想到，一个家族确实应该有一些文字记录，否则，连老祖宗都记不住，很遗憾，也很可悲。

写于 2016 年 4 月 30 日

附录一：主要人物记载

周品泉：父亲，1928 年 11 月 11 日出生，2015 年 2 月 1 日上午 9 时离世，终年 88 岁。

马敏之：母亲，1932 年 6 月 14 日出生，2016 年 3 月 5 日上午 6 时离世，终年 85 年。无锡市崇安区人。

周品荣：大叔，1932 年 10 月 9 日出生，2000 年 3 月 27 日离世。

张梅珍：大婶，1936 年 8 月 23 日出生。江苏靖江市人。

周品兴：二叔，1934 年 11 月 1 日出生，2017 年 8 月 19 日离世。

仇如珍：二婶，1936 年 8 月 23 日出生，2022 年 10 月 25 日离世。上海徐汇区人。

周品裕：三叔，1940 年 9 月 29 日出生，1992 年 5 月 1 日离世。

周凤珍：大姑母，1929 年 8 月 20 日出生，2011 年 2 月 16 日离世。

刘伯生：大姑父，1928 年 12 月 9 日出生，2013 年 7 月 9 日离世。玉祁西刘庄人。

周凤英：小姑母，1937 年 10 月 25 日出生，2023 年 1 月 11 日离世。

陈福裕：小姑父，1936 年 1 月 2 日出生，2008 年 2 月 11 日离世。前洲诸巷人。

周忆群：大哥，1954 年 2 月 27 日出生。

杨亚珍：大嫂，1956 年 8 月 13 日出生。

周　蕾：侄女，1985 年 3 月 20 日出生。

周　丽：大姐，1955 年 12 月 24 日出生。

顾浩生：大姐夫，1953 年 5 月 15 日出生。

顾佳俊：外甥女，1980 年 5 月 25 日出生。

徐　浩：外甥女婿，1981 年 11 月 18 日出生。

顾佳馨：外甥女，1981 年 11 月 5 日出生。

陈秋军：外甥女婿，1978 年 3 月 4 日出生。

顾振威：外甥，1990 年 3 月 18 日出生。

曹孜潆：外甥媳妇，1990 年 4 月 27 日出生。

周　玲：二姐，1958 年 6 月 14 日出生。

华建康：二姐夫，1960 年 6 月 15 日出生。

华群娜：外甥女，1984 年 11 月 9 日出生。

陈　溯：外甥女婿，1982 年 8 月 28 日出生。

周学进：二哥，1960 年 1 月 11 日出生。2023 年 8 月 28 日离世。

吴惠媛：二嫂，1964 年 8 月 9 日出生。

周　威：侄儿，1987 年 12 月 25 日出生。

王旭曼：侄媳，1985 年 3 月 2 日出生。

周　敏：三姐，1963 年 2 月 10 日出生。

许国彬：三姐夫，1961 年 3 月 24 日出生。

许敏杰：外甥，1987 年 7 月 23 日出生。

刘煜婷：外甥媳妇，1991 年 5 月 10 日出生。

附录二：

周宏伟：1967 年 4 月 30 日出生。

唐佩佳：妻子，1970 年 10 月 5 日出生。

周　力：儿子：1992 年 2 月 27 日出生。

唐　颖：儿媳：1991 年 11 月 30 日出生。

追梦之旅

追梦之旅

　　1983 年，我从北七房初中毕业，考上了前洲中学。那时职业技术教育刚刚起步，前洲中学便办起了高中技工班。但缺经验，缺师资，缺实训基地，上了一年多基础课程，学生便到工厂半工半读。1985 年匆匆毕业，似乎没学到什么东西。

　　父母是老师，从小沐浴在书香中，我有点自命不凡。那时的城镇户口很吃香，毕业后劳动局会直接派工作，我进了本地的县属企业。当时，街上的男青年流行穿花衬衫、喇叭裤，留长头发、短胡须，骑一辆崭新的自行车，如果后座再带个拎四喇叭收录机的花裙子，自然就更时尚了。我不赶时髦，只是头发长了点，眼镜宽了点，有一些书生意气，满腔的文青情怀。

　　可惜时运不济，兜头一盆冷水。进厂培训一个月，考试倒是前几名，被分配到冷焊车间去做锻工，俗称"打铁"。锻工组几个师傅都临近退休，确实需要增添年轻人，可惜选错了人。机械锻造，一般用气锤，但制作工具时只能采用传统的手锻方式。师傅小榔头轻敲，徒弟大榔头猛砸，叮当叮当声音很悦耳。

要冲孔了，师傅左手拿钳子夹住冲头，右手用小榔头敲击指引，我举起大榔头一锤下去，"叮"地一声，冲头不翼而飞，砸偏了。好不容易找到冲头，一锤下去又飞了，继续找。几次下来，师傅火了，钳子往地上一扔，说还是你做师傅吧……汇报领导也没用，确实是眼神不济，我进厂时体检报告，左右眼近视500度。

锻工组活不多，师傅们抽烟、喝茶、聊天。我干活不行，态度蛮好，经常问父亲要几包好烟伺候着，所以上班时间也可以躲在工具间里看书。车间主任来了，师傅们假装咳嗽，我赶紧把书藏起来。时间长了，胆子也大了，居然找了块木板，在上面练起了书法。困了，眯一会，眼前浮现出一幕幕上学时的景象。我自幼偏爱语文，作文比赛拿过公社第一名，还在报上发表过文章。母亲为了培养我的特长，小学里特意跟班教了我三年，初中时华嵩元校长又教了我两年。上高中走读，每天路过黄石街，又跟着的华福震老师写大字。夕阳下的天井里，一块方砖一缸水，几年下来，颜体字写得有模有样。

宣传科长老崔，是个军转干部，刚从车间主任的位子上退下来。他喜欢吃老酒，一到中午便坐立不安，哪里还有心思做文章。听说锻工间里来了个秀才，赶紧跑过来看看。于是，以培养新人为由，一有任务赶紧跑下来找我。几个月下来，全厂上下都知道，锻工间里有个眼镜，字好，文章也好。不久，正式调到宣传科，专职写通讯报道，出黑板报，整理宣传画廊等。那个时期，县报和日报，基本上每周能发一篇通讯报道，虽然大多是豆腐干，甚至几行字，也很起劲。

团书记姚文兴，老婆是上海知青，回沪后老公可以随调。

于是，他也急于物色个接班人。我能说会道，笔杆子还可以，加上领导也赏识，进厂一年多，就成了享受中层待遇的团书记。人家十年的路程，我一年就走完了。

工作比较顺畅，情路却遇到了阻碍。上学时刻骨铭心的初恋，一时断了音讯。我知道，校门外的世界春光灿烂，爱唱爱跳的女同学，很难经得住各种诱惑。加上我自身条件不足，性格偏内向，外貌没优势，家里兄弟姐妹多，经济条件很一般。最主要的，明明知道她与我工作在同一个乡镇，距离并不遥远，却死要面子，不愿意抛头露面出去面对竞争。

心里塞了一团棉花，很憋屈。扎了两支小辫子的黄毛丫头，一直在我的眼前晃动。明明当初，她给我看她写的日记，说她对我一见钟情。明明当初，她说她真的喜欢我。记忆深处的那一天，放学以后，她故意拿走了我负责锁教室的钥匙，在我眼前一晃而过，我追出校门，不知不觉中伴她走上回家的路。走了一半，却想起没锁的教室，于是一起返回学校，拿起了书包锁好了门，重新走上送她回家的路。乡间的小道，曲折而幽长，来回五公里，两只书包越来越沉重。起初的欢快，后来变成了沉默。天色昏暗，飘起了细雨，两个人莫名地紧张起来。路不平，磕磕碰碰，她的手抓着我书包的背带，不知何时竟抓住了我的手。那一刻，她的眼神很明媚。我很震撼，觉得从此会始终在一起。

遗憾的是，姻缘天定。初恋不过是天边的一片云彩，很绚丽，却很难抓住。多年以后，一次同学聚会时，我问她，当初为什么要分开？她很认真地说："你不知道吗？你有个伟大的母亲，你的母亲是个娇生惯养的城里人，到乡下教书，跟了你农村的父亲，吃尽了种田的苦头，哪会甘心让下一代重蹈覆辙？你母亲听说我们早恋，马上去找了我的父亲……"

回想起我大哥、大姐的婚姻故事，这事真有可能。

80年代末，改革风起云涌。我所在的县属企业兼并了另一个县属企业，重组为集团公司。我作为年轻有为的团书记，被提拔为公司办公室副主任，分管秘书、人事工作。整个公司一千多人，各方面变化很大。我的主要工作依然是充当笔杆子，这是我的特长，也比较符合所谓的文艺青年的追求。

我的妻子是一个非常瘦弱的姑娘，但不是弱不禁风的那种。她年轻时很率真，经常笑，而且笑得很甜美。那种无处不在的乐观和豁达，冲淡了我的忧郁和内向，牢牢地吸引住我。我们相恋时，她也只有十七岁。妻子是城镇户口，毕业后也分配进厂，成了我的同事。她从小跟着奶奶长大，远离父母，吃过很多苦，表面上阳光灿烂，骨子里却很坚韧。

妻子刚满二十岁，我们便结了婚。为了分房子，得罪了我的顶头上司。于是，工作变得不顺畅，十年里徘徊不前。幸而从小有追求，那个年代文艺青年共有的梦，始终在心里。

工作还是老样子，弄不完的"八股文"。写作也少了那份激情，觉得脑子里很空虚。一时心血来潮，租下了我工作单位的家舍门面房，利用业余时间开起了小书店。书店对面是前洲中学，我曾经的母校，父亲退休前也在那里工作。市口还不错，经营一些文具和小礼品，书刊反而不是主要的。白天父亲和丈母娘轮流守着，早、中、晚三个时段，学生可以自由出入校门，我们全家总动员，有时忙得像打仗，生意很火爆。赚了钱，可以买更多的书，生活也更充实。

慢慢地，生意冲淡了我的初心。我觉得，经商并不让我感到羞耻，反而很坦然，坦然地面对一切。

赚钱是一种需要，有时也能成为动力。文学作为爱好，是精神上的寄托，物质也许更重要，能让你更快地接近梦想。理想和现实，也许并不矛盾。我想做更多更大的生意，去证明自己的人生价值。

我们夫妻俩，小事情经常争论，大事情始终一致。目标一旦确立，我们便急不可耐。大清早，夫妻俩跨上摩托车，去红梅市场进文具，去南禅寺淘书刊，一晃就是一整天，忘记了吃饭。由于眼光精准，我进的文具回去后经常被一扫而光，进的小礼品也非常的热销。那时的中学生流行过生日送礼物，要有漂亮的包装，要写情意绵绵的贺卡，这些都是我的拿手好戏。时间久了，小姑娘喜欢找眼镜叔叔包礼品、扎花带，小家伙们干脆把钱一扔，豪爽地直接让我帮忙挑选礼品，甚至偷偷地请我写贺卡。呵呵，谁叫我写的字漂亮，写的词动人呢？

生意越好，信心越足。小店里增加了租书项目，照理要付押金才能出借，我却拿本练习本，让学生自己填写姓名和班级。我觉得，喜欢看书的人，品行一般不会太差，而且租金一天才几毛钱，借了不还的人应该很少。彼此间的信任，远比金钱重要。

过年时，小伙伴们陪我去街上卖洋泡泡，妻子支一张钢丝床，搬一些店里的小玩艺放在旁边卖。熟悉的人很奇怪："你们有稳定的工作，为啥还要出来练摊？"我们笑笑："业余爱好，喜欢就出来玩玩。"妻子有个男同学路过，以为她日子不好过，转身回来把一堆布娃娃全买走了。

节日里，我们还去其他学校门口摆摊，认识我们的老师大惑不解。过了几年，我们又在前洲二中门口开了家分店，生意也不错。

2001年，我的人生遇到了重大的转折。公司二次转制，市属企业彻底变成了私企，我将被派往新组建的分厂担任厂长。我有些疑惑，与其帮别人干，为啥不能自己下海创业呢？

于是，我从老厂里带出来一帮人，开始了艰辛的创业生涯。学生时代偏爱文学，喜欢抄抄写写；青年时期热衷文艺，整天舞文弄墨；想不到三十而立后居然摇身一变，自己开厂做起了老板。想不到的是，企业从小到大，还颇有声色。

从此，二十年搁笔，没有认真写过一篇文章。我的文学梦，似乎已经终结。

2022年，一晃已过五十五岁。在别人的眼里，我已然事业有成，家庭也其乐融融。我的文学梦，难道真的成为过去了吗？三月里疫情汹汹，窝在苏北足不出户，有时间静静地阅读，偶尔还有些写作的冲动。适逢老家拆迁，张书记要我写一些纪念故乡的文章，我便写了《别了，周家巷》《别了，北七房》和《故乡的那座桥》。

此后的半年时间里，我在报刊上连续发表了几十篇文章。我发现初心还在，当年的文学底子也没荒废，连续的写作竟让我重温了年轻时的梦想，让我依然可以为自己的爱好而快乐。

退隐江湖，重温旧梦，是一件幸福的事情。心中有梦，自然就有诗和远方。

辞职记

总记得那个盛夏的黄昏，火烧云上来了，天空一片血红。万物都像蒙上了一层红纱，梦幻、神秘。

我开着帮堂弟新买的摩托车，从常州往回赶。燥热的风撩得我心神不宁，手臂被颠簸不平的公路震得有些酸麻。突然，我感觉被身后一辆满载家具的卡车蹭了一下，顿时失去平衡，摩托车笼头一歪，倒在路边，左肩着地，一阵钻心的疼让我差点昏厥。送至洛社医院，一查，跌断了锁骨。幸好碰到少年时的同学，他在医院做副院长，立即召集人马，亲自动手帮我做手术。第一次打麻醉，第一次动刀子，从后背打一根钢针到前肩，用钢丝固定住裂骨，我胆战心惊。那年，我三十三岁。

农村俗谚：三十三，乱刀斩。为了避免伤筋动骨，老人们说，要穿红短裤，系红腰带。我当年不懂这些，只好吃点苦头了。

世纪之交，公司开始转制。总经理属于经营者，理所当然成了老板。当了老板，心态就不一样了。大刀阔斧的改革，先从人事开始，忘记了上千名职工曾经是企业的主人；掌控的所有资产，也是全体员工几十年艰苦奋斗的心血。很多有一技之长的中层干部，陆续被调整职务，转往相对不熟悉的岗位。我心知肚明，老板受到"高人"指点了，明知术有专攻，却偏不用你所长，让你在无法施展和难出成绩的地方消沉、懈怠，从而理直气壮地给你差评，继而降职减薪。如果你灰心丧气，自行离职，那就更好了，老板便心安理得地省下了一大笔裁员补偿费用。更为紧要的是，调整对象大多是首次转制时参与投资的中层以上干部（原始股东），一旦离开公司，原来的投资只能平价转让给经营者。

技术部长小唐，是西安交大的本科生，那时的西安交大，可是名牌大学呀，毕业出来的学生都是宝贝疙瘩，是我跑了十几次人事局才要来的。唐工来厂后，专业技术精湛，管理能力也很强，很快独当一面，三十多岁就被提拔为厂长助理兼技术部长，并连续担任了两届县人大代表。转制后，突然接到调令，让他去担任营销部长，一时之间跑不到业务，结果被营销部的一帮老江湖瞧不起，经常被戏弄，撑不住台面，一怒之下，辞职离开，到乡镇企业去打工了。

质检部长大沈，进厂后在金工车间做过多年车工、铣工，后来被提拔为车间主任。转制前担任质检部长，经验丰富，工作卓有成效。转制后，莫名其妙地被调到分厂担任副厂长，没多久又被调整为用户服务部副部长。由于对新岗位的工作不熟悉，一段时间下来没有业绩，于是被取消了中层干部待遇。不久，心灰意冷，内退回家。

更有戏剧性的当然是转制前的老厂长。老厂长其实不老，五十岁还不到。大学毕业后分配在贵州的大型国企做工程师，后来被家乡的人事局作为人才引进。来厂后，担任过技术科长、副厂长，最后被任命为厂长。老厂长技术干部出身，善于新产品开发，经营管理能力并不差，但忠厚老实，缺乏背景，不会吹牛逼，更不会拍马屁，遂被认为魄力不够，缺乏闯劲。上级党委从邻近的县属企业调来了新厂长，并拟调老厂长去另一家县属企业当书记。老厂长居然不愿意，说在哪里跌倒就从哪里爬起来，并自愿降职担任副厂长。转制后，被调整为协管营销的副总经理。老厂长本是劳动模范出身，一心一意扑在市场上，出差回厂，发现自己的办公桌已从副总经理室搬到了营销部，又一次出差回来，竟发现坐椅也不翼而飞。公司里的大小会议，没人通知他参加，应有的各种待遇也常常被人遗忘。日子久了，终于明白，自己被彻底边缘化了，公司不再有自己的立足之地。老厂长悔不当初，无奈之下只好申请调至乡镇机关工作。

终于轮到我了。作为曾经的老板身边的红人，公司党委会上，老板给了我很高的评价：三十出头，年富力强，但缺少基层一线的管理经验，到下面的分厂挂职，以后提拔重用。我想，这可能就是边缘化的开始，但觉得也是一个机会，下沉到基层后，如果能够锻炼和提高自己各方面的能力，何乐而不为呢？

到了分厂，我负责生产调度。由于我高中时上的是机械技工班，学过一些机械制图、机械基础、公差与配合等课程，参加工作后的第一年在冷焊车间做锻工，之后又去南京机专读了两年管理课程，我适应得比较快。加之我团委书记出身，除了笔杆子、嘴皮子，组织协调能力也很强。不到两年时间，把分厂管理工作搞得有声有色。本以为可以提拔重用了，不料却被调至总师办，负责质量体系管理工作（保留中层干部待遇）。这个岗位，绝对是个闲职，没有多少实际工作。办公室里三总师，都是转制前的老领导，临近退休，整天一张报纸一杯茶，混混日子的了。而我还不满三十五岁呀，难道就此随波逐流，碌碌无为地虚度光阴？

窗外云淡风轻，我坐在办公室里却度日如年。十八年的时光，一生中最美的青春，转瞬即逝。为了建功立业，为了实现心里的那个梦想，我倾注了无数的心血。同一个办公室，同一套办公桌椅，我一坐十几年，每天上班忙忙碌碌，干不完的日常事务，下了班还要经常熬夜写文章，换来的是高度近视，椎间盘突出。辛辛苦苦一场，到头来却坐在冷板凳上，年纪轻轻就被动养老，心里憋屈，周身被暮气层层包裹，感觉有点喘不过气来。

遥想当年，春风得意。二十出头，就成了县属企业的团委书记，三十不到，已是两个县属企业合并而成的集团公司办公室副主任，分管秘书和人事工作，是公司里响当当的笔杆子，上级领导乃至县里的领导，对我的文章都印象深刻。通讯报道更是拿手了，县报、日报上经常能见到我的"豆腐干"……领导赏识，群众拥护，是一个前程似锦的"潜力股"呀，我经常自鸣得意。在此期间，我放弃了出国留洋的机会，放弃了下乡担任村干部的机会，还放弃了曾经借调到报社有可能留下从事自己热爱的工作的机会……

由于我长期负责劳动人事，工作敏感而复杂，无意间得罪了不少人。实际上，我不过是领导决策的执行者，是代言人、是操刀手，虽然有一定的建议权，但我懂规矩，领导不问，我也不讲，从不乱说乱动。承办工资晋升、人员调动等具体工作，上上下下的眼睛都盯着，往往是吃力不讨好。得到好处的，总认为理所当然；没捞到好处的，便觉得你不给面子，因此怀恨在心。有些领导，明明知道我不是决策者，一旦自己的私心没有得到满足，就把怨气撒在我身上。主要领导对你越信任，越倚重，其他领导就对你越疏远，越憎恶。三十而立以后，新的主要领导到任，原来的领导们自然不会给我好的评价，有些心怀恶意的人，嫉贤妒能的人，趁机搬弄是非，往我身上泼脏水。

好在新领导刚来时，尚有雄心壮志，为建立自己的威望，也需要能办事、干实事的下属，因此对我还算信任。一段时间里，我的工作还算顺畅，因而感到侥幸，甚至自我陶醉。好心的朋友告诉我：不要盲目自信，你的优秀早已遮挡了别人的光芒，你的岗位也妨碍了别人的权欲，你早晚还是要被踢走的……

一般来讲，新领导一旦站稳脚跟，总是不太愿意用旧人的，都想培植效忠自己的新人，所以，前任留下的副职以及财务、人事方面的关键岗位，迟早要被替换。我心知肚明，也可以理解。只不过，没必要做得太急促，太过分。如今，事实证明了这一点。到了转制这个紧要关口，老板更加偏听偏信，一番有违常理、别具一格的骚操作，把一个好端端的企业搞得离心离德、乌烟瘴气，生产经营每况愈下，最严重的时候工资也发不出来，社保欠交，员工上访，供应商怨声载道。由于资金链断裂，最终破产歇业……当然，这是后话了。

门外"咚咚咚"的脚步声把我的思绪拉回到现实。进门的小李子是我在分厂时的好兄弟，他抓起我办公桌上的水杯，咕咚咕咚地喝了几口，用衣袖擦了擦嘴，神秘兮兮地说："明天我带你去桐歧，见个高人，老婆一道去。""什么高人？"我饶有兴趣地问，"嘻嘻，一个瘸子，远近有名的算命先生。听说，他不但知过去，还能预见将来，我带你们去看看，说不定时来运转呢……"

第二天大清早，我和老婆骑着摩托车，沿着大运河北岸，七弯八拐地来到了桐歧的圩头尖上。一个矮小的老头子一瘸一拐地从田里上来，裤子一边高卷，另一边耷拉着，上面沾满了泥浆，左手蜷曲，一看便知幼年得过小儿麻痹症。进门后，老头子随意地瞟了我们一眼："快，快把你们的生辰八字写出来，错过了吉时就算不准了。"然后，自顾自拐进里屋，拿出来一本发黄的似乎残缺不全的黄历，眯着眼，鼻子顶着那本书，仔细地核对着我们的生辰八字。我一看，这老头虽然近视，却不是瞎子，也不装模作样，估计是和和调的，算命肯定不会太准。

老头说："你书香门第出身，少年得志，但过了三十岁就不行了。三十三岁时不进法院就进医院，伤筋动骨是小事。到了三十五岁，丢官罢职，一切重头再来。"

老头接着说："你要吃点苦头了，但命中注定，你有贵人相持，只要你努力，一口气能开八爿厂。四十二岁时功成名就，四十五岁就可以退休了，以后吃喝不愁。"

老头继续说："四十二岁后要放手，万事不要亲力亲为。风头八年已过，以后要随遇而安。厂里好坏，与你关系不大，努力与不努力，结果都一样。你属羊，晚年享福。属马的，与你亲近，始终会帮你……"

我听了，暗暗心惊。许多事，一语中的。我和他相距甚远，是不可能打听得到的，难道冥冥之中真有定数？我不太迷信，此刻也半信半疑。恰巧今年我三十五岁，难道真的要有重大转折了吗？

无聊的日子总是过得很慢。宽敞明亮的办公室，此刻像囚禁犯人的牢笼，我的心里一片阴霾。硕大的办公桌上空空荡荡，没有一张纸、一支笔，似乎都在嘲笑我的过去。国有企业本身是个小社会，充满了形形色色，转制后，一切都变了，人与人之间的关系变得更加庸俗。昏昏沉沉的我，眼前浮现的都是一群"红眉毛""绿眼睛"，原先清纯友善的眼神，此刻变得阴险狡诈；那些熟悉的温柔的话语声，也变得神神叨叨，甚至尖酸刻薄。原来习惯于撩起袖口、卷着裤腿、开着电动自行车上下班的老板，如今西装革履、衣冠楚楚，座驾也变成豪华的"四个圈圈"。新提拔的"人才"成了"奴才"，见到老板就点头哈腰，有的像抗战剧里的伪保长，有的像宫廷剧里的和大人。特别有意思的是，原来趾高气扬的×副总，开会时看见老板走过来，竟然冲上去帮他整理稍微有些歪斜的领带，甚至不惜弯下高傲的腰，替他擦去皮鞋上并不显眼的灰尘……唉，难怪了，我当了十几年的办公室主任，确实落伍了，如今只配去看厕所了（我在分厂时的办公室，隔壁恰巧是个厕所）。

2001年7月1日，党的生日，按惯例下午要开庆祝大会。上午，公司华书记叫我去整理会场，做好一应准备工作后，我分别向科室党支部刘书记、总师办顾主任请假，下午有事调休。中午回家，吃过饭便直接去无锡了。

下午三点，老丁打电话给我，说有人去门卫室查我的出门证。因为没见我参加党员大会，又找不到出门证，估计是偷偷遛出去了。据说还批评门卫人员徇私舞弊，要严肃处理他们。幸好我手续齐全，否则岂不是给别有用心的人抓住小辫子了，又可以大加渲染了？

最近一段时间，听说有人经常到老板那里去告状，说我上了班无所事事，整天吃茶、聊天、吹牛逼，有时还要发牢骚，散布消极的、不利于领导的言论。还听说，老板已对我相当不满，打算取消我的中层干部待遇。欲加之罪，何患无辞，我就当没有听见。

有一天，我去金工车间调取质量跟踪记录。这里有上百个年轻人，自然有我不少好友，几个人围上来和我闲聊了几句，恰巧老板进来，我赶紧知趣地离开。谁知，回到办公大楼前，就见布告栏赫然写着：×××乱串岗位，罚款五十元。这是我进厂以来第一次受到违纪处罚，我愤怒、委屈，但没有去申辩，始终忍着。可这次，又将被冤枉违规出门，感到忍无可忍。有些人做事太过分了，实在是欺人太甚。

企业转制，出发点是好的，不少企业因此凤凰涅槃，获得了新生。可惜的是，我所在的企业，歪嘴和尚念错了经，丧失了正确的用人观，忽视了人的决定性作用，投机取巧，舍本逐末，错失了发展的机遇。

第二天上班，我决定不再委曲求全，跑到了总经理办公室，拍着桌子问："昨天我明明手续齐全，凭什么疑神疑鬼去查我的出门证？还说门卫包庇我？"隔壁办公室里的老板一声不吭。

　　回到总师办，委屈与愤怒撕扯着我，我一拳砸在办公桌上，茶杯的盖子被震得嘤嘤作响，我一狠心，把用了多年的杯子摔在地上。玻璃四溅，一如我破碎的青春。

　　含着热泪，我写下了辞职报告。

　　老板派人找我谈话："不要冲动，来日方长，你是有能力的人，不要草率行事。"同事们也好意相劝："你只会摇摇笔杆子，耍耍嘴皮子，没有多少资源，出去了能做啥？人家辞职，都是有准备的，要么开厂，要么经商，你真的想好了吗？"我大声地对他们说："我确实没本事，但是有志气。出去后随便做啥，只要肯干，就不会饿死！"同时，我暗暗地攥紧拳头对自己说，要么不走，既然出去了，我定当舍命一搏，闯出属于自己的天地，证明今天的离开，是值得的！

　　三天以后，我办理了离职手续，平价拿回了我的投资款，然后义无反顾地转头离开。步子沉甸甸的，每一步，都饱含着我的辛酸和悲愤，十八年激情澎湃的青春岁月，梦想终于被无情地击碎。闻讯而来的几十位朝夕相处的老朋友，默默地伫立在大门门口，秋风萧瑟中，我能感受到他们和我一样的心情。

　　我饱含热泪，挥挥手，不敢回头。再见，我的朋友，再见了，我曾经的青春！

梅 梅

　　大别山深处，有一个鸡鸣三省的山头，叫做马鬃岭。它与天堂寨隔山相望，属于安徽省金寨县最偏僻的地方。

　　1970年10月5日，午夜。马鬃岭林场的职工宿舍里，传出一声新生婴儿的啼哭，一对年轻的夫妻，从赤脚医生的手里，接过了咂着嘴、粉嘟嘟的女孩。爷爷和奶奶跋山涉水，花了一天一夜的时间才从县城赶来。由于妈妈缺少奶水，山上条件又太差，三个月以后，奶奶把孙女背下山，来到了县城梅山，于是，女孩有了一个伴随至今的乳名：梅梅。

　　虽然远离父母，梅梅跟着爷爷和奶奶，也有过幸福的童年。

　　爷爷祖籍江苏无锡，他的父亲在前洲街上开了一家中药房，是青城中学的校董。爷爷从小读书，大学毕业后参加革命，后被分配到安徽省金寨县林业局，担任领导工作。奶奶出阁前住在无锡塘村，娘家有几条机船，农忙里替人打水，因而条件不差，自小读过私塾，和冯其庸先生是一条巷上人。出嫁后随夫来至金寨，在县城的茶场工作。后来，两个儿子都在金寨成家立业，梅梅从小跟着爷爷和奶奶，在机关大院里长大，上了幼儿园，读完了小学。

可惜好景不长。爷爷在县政府工作，常常需要下乡蹲点。那时候干部外出调研，不带随从，背起被头铺盖，说走就走了。山区条件艰苦，住在老乡家里，一待就是十几天。有一天夜里，爷爷突发脑溢血，乡里人组织担架队，一路狂奔至县医院，抢救无效，再派吉普车送至六安市医院，仍无回天之力。爷爷属于因公殉职，县里召开了规模盛大的追悼会，遗体用上好的棺木葬在梅山脚下。从此，爷爷的英魂和无数革命先辈一起，留在了那片红色的土地上。

梅梅曾是爷爷的心头肉。中午休息时，爷爷总爱攥着梅梅的小手，爬上高高的梅山水库，在堤坝上眺望高山峡谷里奔涌而下的山泉。金色的云朵伸手可掬，波光粼粼的湖面上，几只水鸟互相追逐，梅梅手舞足蹈，恨不得飞过去和它们一起游戏。黄昏时分，祖孙俩来到屋后的小溪边，用削尖的竹子戳鲶鱼，戳不到，就脱了鞋下去摸。这种鲶鱼很笨，极易捕捉，红烧或清炖，味道很鲜美。

梅梅从小不在父母身边，免不了孤苦，但她乖巧伶俐，爷爷奶奶和叔叔都宠着，整天嘻嘻哈哈，没有烦恼。

爷爷离去后，家里少了个顶梁柱。从风风光光的干部家属，一下子变成无依无靠的外乡人，奶奶尝尽了人间冷暖，冷眼、排挤，让她无所适从。困难阶段，失去了工作，奶奶更加思念自己的故乡。于是，奶奶决定带着梅梅回到老家，去投靠娘家的两个弟弟，重新开始新的生活。

1982 年的秋天，梅梅跟着奶奶来到了无锡，开始了她一生中最难忘的艰难岁月。这一年，梅梅十三岁，刚好上初一。

　　奶奶大户人家出身，婚后又是干部家属，本就心高气傲。本想回到家乡，有两个娘家弟弟撑着，生活应该不会太难过。殊不知嫁出去的女儿泼出去的水，如果得势时衣锦还乡，必然能迎来奉承和笑脸，而今落魄后回乡，少不了会叨扰亲眷朋友，日子长了，自然不会再有好脸色。80 年代之前，无锡乡下的生活水平远不如金寨县城，毕竟那里是著名的将军县，每年有许多财政补贴。爷爷在世时，一直当干部，各方面条件都不错，奶奶每次回娘家，少不了大包小包，经常接济乡下的亲戚朋友。如今落了难，不少人视而不见，甚至横眉冷对。奶奶大失所望，但也无可奈何。

　　梅梅的父母都在林场工作，工资不高，不久又给梅梅添了两个妹妹，愈加捉襟见肘。梅梅的叔叔在金寨县城里上班，收入也不多。奶奶每月领遗属补助，两个儿子也寄一点钱回来，但要维持生活，供梅梅上学，必须省吃俭用才行。

　　困难的不光是经济。祖孙俩过去生活在县城的机关大院，住的是大瓦房，踩的是水泥地。吃饭进食堂，不需要生火做饭。喝的是自来水，连厕所都有清洁工专门打扫。如今回到老家塘村，到处是土路，下雨天一片泥泞。梅梅上中学时，必须经过钣金厂旁的那条小路，遇上大雨就犯了难：赤脚呢，滑不溜秋挪不开步；穿雨鞋呢，又容易陷在泥巴里，怎么拔都拔不出来。有几次不小心滑倒在路上，弄脏了衣服，想到回家后要被奶奶骂，索性就一屁股坐到泥浆里，伤心地放声大哭，那瘦小的身影，既可怜又无助。

祖孙俩起初住在奶奶的小弟家，后来又搬到奶奶的大弟家，再后来，租住在塘村冯巷最西边的一间破旧的平屋里，总算有了稳定的住处。由于年久失修，老房子的屋顶早已破烂不堪，下雨天到处漏水。奶奶拿来了脸盆，梅梅搬来了拗手和澡盆，家里能盛水的容器都派上了用场。老屋前后两间，前头做厨房烧饭，后面搁张床做卧室，加起来不足三十平米。屋前有个小院子，围墙歪歪扭扭，尚能遮风挡雨。院子里有一小块地，可以种些蔬菜。墙角堆着几只腌咸菜的破缸，门前还有两个豁了口的瓮头，在里面填了些土，种上了太阳花和凤仙花，竟开得很灿烂，很娇艳。

祖孙俩都是居民户口，没有稻草柴火，只能去供销社买配给的煤屑，拉回来自己做煤球，然后用煤球炉子烧水做饭。祖孙俩都是女人，力气小，又不会骑三轮车，只好借个小板车去拖。煤场在前洲老街南面的秧田头，从那里到塘村冯巷，来回要好几公里。祖孙俩拖了一百斤煤屑，一路上气喘吁吁，歇了又歇，回到家已经精疲力尽。煤屑买回来了，要借煤球机打煤球，掺泥、加水、拌和，既是力气活，又是技术活。泥少了，粘不住，泥多了，煤球便烧不旺；水少了，拌不匀，水多了，煤灰像烂泥，打进壳子一拎起来就掉了。梅梅急得坐在地上，流的泪比拌煤的水还要多。

晒干了的煤球要生起火来，也是不容易的。先点燃废纸或稻草，再引燃木柴，最后煤球才会燃烧。说起来简单，做起来难，烟熏火燎中梅梅总会变成个大花脸。

上惯了厕所的女人用马桶，本就很别扭，还要拎出去倒马桶，梅梅很害羞，只能大清早出去倒。偷偷倒在了邻居家的粪缸里，拎着马桶跑到西边的小河边，瞧了瞧，想刷洗，突然想起村里人都在东边的河滩上淘米洗菜，两边离得这么近，河浜又这么小，无论如何也下不了手。心急慌忙时，马桶盖掉进小河里，梅梅不知怎么捞，只能眼睁睁地看着它越漂越远。

村里没有自来水，难道还去那个洗马桶的小河浜里挑？梅梅想了想，肯定不能去。老屋不远处有口井，但打水要自备吊桶。别人家的吊桶都是自制的，聪明人在皮球上掏个洞，用铁皮做个圈，然后用铁丝固定，最后栓一根尼龙绳子。梅梅红着脸，把借来的吊桶放入井口，任凭她晃来晃去，就是舀不进水。尼龙绳又细又滑，一失手掉到了井里。水没打到，还要请人去捞吊桶，梅梅不敢回家讲，否则又会遭到奶奶的一顿臭骂。

村上也有好心人。冯巷上有个乡亲做工商所长，见奶奶有文化，能写会算，便介绍她到小菜场里做协管员，每个月能领一些补贴。不少商贩收摊时，有一些卖不掉的蔬菜，也乐意送给奶奶，带回去挑挑拣拣，还能做菜吃。小河边有块荒地，祖孙俩去垦种，巷上人不眼红。奶奶的外甥女、外甥女婿，也很关心这一老一小，一旦遇到难题了，总会来帮忙。

奶奶本性善良，但心高气傲，与自己的兄弟姐妹相处，也不是很融洽。尽管生活极其艰难，却从不放松对孙女的管教，事无巨细，极其严苛。老房子很破旧，却每天要清扫，简单的几样家具，必须一尘不染。洗碗要用热水浸泡，冷水冲洗，抹布擦干，摆放整齐。热水瓶要挨个用，决不能颠倒顺序。言行举止，一定要循规蹈矩，稍不顺眼，非打即骂……奶奶在外面受的委屈越多，脾气就越暴躁，回到家里便把怨气撒在孙女身上。梅梅的少女时代，几乎都是在责骂声中度过，从没享受过父母的亲情爱抚，不懂什么叫软语温存，缺失了很多情感。奶奶这种孤傲的性格，苦了自己，伤了别人。

1985 年的夏天，梅梅初中毕业了，她不想上高中，想尽快进厂赚钱。论年龄，还不满十七岁。她姑夫找人帮忙，进了镇上的县属厂。于是，我们便成了同事。

初见梅梅，是在新职工进厂培训的课堂上。她身高 165 厘米，体重却只有 38 公斤，看上去非常瘦弱，但不是弱不禁风的那种。由于长期营养不良，头上竟然有了白发。纤细的腰肢，楚楚动人，像水墨画里没有晕开的花骨，惹人爱怜。

我比梅梅进厂早三年，年龄也恰好大三岁。当时在工会做宣教干事，即将被提拔为团委书记，当然也是有些魅力的。屁股后面女孩子跟了不少，我却独独看上了梅梅。

凑近细看，小姑娘其实很俊俏，一颦一笑，洋溢着少女特有的娇羞、青涩。那清脆、透亮的笑声，充满了率真和豁达。那种无处不在的乐观，像一缕阳光，温暖了我的心房，冲淡了我失恋后的忧伤。我眼前一亮，这是一个特别简单的女孩子，这种简单，胜过宝藏，是我始终梦寐以求的啊。

我俩混在人堆里，看了几场电影，爬了几次惠山，骑自行车带着她上了一趟无锡城，在中山路上吃了一碗酸辣汤，便确定了恋爱关系。

20 世纪 80 年代后期，流行跳交谊舞，厂团委经常组织这些活动。第一次牵梅梅的手，是我教她跳八步和十六步。柔情似水的乐曲中，梅梅很拘谨，身体有点僵硬，手握得很紧，手心里的潮热，把我弄得有些紧张。梅梅骨子里很热情，经常笑，笑得很爽，声音还很大。我不知道她的快乐究竟从哪里来，但深深地被她吸引。

梅梅喜欢听歌，手抄本上全是邓丽君的歌词。我送给她的第一件礼物，是一只很小的录放机，第一盘盒带，就是邓丽君的《在水一方》。那天，我送她去县医院做甲状腺切除手术。我一个人在走廊里徘徊，焦急地等候。当梅梅被医生推出手术室时，脸色苍白，楚楚可怜，我握紧她的手，情不自禁吻干了她脸上的泪水。

梅梅喜欢唱歌，唱的全是从半导体里学来的新歌。团员青年开大会，我让她上台去教大家，她落落大方，居然不怯场。梅梅平时很朴素，从来舍不得买新衣裳，但我知道，她内心里是喜欢的。她要去文化宫参加唱歌比赛，我俩去市里的百货公司，买了一套漂亮的连衣裙和一双时髦的皮凉鞋。那天晚上，梅梅神采飞扬，上去唱的什么歌，我早已忘记，但她脸上尚未褪去的山里红，还有那双妩媚的眼睛，似乎还在眼前。

从此，我成了梅梅家的"长工"。下了班和星期天，我使出了浑身解数，拉煤，做煤球，挖地，种蔬菜，打水，垒院墙，无所不能。

奶奶心里欢喜，嘴上却不饶人。周家虽然书香门第，唐家也算名门望族，门当户对。她家住塘村，正南，我家在北七房，偏北，嫁女一般都往南去，现在却向北，是我高攀。属相也不般配，梅梅属狗，我属羊，老话讲狗咬死羊，羊咬死狗，以后要当心……当然，大家都当笑话讲讲的，没人去较真。

梅梅在金工车间做车工，手臂贼细，劲却很大。中午去食堂，能吃四两饭，一份蔬菜，一块肉，外加一碗冬瓜汤，居然不长胖。我坐在办公室抄抄写写，只能吃二两饭。

食堂里走出来，梅梅的师傅拦住我："听说你和我徒弟在谈恋爱，是真的吗？"

"是的，怎么了？"我问。

"你怎么看上她了呢，又瘦又小，不够漂亮。"师傅接着说，"主要是力道不够，怕将来生不出儿子。"

我笑了："你不是她师傅吗？你教教她，怎么使劲生儿子？"

师傅白了我一眼，没好气地说："哎，不识好人心，你不知道我只会生女儿吗？"

梅梅的师傅是陈书记的老婆，我和梅梅谈了两年恋爱，她居然刚刚才晓得。也难怪，我是团委书记，到哪里都前呼后拥，在公开场合，我俩独处的时间很少。下班后，梅梅坐着我的自行车后面回家，也是顺路，而且另一个同事阿文住塘村，带她的次数也不少。星期天去她家干活，常常也有小明、小胜等朋友伴着，人家搞不清爽也正常。看来，我们的地下工作搞得真不错呢。

快乐的日子总是过得很快，转眼三年多过去了，我和梅梅准备结婚。拿了证，就是双职工，可以在厂里申请一套公房。我们俩都是多子女家庭，我兄弟姐妹六个，我最小，她姐妹三个，她最大，双方家庭经济条件都很一般，没有能力帮我们买商品房。操办婚事，也只能尽力而为。

穷人的孩子早当家，其实，这三年，我俩一直在存钱。两个人的工资，全都放在一起，凑满多少钱，就买多少东西。慢慢地，收录机有了，电视机有了，家具也有了。我父母亲都是教师，也是每月存多少钱就给我们多少钱，三年下来，除了房子，竟也攒了不少家当。

1990 年的春节，我们在前洲中学的教工宿舍举行了隆重的婚礼。双方家庭互不计较，也就办得顺顺当当。不久，分到了厂里的房改房，一百多平米的新房子，虽然在底楼，也十分高兴，从此，我们终于拥有自己的家了。两年后，儿子降生，大家更是喜出望外。

十年以后，又是一个秋天。我俩所在的县属企业即将转制，成为私有企业。我和梅梅商量，与其帮人打工，还不如自己下海创业，反正也没有后顾之忧，趁年轻打拼一下，说不定能够成功呢。

首次创业，是和另外两个朋友合伙开机械厂。约定每人拿出 30 万元，各占三分之一股份。阿强负责找厂房，奇哥负责跑市场，我负责管生产。梅梅爽快地取出了家里的存款。

我一本正经地和梅梅讲："办企业风险很大的，万一亏本，我们辛辛苦苦存下来的钞票可就泡汤了。"

"不会的，阿强做了那么多年老板，奇哥跑销售本事很大，你搞管理也有一套的，三个人在一起是强强联合，肯定会成功。"

梅梅接着说，"但就怕将来意见不统一，老大多了要翻船，我们遇事多忍让，具体工作多做点。万一亏了，也就当白干几年，不用怕!"没想到,梅梅挺有主见,分析得头头是道,我信心更足了。

梅梅也辞了职,先在食堂烧饭,不久又承担了采购工作。我抓生产是拼命三郎,没日没夜待在厂里,家里的事情只好全部扔给梅梅了。我们一帮人都在县属企业干了十几年,各方面都有经验,很快就拿到了订单,形成了生产规模。一年后,十几个人的小厂销售超过一千万元,赢利一百多万。

我始终认为,不能小富即安,目前的格局还是太小了,企业需要进一步做大。但是,另外两个合伙人却认为,船小好调头,还是小打小闹比较保险。我把我的想法告诉了梅梅,原以为她会反对,没想到她比我更干脆:"既然下了海,就是要拼命向前游,只要你有信心,我无论如何都挺你!"

于是,我主动和其他两位股东商量,不退股份,保留原来的股本和分红,让我出去闯一闯,如果成功了,对大家更有利。两位股东都是我的至交,均表示理解。我和梅梅毅然跨出了创业的第二步,独立办公司。

机会永远留给有准备的人。之前我做过详细的市场调研,变压器行业的铁心很紧俏,有取向硅钢片的核心技术掌握在日本人手里,国内仅武钢能生产,因此供不应求。国外有大量的二手变压器被转卖到浙江台州、广东清远等沿海地区,那里已形成巨大的拆旧市场,只要去把旧硅钢片买回来,通过压平、剪切、退火、叠装等一系列加工工艺,制成的铁心完全能达到国内变压器的生产要求。我有几位浙江的朋友已经在做了,他们愿意提供采购渠道、生产工艺和销售方向。但是,搞这个项目需要的资源比较庞大：一万平米厂房，上百名工人，两千万以上的流动资金。机会是很好的，但需要很大的投入，超出了我的承受能力，我不禁有些犹豫。

在家里，我和梅梅往往会为了一件小事起争执，但重大问题，我们反倒很一致。梅梅说："从我嫁给你的那一天开始，我就把绝对的信任交给你了。只要是大事情，只要你看准了，我肯定不拖你的后腿。"

她知道，我是个绝对谨慎的人，有时会患得患失，关健时刻推一把，还是拉一把，非常重要。此刻，既然夫妻同心，我决定放手一搏。

我兄弟姐妹多，朋友更多，大家对我都十分信任，很快就筹集到九百多万元借款。大哥曾经担任银行高管，也设法帮我申请到一千万元贷款。资金问题解决了，紧接着租厂房、买设备、招工人、进材料，招聘营销人员，组建管理团队。很快，新公司开业了，梅梅成了名符其实的老板娘，主管公司的财务和后勤保障工作。

人的潜能往往只有在特定的条件下才会被全部激发出来。企业做大了，一年几千万的流水，梅梅居然不慌不忙，有条不紊。一个初中生，能有如此修为，我真的没想到。

公司里千头万绪，家里又上有老下有小，她那单薄的小身板，竟能挑得起这副重担，我更加没想到。慢慢地，梅梅脸上的皱纹多了，头上的白发也更多了……

那几年，我大部分的精力都用来跑市场，既要采买硅钢片，又要盯住大客户，忙得像个陀螺。采购和销售是公司的命脉，我不敢有丝毫的放松。由于操劳过度，椎间盘突出，严重到椎核破裂，站不起身来，不得不去医院动手术。紧接着，肾结石、结肠炎先后发作，疼起来真要命，我觉得身体要垮了。梅梅看在眼里，急在心头，立即把外甥女请来管财务，把自己的精力，全部放在我的身上。

从此，梅梅成了我的专职驾驶员和私人助理，放弃了公司里所有的管理工作。那些年，我乘车基本躺在后座上，因为长时间坐着，我的腰吃不消。我每星期都要去浙江台州看材料，还经常要去南昌、九江和武汉见客户，梅梅都亲自开车，顺便照料我的衣食住行。

有一天，由于导航失误，梅梅连续开车十三个小时，但坚持不让我碰方向盘，我只好睁大眼睛，帮她紧盯着高速公路。忽然，我发现轿车渐渐往左偏，刹那间擦向高速公路的护栏。我赶紧拍了拍她的肩膀，大声地说："梅梅，偏了！方向偏了！"我知道梅梅累了，打盹了，所以不敢大声惊呼，怕她紧急刹车，那样容易翻车。我一边提醒，一边帮她反复拉手刹，尽可能降低速度。幸好，她反应很快，方向盘马上右打，拨正了方向。老天保佑，下半夜高速公路上车辆不多，电光火石之间，一场车祸终于避免，我吓出了一身冷汗。

梅梅性子急，做事却很沉稳，非常有耐力，就像当年在车间里做车工，一做就是十八年。

大家都纳闷，说她瘦得像排骨，精力不知道是哪来的，又为什么那么要强，做事那么拼……只有我知道，她是吃过苦的人，深知贫穷的可怕，她要争一口气，不仅仅为自己。梅梅始终坚信：幸福的生活只有靠自己去创造，要赢得别人的尊重，唯有靠自己的实力去争取。

时间真快，我们下海创业已经二十多年了。通过多年打拼，我们的企业具备了一定的经济实力，在市场上站稳了脚跟。苏南的老厂拆迁后，又去苏北购置了几十亩国土，建造了上万平米标准厂房。如今，梅梅已彻底回归家庭，儿子和儿媳妇也接手了公司，再也不需要她过多地操心。

梅梅五十出头，身边有一个乖巧的孙女，还有一个调皮的孙子，和心肝宝贝们在一起，梅梅觉得很快乐。午夜梦回，她看见了久违的梅山，看见了慈祥的爷爷奶奶，也看见了自己快乐的童年。

我的心肝宝贝

　　这么肉麻的称呼，若是放在以前，肯定羞于出口，说不定浑身还会起鸡皮疙瘩。如今，却经常能脱口而出，自然得很。

　　前天，"心肝"（孙女）和"宝贝"（孙子）两个小家伙来到阳台上，隔着玻璃门给我们跳舞。两个小家伙几天没见到朝夕相处的爷爷奶奶，肯定憋坏了。我和妻是周一发现"羊"的，疫情逼近，避无可避，自己倒是不太担心，就是担心两个孩子，他们可是我的心肝宝贝啊。所以，一发现情况不对，我们赶紧自我封闭。我家两套房，一梯两户，阳台是通的，一间我和妻住，另一间我儿子、儿媳妇、孙女、孙子住。一家六口，三代同堂，本来其乐融融，现在，两道厚实的玻璃门，将我们无情地分开。

　　可就在昨天，儿媳妇中招了，儿子干咳了几天，估计也难幸免，我的"心肝"竟也高烧40度，我真恨不能自己来受，只能祈求老天保佑，让我的"心肝"少受点折磨，快快好起来。今天上午，来敲玻璃喊爷爷奶奶看跳舞的只有"宝贝"一人，小家伙依然神采奕奕，举着两只小哑铃扭来扭去跳健康舞。担心了一夜的我，眼泪险些收不住，哎呀，真好！我的"宝贝"，我的"小祖宗"……

我老兄弟三人，每家一朵"金花"，唯我多个孙子，自然是个"活宝"了。可惜我的父亲和母亲，只见过两朵"金花"，没熬到"心肝"和"宝贝"降生的那一天。但我知道，他们也努力了，他们在另一个世界里和我们一起在使劲。你看，如今我家六人，唯"宝贝"还在蹦蹦跳跳，已经是个奇迹了。祈求老天和祖宗，再坚持几天，让我和妻顺利出关，大家才有饭吃啊。

我和妻20世纪80年代末相识，在同一家企业工作。为了分套公房，妻十九岁就嫁给了二十二岁的我。同样，我儿子在二十二岁时，娶了个女同学回家。两代人的努力啊，终于使我四十七岁就做了爷爷。我一直信奉"早生儿子早得力"的千古名言，为此遭受了年龄相当的同伴们的无数"羡慕嫉妒恨"。

我的"心肝"生于2015年9月。儿媳妇为了早日完成"两胎"任务，第一胎坚持要顺产。可"心肝"不听话呀，在妈妈的肚子里扭扭捏捏，赖着不出来。儿媳妇在产房里整整煎熬了四十二个小时，无奈胎位不正，仍然只能剖腹产。一剖延三年，老天决定的事，谁也否不了，顺其自然吧。

孙女平安生下来，全家人松了口气。纷纷围着看：肥嘟嘟的脸蛋上，没有遗传到妈妈大而圆的眼睛，也没有遗传到爸爸高而挺的鼻梁，竟维妙维肖地遗传了奶奶的眯眯眼和爷爷的八戒鼻。但搭配在一起十分自然，惹人爱怜。渐渐长大了，聪明伶俐，活泼可爱，整天"咯咯咯"地笑，花枝乱颤的娇模样，就是一朵最娇艳最可爱的花朵，开在家里每个角落，开在爷爷的心田上。"心肝"特别黏我，一见我就嚷："老爷，背，我要背！"几年下来竟把爷爷的椎间盘也背好了。

三年以后，也就是 2018 年 11 月，"宝贝"诞生了。儿媳妇争气，老祖宗帮忙，全家人喜出望外。我家虽然传统，但绝不封建，当初给儿子儿媳妇定的指标，也只要确保两胎，不论男女。但说起这，还发生了一件令人啼笑皆非的事情呢！

老兄弟三家金花各表，已有三朵。如今我家要生二胎了，几十个人自然张大了眼睛，紧盯着儿媳妇的肚子：老天帮忙，千万来个男孩，希望全寄托在这次了。

儿媳妇怀孕四个月不到，赶紧设法探个究竟，结果得到了喜讯，要有孙子了。感谢天，感谢地，感谢老祖宗，感谢儿媳妇争气的肚子……听闻喜讯，我的好友们打心底里为我高兴，半夜里嚷嚷着要开车去南长街狂欢。我的五座轿车里，竟塞了八个人，副驾驶座也坐两个人，遇到红绿灯，一个人赶紧钻下去，以防警察看见……火热的南长街，到处灯红酒绿，我的心快要醉了。

过了一个月，为求保险，又设法去确认一下，结果竟得到了相反的结论。一丈水退了八尺，看来是白高兴了。不死心，换个地方再探究，依然说是个女孩。大家终于死心了。唉，两个总比一个好，姊妹俩也不错，顺其自然吧。

十月怀胎，一晃而至。敏红帮肚子里的二妞名字也起好了，大妞叫欣瑶，二妞就叫亦瑶吧。由于首胎剖腹产，二胎肯定也只能是剖了，所以很从容。挑了个好日子，妻和儿子、儿媳妇三人高高兴兴地开车去医院生二妞了。下午，我和中秋待在家里，等待二妞降生的消息。

"叮咚"，门铃响了，来了个苏北朋友，拎着十只大螃蟹，我赶紧说谢谢，可没心思去烧，扔在冰箱里。"叮叮"，儿子的短信来了："生了个弟弟。""啊？"我一惊，揉揉眼睛，举起手机再看，手也颤抖了，手机险些滑了出去。"真的吗？"我赶紧打开语音，"真的。"儿子倒是很平静。顿时，我激动得如同范进中举，连蹦带跳，挥舞双手，如入疯魔。此刻，已经无法用言语来表达我的心情了。老话没说错，生孙子，最激动的是爷爷，这可是意外的惊喜啊。

中秋看着我激动的模样，也高兴得蹦了起来："太好了，太好了！天大的喜事啊，老天不负有心人，周家终于有后啦……快快快，庆祝庆祝……"

我和中秋立即动手，把十只螃蟹统统煮了，喊来渭君，每人三只。可怜的中秋，几十年没吃螃蟹了，一下子搞那么多，胃痛了一个星期。

"宝贝"挺神气，眼睛像妈妈了，鼻子却仍没像爸爸，还是像爷爷的猪鼻子。长大了，嚷着要骑在爷爷的脖子上，哈哈，没事，爬到我的头发尖上也行呀。

转眼"心肝"八岁了，上小学一年级。"宝贝"也五岁了，上幼儿园小班。如果不是疫情，正是他俩蹦跶得欢的时候。现在，我只有祈愿疫情早日消散，还我们蓝天白云，自由天空。也盼着家里的玻璃移门能早日打开，每天能看他们欢蹦而来，追逐嬉戏。

　　每次听到心肝宝贝们柔柔的、俏生生的充满稚气的童声，我的心都会颤，浑身上下顿时充满了力量。哦，我的心肝宝贝，为了你们，哪怕是付出一切，我愿意！

放学以后……

二十多年前，我在国企工作，下班第一件事，就是接儿子放学。妻是同厂职工，下了班要买汰烧，也很忙。

儿子上幼儿园，都是爷爷奶奶步行去接的。上小学时，学校离家比较远，我骑自行车去接比较方便。

儿子小时候开窍晚，念书比较吃力。一年级班主任秦老师，据说刚从村校里选拔到中心小学，是个认真负责的骨干教师，就是性子有点急。我下班去接儿子，小家伙几乎天天被关夜学，背拼音、测心算。别的孩子一个一个都回家了，儿子总是泪眼汪汪地留到最后几个。我天天趴在教室的窗口看，心里有点不爽。

秦老师叫我进去，一边批作业一边对我说："你家的孩子从不预习的吧？听说他爷爷在这里做过校长的，奶奶也是老师，在家里为啥不多教教呢？人家的孩子条件没你们好，但家里都有人盯着，所以基础好，进步快，你家的孩子再不教，就跟不上了。"

我没好气地回答："爷爷奶奶年纪大了，头昏眼花教不动。"

秦老师抬头瞟了我一眼："那爸爸妈妈为啥不教教呢？"

"我是先生儿子不识字，高中都没毕业，老婆又是山里人，几乎是文盲，没法教唯。"我接着又说，"我儿子笨，估计是基因不良，不能怪他，要怪只能怪我们。如果我们能教好，也就不把孩子送到学校里来了，不好意思。"

秦老师朝我看看，无言以对。她肯定觉得我不讲道理。

其实，孩子贪玩，爷爷奶奶溺爱，我们也只顾自己工作，没有好好地管教，确实有点不负责任。后来，情况慢慢好转，儿子上初中、升高中，直到考取大学，都比较自觉，我们也没多操心。我认为，成绩固然重要，但孩子的身心健康，是第一位的。

斗转星移，一晃几十年过去，我也做了爷爷。孙女上小学，孙子上幼儿园，又要到校门口去接孩子了。时过境迁，心态已大不相同。当年接儿子，心里很烦躁，总是当成任务去完成；如今接孙女和孙子，满心的欢喜。左手牵"心肝"，右手牵"宝贝"，一路上叽叽喳喳、蹦蹦跳跳，心里充满了甜蜜。总觉得，辛辛苦苦了大半生，都值了！

我和儿子在苏北工作，周末才回家。每天接送孩子都以儿媳为主，妻子辅助。今天，她们去爬山了，叫我三点半接孙子、四点钟接孙女。接到指令，很兴奋，午睡时心心念念，一直看手机上的时间。三点钟了，赶紧下床，准备步行去接孩子们。

中心幼儿园和中心小学都在街上，步行过去只需十分钟。我走过街区，来到学校门前。幼儿园和小学紧挨在一起，南面是郁郁葱葱的市民广场。小学对面是广场北出口，那里有好几个亭子，摆放着石桌、石凳，这个时段正好供接孩子的人们休憩。幼儿园在小学的西边，校门口居然也新造了类似公交站台的等候区，一群俏丽的奶奶们在闲聊。时间还早，我习惯性地掏出手机，刷一会抖音。

十分钟后，幼儿园门口热闹起来，接孩子的人们自觉排起了长队。大门慢慢敞开，保安和值日的老师站在警戒线上维持秩序，小朋友们列队走出，在等候区面对家长，等着本班老师确认后才能离开。我远远看见孙子排在队伍里走过来，有点小激动，毕竟一个星期没见了。孙子却气定神闲，看见我就问："妈妈呢？她怎么没来接我呀？"

我假装不开心："妈妈有事，爷爷来接你不好吗？"

"好的，好的。我们先去广场上玩一会，等下再去接姐姐。"孙子蹭过来发嗲，"爷爷是老板，钱很多，姐姐说放学后要到超市里去买吃的！"

"谁说的？爷爷没有钱！"我拍一拍口袋，"钱都在妈妈那里呢，要造新房子，不能瞎用的！"

"好吧，我们先去玩。"孙子没有不高兴，手却伸进了我的口袋，一摸什么也没有，滴溜溜的眼睛眨了一下，"奶奶说的，爷爷的票票都藏在手机里！"

按惯例，孙子围着广场的喷泉跑了一圈，然后在健身场的单杠、双杠、转盘和翘翘板上玩耍一遍，突然冲过来抓住我的手："走，接姐姐去了！"我打开手机一看，四点差十分，正好。

中心小学的校门口，聚集了一大堆人。和幼儿园不同的是，来接孩子的爸爸妈妈比较多。不一会，孙女排队走出来了，她眼尖，一眼就看到我，像只小燕子，尖叫着扑到我的怀里，"爷爷""爷爷"叫个不停。然后，书包塞到我手里，又把水杯挂在我脖子上，拽着我的衣袖，牵着弟弟的小手，向广场的入口奔去。弟弟是个马屁精，见了姐姐立即从自己额头上揭下老师奖励的小星星，献宝似的贴在了姐姐的脸颊上。姐姐也赶紧从脖子里取下红领巾，大方地套在弟弟汗津津的脖子上。

姐弟俩来到广场上，节目马上不一样。满地的落叶，挑挑拣拣装在弟弟的帽子里；细碎的花果果，弟弟忍不住要摘，姐姐却不让，眼看就要吵起来了，我赶紧跑过去拉开。不出几分钟，姐弟俩又缠在一起，在树丛里跑，在花堆里笑。我怕他俩摔跤，不放心地跟在他俩的屁股后面追，累出一身汗。唉，腰酸背痛腿抽筋，我干脆躺在草地上，有点无可奈何。广场上孩子很多，任由他们去疯吧。

姐姐比弟弟大三岁。姐弟俩都是下半年出生的，俗称"小生日"，因此都比同年级的小孩子大几个月。有弟弟的姐姐一般更成熟，懂得谦让、照顾别人。姐姐在班里是大姐大，老师和同学们都喜欢她。弟弟却是个调皮鬼，经常自说自话，在家里和姐姐争风吃醋，抢玩具，抢吃的。姐姐却从不和弟弟争。弟弟出生后，姐姐就只能到隔壁和爷爷奶奶睡了，有时很羡慕弟弟晚上可以和爸爸妈妈待在一起。有一次被妈妈骂了，小丫头哭着跑到我身边，搂着我的脖子抽泣："爸爸妈妈不喜欢我了，他们喜欢弟弟了。我也想和爸爸妈妈一起睡呀，早知道这样，我就不让妈妈生弟弟了……"

我听了，心里一颤一颤的，很揪心，赶紧安慰她："爸爸妈妈怎么会不喜欢你呢? 你是个乖宝宝，你和弟弟都是我们的心肝宝贝啊，弟弟是你的弟弟，他长大了会陪你一起玩，会保护你。你看，很多的小朋友家里都没有弟弟，他们多孤单，他们都在羡慕你呢……"

　　姐姐破涕为笑。说实话，我并不重男轻女，自家的孩子，男女都一样，两个总比一个好。

　　一眨眼，五点了，再不回去，奶奶要急了。我赶紧爬起身来，大声地呼叫。姐姐满脸通红，头发散乱；弟弟一头汗水，嘴上沾了泥巴。祖孙三个就像残兵败将，今天回家后，大大小小挨顿骂是免不了的了。

　　回到小区门口，小超市的喇叭在喊："来来来，好想来! 买买买，就想买!" 孩子们的脚步马上粘在那里，迈不动了。

　　孙子喊："爷爷来，买买买!"

　　孙女喊："买买买，不差钱!"

　　我也喊："买就买，不付钱!"

一记耳光

　　"啪"，一记清脆的耳光落在我脸上，我一阵愕然。母亲是第一次对我动粗，我倔强地昂着头。看见母亲大而圆的眼眶里，瞬间噙满了泪水，我读懂了她的心疼，却无法选择原谅。

　　母亲是我小学三年级的班主任。

　　那天，我和王阿二、华老三一道玩斗鸡，不小心撞到了班里的小霸王高浩兴。这家伙长得比同龄人高出一截，平日里仗着块头大，经常欺负同学，有时连女同学也不放过。我向来看不惯他，所以也不屑跟他道歉。

　　下午，上课铃还没响，高浩兴来到我面前，用挑衅的眼光盯着我，我回瞪他一眼，谁知，他手一扬，粉笔灰洒了我满鼻子满脸，呛得我连连咳嗽。我气不过，便冲上去和他扭打起来，教室顿时乱作一团。高浩兴人高马大，我哪里是他的对手，很快就被他压在地上。王阿二就坐在我前排，瘦得像个猴子，平时与我很要好，关键时刻却被吓得蹲在地上，不敢施于援手。倒是我的女同桌秦霞，突然冲上来帮我，一只脚猛踩高浩兴撑在地上的手掌，另一只脚把他踢了个翻身。高浩兴痛得哇哇直叫，爬起身来一把揪住了秦霞的头发，死命地推搡。我又岂能罢休，急忙爬起身来，抡起拳头砸向高浩兴的脑袋。三个人扭在一起，场面很是混乱。

母亲闻讯而来，一见到鼻青脸肿的我们仨，顿时火冒三丈。一把扭过我的颈皮，不由分说，"啪"的一记耳光，抽在我的脸上，五个手指印顿时清晰可见，我刹那间愣住了，教室里变得鸦雀无声，安静得连喘息的声音都听得很是清楚，大家都怔住了。等回过神来，我夺门而出，泪水在眼眶里打转，硬忍住没哭。母亲瞬间呆住了，她想解释些什么，终究是什么都没有说。

我几分钟时间就冲回了家，抽泣着一头扎进小脚奶奶的怀里。我是奶奶第六个孙子，是奶奶的心肝宝贝呀，平日里哪受过如此大的委屈。奶奶看见那五个手指印，不由分说，从柴仓角落里找了根拐杖，一颠一翘地向学校走去。

事情闹大了。我明知道母亲是城里下嫁到北七房的洋小姐，从没和奶奶红过脸。奶奶此去兴师问罪，估计婆媳之间难以收场，到最后追根溯源，我肯定要被大哥揍一顿。

我赶紧跑出去，把奶奶从街上拽回来，说是和同学打架，脸上是被不小心刮到的。奶奶半信半疑，却又是万分心疼。她摸索着从床头蚊帐杆子上高高挂着的圆竹篓头里，掏出几块她一直舍不得吃的上海饼干，赏给了我。我无数次梦想得到的东西，就这样轻易地被我塞进了嘴巴，脸上火辣辣的痛，似乎也感觉不到了。

母亲没回家揍我，我便躲在被窝里拿本连环画有滋有味地读起来。《西游记》里猪八戒来到了高老庄，情节太生动，我忍不住笑出声来。

傍晚，母亲回来了，一声不吭，我也装作什么事也没发生。可是我们擦身而过的时候，我眼睛迅速瞥了一眼母亲，她的表情不是很自然，显得有点尴尬和无奈。

第二天早上，我照样拿了两毛早饭钱，在街上老虎灶转角处买了一只焖山芋，灵机一动，又挑了一只大个的黄心山芋，准备送给昨天见义勇为的女同桌。至于那个拉垮的王阿二，从此再也享受不到我的美味早餐了。

走进教室，我旁若无人地把山芋塞到秦霞的手里，女同桌的脸涨得红通通的。华老三赶紧凑过来，悄悄对我说："高浩兴被秦霞抓破了脸皮，他父亲来学堂里了，马老师当着全班同学的面向他父亲赔礼道歉，并到街上买了三个鸡蛋送给他的父亲。"又神秘兮兮地说，"秦霞扎头发的橡皮筋被高浩兴扯断了，马老师去店里帮她买了一只漂亮的花夹子……"

听着华老三的这些话，我再也忍不住了，鼻子一酸，眼泪像断线的珠子般砸在了课桌上。我犯的错误，竟要母亲来偿还，想起昨天母亲那饱含热泪的眼，那一个巴掌分明是打在她自己脸上啊！此刻的我，对母亲的那一丝怨恨烟消云散，剩下的是深深的自责。

一个耳光，让我记了将近五十年。

第一次牵手

三年级的下半学期，换了个班主任，叫袁小萍。

袁老师高中毕业后，就来做代课教师，教我们数学。她是北七房街上出了名的美女，大眼睛，长辫子，唱起歌来像只百灵鸟，婉转动听，过年时村里排演样板戏《白毛女》，女主角喜儿这个角色，一般没人和她抢的。除了人长得漂亮，演技也是杠杠的，那是我妈妈马老师手把手教出来的呢。袁老师不仅能唱会跳，上课时还会给我们讲故事，比如：小兔子的嘴怎么会豁成三瓣的？龟兔赛跑时慢吞吞的乌龟怎么能赢得了小兔子？这些秘密，都是她告诉我们的，同学们都很喜欢这个新来的老师。

小学里，老师怕同桌关系太好，上课时串通一气，不专心，做小动作，一般都是男女生搭配的。开学后第一堂课，便是重新排座位。男女生根据身高在教室外分别排成二列，矮的排在前面，高的排在后面，一边走一个，两两组合，轮到哪个是哪个。男女生是天敌，女生容易被老师收买，成天盯着男同桌的一言一行，稍有不轨，立即汇报。因此，同桌之间不理不睬，课桌上用小刀划出一道明显的痕迹，谁越过楚河汉界，等待你的，可能是一支削尖了的铅笔头，或者头上磨薄有了刃口的钢皮尺，甚至还有在界线旁涂口水、鼻涕、鼻屎和万能胶的呢。

我小时候很另类，情商很高，和女同桌关系都不错。老师一般靠口头表扬去收买女学生的举报，我直接用实物来收买女同桌的包庇，铅笔、橡皮、卷笔刀、花纸头，都是有力的"武器"，反正礼多人不怪，而且屡试不爽。所以，我的女同桌是不做"伪保长"的，还肯为我打掩护，轮到做值日生，要擦黑板、扫地什么的，我都不用亲自干。

这个学期，和我同桌的是个土妞。脸上黑黑的，有一团一团的斑印，听大人说，这种模样的肚皮里肯定有不少蛔虫。我小时候最怕虫子，看见蛇虫八脚（土话，蛇和蜈蚣），晚上要做恶梦。因此，我对这个同桌很嫌弃。过了一段时间，我和袁老师说，我视力不好，看不清黑板上的字，袁老师信以为真，便把我和前排的男同学调了个座。新的女同桌很直爽，有点男孩子气，成绩也不错。那时候十岁左右，并不在意女同学长得漂亮不漂亮，只要不打小报告，能和平共处就好。当然，适当地拉拢一下，能帮我抄抄作业，就更好了。

袁老师成天蹦蹦跳跳，很活跃，是学校里的文艺骨干。六一儿童节马上要到了，各年级都要排练文艺节目，袁老师肯定会别出心裁，出一下风头。那时候，红小兵刚刚取消，我们系着红领巾，感觉很新鲜，很时髦。但唱的歌，跳的舞，仍有鲜明的时代特征。班里挑选了五名男同学和五名女同学，根据身高排成两行，结对跳那种类似忠字舞的步子。我最矮，排在第一个，后面的男生们只要摆出手握红樱枪的架势，我却要和旁边一行排在第一个的女生手拉手，一只手互相牵牢放下面，另一只手攥在一起在上面作势往前打，喻意是革命的小将奋勇向前。乖乖里个咚，那时候小孩子也封建，哪里见过男生女生跳舞手牵手的？试了一下，旁边的同学们都在笑，我更不乐意了，赶紧对袁老师说："我手臂短，够不着，不好看，换一个人来吧。""蛮好的呀，不用换。"袁老师笑着说，"你俩身高差不多，看上去很般配，台型非常好呢。"同学们听了，一片哄笑，旁边的女同学倒没说啥，我却再也受不了，转身就逃进了教室。

袁老师虽然是班主任，但毕竟是新老师，有点下不来台。她立即跑到办公室搬救兵，把教我们语文的马老师请来了。

马老师是我的母亲，而且是小学部的负责人。听到袁老师告状，她二话不说，立马闯进教室，揪住我的耳朵，把我拎了出来。我又痛又委屈，无赖地往地上一躺："救命啊，救命啊，老师打人啦……"顿时，校园里轰动了，师生们涌出了教室，连后面初中部的老师也跑出来看究竟。一看是马老师训儿子，都捂着嘴散掉了。

想到上学期，我和男同学打架，母亲竟当众打了我一记耳光，我便更委屈了，坐在地上嚎啕大哭。我知道，我的哭声肯定能招来住得不远的小脚奶奶，光天化日之下马老师也不敢再次动手。这样，也许袁老师就不会再让我牵着女同学的手跳舞了。马老师见我大哭，扭头就走，挥挥手，让袁老师带着学生进教室，把我一个人晾在了操场上。

我也识相，停止了哭泣。哭了也没人听，白白地损耗眼泪，不划算。我仰天躺在草皮上，呆呆地望着天空，没有云朵，没有飞鸟，虽然日暮西山，也不会有星星和月亮。我变成了一个无趣的傻子，迷迷糊糊，居然睡了过去。

　　不知过了多久，感觉有一只脚在轻轻踢我。我睁开眼睛一看，竟是刚刚和我牵手跳舞的那个小女孩。她倒背着双手，柔柔地笑道："起来了，起来吧，我都不害羞，你为啥要难为情呢？袁老师让我来告诉你，动作改了，下次我们跳舞，动作和后面的同学一样，不必再牵着手了。""真的吗？你不会是袁老师派来骗我的吧？"我故意凶巴巴地盯着她说，直到看见她的脸和晚霞一般，变得红彤彤的。

　　我一骨碌爬起身来，顿时心情大好……

　　多年以后，忽然想起，那个我第一次牵手的女孩。那张红红的小脸，在我心里闪了一下。

故乡的莲溪

北七房

　　当晨曦微露笑脸，北七房老街便已苏醒。街东的莲蓉庵，伴随着香氲袅袅，传来清脆的钟声。莲蓉庵原名莲蓉禅院，明万历四十年（1616）由乡绅华义中出资建造，距今已有四百多年历史。庵内供有弥勒佛、三世佛、观音佛和伽罗菩萨、文昌菩萨、地藏菩萨。另有别院，供有玉皇大帝、大老爷和福禄寿三星。院南是莲蓉公园，有假山、池塘、莲蓉亭、放生桥等。莲蓉庵碑，由高品秋书文，余德度刻石。相传明代进士、东林八君子之一的叶茂才，退隐江湖后经常在这里饮酒作诗。

　　庵边有条小河古称莲溪，蜿蜒曲折，渊远流长。从大运河方向驶来的挂机船，"哒哒哒"地穿过莲蓉桥来到河埠口，那是供销社满载着从城里运到乡下的货物。岸边搬运组的壮汉们，大清早撩起裤衩，一手杠棒一手箩，随时准备赤膊上阵。

　　街东毛巷上，首先映入眼帘的是一片打谷场。自东向西，依稀有一条街的轮廓。最早时灰土路变成毛石路，后来又用错落有致的石卵子铺垫，最后是一排排青灰相间的石板，石板的两边，用青砖和条石镶嵌。路面有些凹陷，不少地方甚至残缺。两边的建筑，原来都是灰色的砖砌老屋，沿街门面，一排排长条木板插在门槛的凹槽里，门内是商铺，门外是熙熙攘攘的人群。

东边第一个朝南的铺面，是堂妹外婆家的豆腐坊，紧挨着的是两家摇面店，然后依次是打铁铺、铜匠摊、农具部、裁缝店、医疗站、文具店、烟酒店、老虎灶、剃头店、邮政所、信用社。东边第一个朝北的铺面是家布店，然后依次是日杂店、中药房、肉墩头、茶馆和小吃店，最后是一片公场。

抗战时期，日本人在公场上欺负老百姓，把人绑在梯子上烧屁股，灌了冷水又用脚踩肚皮。有一次日本人抓了两个老乡，其中一人被打得皮开肉绽，忍不住疼痛，家里人只好让他吸食鸦片，不料上了瘾，家里人便把他关在房间里，一天一碗粥，他不肯吃，被活活饿死。另外一人熬不住毒打，只好瞎讲把游击队的枪藏在家里了，日本人没搜到，继续毒打，又瞎讲把枪扔到河里了，日本人逼他去摸，当然摸不到，结果被日本人一枪毙命。

解放后，公场主要用来开大会，放电影。农忙时用于脱粒稻麦、晾晒农作物。农闲时搭台唱戏，排演《白毛女》《红灯记》，还请人唱《双推磨》《珍珠塔》，有时还有卖梨膏糖的夫妻档唱"小热昏"，街上人都乐此不疲。

再往西，有一座烧砖的窑，窑很高大，小时候甚至觉得很雄伟。窑的北面，就是梦里常见的母校，北七房中小学。我的母亲一辈子在这里教书，能歌善舞，甜美的歌声从街西飞到街东，整整飘荡了三十八年。戴着瓶底一样厚眼镜的老校长高品秋，挥舞着毛笔，恨不得到处留下古诗新词。捏着一把宜兴茶壶整天"凸个凸个"上海腔的新校长华嵩元，看起来满腹经纶，像个绍兴师爷。

学校的前身，源于1905年由著名教育家、书法家华绂言先生创办的莲溪小学堂。据说当时参与合资的还有著名画家华之宁的祖父湘笛公，曾做过浙江巡检，后退隐归乡。北七房小学惠泽百姓，造福乡里，在风雨中度过了一百多年。

每天清晨，老街就是菜市场。乡下人自种的各色菜蔬琳琅满目，鸡鹅鸭鸟一应俱全。其间人头攒动，叫卖声此起彼伏。小时候最开心的就是不吃早饭，向奶奶要两毛钱，买几只闷山芋带到教室里慢慢啃，那香甜的气息特别吸引女同学。

中药房，是老街最出色的名片。前洲大药房抓不到的中药，在这里往往能够轻松地找到。高家历代名医在这里坐堂，经常药到病除，妙手回春。后来又有个邹先生，祖孙两代，擅长中医妇科，远近闻名。外科名中医杜家英，祖传草药，主治外伤、痈疽等疑难杂症。

老虎灶门口，是老街最热闹的地方。有个读书人叫华巩，据说是北京清华学堂教授、上海大同大学校董华绂言的孙子。华巩每天早上不是吹笛子，就是拉胡琴，夏天弄几个盆子斗蟋蟀，冬天摆副象棋与人赌残局，显得多才多艺。家里有许多古董，玉船、玉碗、玉盏头，据说还有唐伯虎的字画。华巩年轻时英俊潇洒，风度翩翩，被无锡荣家看中，欲招为乘龙快婿，可惜荣家大小姐是个麻子，长得实在难看，便推三阻四，最后终于泡汤。四十二岁时看上了邻村十八岁的小姑娘，天生丽质，美艳动人，于是无事献殷勤，百般讨好。为了炫耀，经常用牛奶洗澡，后来终于心想事成，抱得美人归，演绎了一段才子佳人的美丽传说。

华巩的父亲华冠尘，别称"方先生"，也是个有名的书法家，无锡的荣巷和梅园多处留有其墨迹。华巩深得家传，也写得一手好字，早年前洲的杨家圩大桥，就是他题写的桥名。

墙门里有不少小弄堂，曲曲弯弯，深远幽长。高墙深院里还别有洞天，有好几个花园呢，里面有假山、金鱼池，还有各种颜色的牡丹花。小时候曾经和几个小伙伴一起钻进暗弄堂里捉地鳖虫，进去了一时摸不出来，吓得哇哇大哭。平日里总有人装神弄鬼，很少有女人敢独自进出。

墙门外常常能看到一位独臂老先生，每天在弄堂口练习书法，也是华家门上的神秘人物。我小时候放了学，经常跟他学写毛笔字。可惜他那曲折离奇的人生故事，始终不肯透露半句。

我的父亲是北七房乡的农会主任，土改时在老街后面分了两间房。老式的平房高大敞亮，据说过去是华家墙门里的大厅，木柱子有水桶一般粗，柱脚石和磨盘一样大，地上铺满青砖，阴雨天湿漉漉的。我的童年时代就是在这里度过的。

建国初期北七房设乡，附近的石幢、诸巷、小桥头、甘科头都属于北七房，地盘比较大，故相当长的一段时期内，北七房的街镇规模要比附近的礼社、秦巷大得多。历史上，北七房也人才辈出，除了叶茂才、华绤言、华之宁等几位名人，还有创办青城中学并任校长的著名教育家华祇文教授。

北七房的陈年往事，犹如一幅清明上河图，描绘了故乡人的平凡生活。如今，北七房整村拆迁，我心里自然有很多不舍，小时候的各种欢乐，只能永远留在回忆里了。

周家巷

　　无锡北门外，有一条古老的大运河，运河边上，有我的故乡周家巷。2022年，前洲街道友联村整村拆迁，我的老家周家巷随着老祠堂的倒塌，倾刻间成为历史。

　　古时候的周家巷，属于莲蓉村。1949年后属北七房乡，1956年起曾短暂属于和平高级农业合作社，1958年成立前洲人民公社后归北七房大队管辖，直至1962年，才从北七房大队划出，与诸巷、祠堂巷、陈巷、三保巷、黄天宕等六个自然村组成诸巷大队，1983年改称诸巷村。当时约三百多户一千多人口。2001年8月，诸巷村与小桥头村、甘科头村合并成为友联行政村，从此，周家巷成为友联村众多自然村中的一个。

　　听老一辈人讲，周家巷的周氏祖上属于玉祁槽坊周家祠堂，有四个亲兄弟，数百年前结伴来到古莲蓉村，后建周家巷分祠。祠堂建在小河边，解放初期曾经办过群胜小学，我小时候称为诸巷小学。祠堂后期成为村里的幼儿园和老年活动室。

　　悠悠岁月，周家巷百年沧桑，如今一片废墟。想当年，也曾人才辈出。周树图，新加坡国立大学教授、博士生导师；周伯衡，上海市少云中学初始人、高级教师；周仲衡，上海中波轮船股份公司董事、高级工程师；周品兴，中国上海国际技术进出口公司党委书记、总裁；周品泉，解放初期北七房乡农会主任、群胜小学创始人，前洲中心小学首任党支部书记。

儿时的记忆，周家巷和祠堂巷都在小河边的打谷场周边。后来，从橡胶厂门口的小桥头一直到周家宗祠门口的小河塘，都称为周家巷。周家四兄弟及其子子孙孙，在这里生活了数百年，从几间破旧的泥瓦房到后来上百户聚居的较大规模的村落，历尽了千辛万苦。解放前靠几条小河浜和周围几十亩薄田，还不能解决温饱，很多人只能离乡背井外出谋生，其中去上海的居多。

我爷爷读过书，在私塾教书，经常去上海贩卖洋布，赚一些辛苦钱，解决一家老小的温饱，却被伪保长举报为有钱人。日本人把我爷爷抓去，关在青阳小学，通知家里人必须在三天内交足钱粮，才能放回。可怜我的奶奶和父亲，实在没有能力如期凑齐，结果爷爷从此消失，生不见人死不见尸。可恨的日本鬼子，把我家推向了贫穷和痛苦的深渊。

我父亲十六岁就挑起了家庭的重担，二叔也不得不十一岁就去上海当佣人。好不容易熬到解放军过江，父亲凭着念过书，种过地，成为周家巷最积极的农会干部，刚解放就入了党。父亲利用周家巷祠堂作校舍，去城里招募了几个老师，创办了群胜小学。群胜小学初期，老师是没有工资的，到年底每个人分几斗米。

我母亲十八岁就到群胜小学教书。娘家在无锡城里，高中毕业后急于下乡找工作。由于性格开朗，能唱会跳，深受师生们欢迎。住在祠堂里，不会做饭，只好轮流在老乡家吃饭。晚上点个煤油灯批改作业，结果高度近视，戴的眼镜比瓶底厚。母亲在群胜小学时间不长，婚后一直在北七房小学，从教三十八年，直至退休。

家里人口多，父亲在北七房乡工作时，在街上分到两间房，我们兄弟姐妹和奶奶跟着父母一起住。周家巷上的祖屋，给两个叔叔住。

大哥一边帮生产队放牛，一边上学念书，高中毕业后应征入伍。大姐、二姐下放在周家巷务农。二哥、三姐和我还在读书。那时的生活十分简单，一大家人生活在一起，吃饱了就很开心。

父母亲虽然都有工资，但家里人口实在太多，粮食总不够。记得开饭前两个姐姐经常不开心，总被奶奶逼着先吃两爿山芋，这样可以少吃点饭。洗碗、刷锅总有人抢着干，估计能弄点锅巴、剩菜吃吃。

生产队里最起劲的事情，应该是农忙时开夜班，结束后吃小夜饭。手脚麻溜的女人负责烧，往往是菜粥，加上一锅焖山芋，舍不得吃的可以带回去给孩子。有时也炒点黄豆或蚕豆，偷偷喝点老酒。喝了酒的男人容易激动，经常要评论村里哪个大小姐的胸脯高，哪个大娘子的屁股大，恨不得要去摸上一把。醉了，还打架，第二天一早上工，好像什么事也没发生。

逢年过节时，生产队里还要一起弄吃头（聚餐）。男人们捕鱼、捉虾、叉田鸡、挖黄鳝，女人们去自留地里弄点瓜果蔬菜。队长心情好的时候还能掏点钱，去买些猪头肉、猪肠子什么的，一起炖了吃。鸡和鸭要生蛋，各家自己养的东西，一般是不舍得拿出来共享的。那时穷，有点吃头大家已经很开心了，当然不能经常弄。大家都赚工分，稻麦收获时，各家分一些柴禾和口粮。生产队里弄吃头，小孩子应该可以跟着大人一起去，我脸皮薄，从来不肯跟着去。

村里人的住房一般分几段，前面吃饭，中间住人，后头是烧饭的地方。再后面如果有空地，就建猪舍或羊棚，养一些家禽。条件好的人家还能加造一间屋，砌个大灶台，弄一口大锅，起先我以为是杀猪烫毛的，其实是用来烧水洗澡的。大浴锅一边烧一边洗，暖暖的，很舒坦。烧一次锅，半个村上的人都会来排队，轮流洗，德高望重的男人可以优先。老人和小孩子往往比较积极，有没有大姑娘去，那时年纪小，我也没关注。我跟着奶奶洗过几次，起初一见，怕得要死，人脱光了在锅里，下面有火在烧，不煮熟了才怪。后来才知道，锅里有个木盘子的，垫在下面，屁股肯定烫不烂。

小时候，我经常跟叔叔去自留地里种菜，找祖屋那边的小伙伴一起玩。我家搬到前洲教师新村后，周家巷就去得少了。

改革开放以来，很多地方都有了翻天覆地的变化，但周家巷依然贫穷落后。老祖屋破败不堪，20世纪80年代建造的兵营式楼房，屋面也大多数渗漏。如果没有整村拆迁，居住条件已经无法改善。村里年轻人越来越少，从前简单而快乐的日子，一去不复返了。

周家巷，几代祖先在这里辛勤耕耘，父亲和母亲在这里

奉献了一生，兄弟姐妹们也在这里经历了最美的青春。虽然
贫穷落后，骨子里依然十分热爱。在这里，有我们儿时的印象，
青春的记忆；在这里，我们一起消沉过，也一同奋斗过。多
少年来，一踏上周家巷，一望见祖屋，总能感受到小脚老奶
奶的慈爱和亲切，总能感知父亲和母亲对子女们的殷切期望。
年少时的光阴犹在眼前，老屋倾倒的一刹那，我热泪盈眶。

故乡的那座桥

　　无锡梅家浜的后面，有条宽阔的北塘河，河对面是江阴的泗河口。北塘河系锡澄运河的支流，历来是无锡和江阴的分界线，古时候靠舟船摆渡，沟通着锡澄两县的交通。乾隆年间，河面不宽，建有三孔石板桥，立碑并取名为"通济桥"。以后随着河面增宽，石板桥也相应延伸。20 世纪 70 年代通济桥重建，依然是多孔石板桥，桥长五十多米，桥面很狭窄，只能方便行人，牛车马车都不能过。直到 80 年代，政府募资建造了一座颇具规模的钢筋水泥大桥，长约七十多米，桥面比原先宽阔多了，拖拉机和小型汽车可以顺利通行。小时候从没见过如此宽阔和高大的桥梁，通济桥便成了我心目中最伟岸的大桥。我的童年生活和少年时期，便与这座桥结下了不解的缘分。

一

　　运河边的柳树上，知了叫破了天。放了暑假的顽童们无处可去，一溜烟都跑到塘岸上。我和王阿二早就听说，北塘河对面有一大片无人看管的瓜田，那里有西瓜和香瓜，据说香瓜特别甜。瓜田靠近桐歧地界，从通济桥上绕过去，路线有点远，不如就从运河里游过去。

农村里的孩子，六七岁就会游泳，平日里常在河里嬉耍，扎个猛子就是几十米。游到对岸去偷几个瓜来尝尝，根本不费劲。王阿二是个癞痢头，两道鼻涕始终揩不干净。也从来没见他穿过新衣裳，都是他哥哥的才皮头（旧衣服），脚趾头总露在破鞋子外面乘风凉。虽然家里穷，但他厚道、勤快，所以我愿意和他轧朋友。昨晚我俩密谋去偷瓜，很激动，一晚上几乎没睡着。

河边没人，机会大好。我俩赶紧脱下背心和鞋子，藏在草丛里，然后悄悄地下到河边。脱下裤衩，用手举过头顶，光着屁股下水，一只手划，两条腿蹬，很快就游到了河对岸。上岸后赶紧穿上裤衩，学着铁道游击队的样子，猫着腰，一溜烟跑进了瓜田里。哇哈哈，到处是香瓜呀！赶紧摘一个，抓把叶子擦一擦，先啃起来再说。那满口的香甜啊，简直比孙悟空偷吃的人参果还要好，几十年过去了，味道还留在唇齿之间。当时那种兴奋、刺激和香甜，如今再难找到。

吃不了肯定还要兜着走，用什么兜呢？我是短裤，不中用，我瞄上了王阿二，他穿的是用长裤改短的裤衩（现在叫中裤），要是脱下来把两个裤管打个结，岂不是一只完美的口袋？只不过刚刚装屁股，现在装香瓜，该不会变味吧？王阿二怕羞，居然不肯，我笑骂道："瘟赤佬，这里有谁来看你的光屁股，赶紧给我扒下来。"一边说,一边冲上去剥。没办法,看在香瓜的份上,他也只好屈从了。这口袋果然大,竟然能装六个大香瓜。我又心想,万一到了对岸他不肯分赃怎么办呢?一不做二不休,我干脆自己也脱下了短裤,好歹也挑了两个大香瓜装在里面。

两个光屁股提着裤兜下到河里,一边游一边哼:"雄纠纠,气昂昂,跨过鸭绿江……"

上了岸,把偷来的香瓜藏在草丛里,赶紧把湿了的短裤穿好。"奶奶的,早知要潮掉,游过去时还脱个屁。"王阿二说。"嗯,这就叫脱裤子放屁。"我躺在草地上,望着蓝蓝的天,顺带卖弄了一下。太阳似乎不再那么毒辣,平时让人烦躁不已的知了声也柔顺多了。王阿二欢快地跑回村里,拿来了一只蛇皮袋,我俩兴高采烈地把"战果"装进口袋,一人一只手抬着,大摇大摆地走回去。哼的歌也不一样了:"我们都是神枪手,每一颗子弹消灭一个敌人……"

一个永远吃不饱的年代,两个人穷志短的孩子。多年以后,我和朋友们聊起这件荒唐的事,竟觉得没啥可笑,反而鼻子有些酸。王阿二也因鼻咽癌去世多年,但我始终还记得他小时候蹦蹦跳跳的模样。

二

农村里缺衣少食,偷葱拔菜是常事,只要不过分,也没人去深究。年龄稍大后,我们再也不屑于去做偷瓜的"贼骨头"了。

当年也不过是好奇、刺激，图个痛快而已。

少年的玩伴除了王阿二，还有个华老三。他家的条件可比王阿二好多了，但也比不上我家。我父母都是老师，吃皇粮的，每月有工资，所以我相对"厉害"一点，经常会有些好吃、好玩的东西与他俩分享。如此一来，我虽然在家里排行老六，属"末奶头""末脚猪"，却被小伙伴们尊为周老大，这让我很得意。既为老大，好多事情便只要出出主意，动动嘴。王阿二和华老三，自然成了我的小跟班，三个人形影不离。

华老三心灵手巧，会制作各种玩具。弹皮弓、噼啪管（一根竹管里套一根用筷子削圆的顶针，采朴树籽塞在竹管子里，顶针猛击，看谁的子弹射得最远，比谁的响声最大），都弄得活灵活现。为了练眼功，小伙伴们互相射击，结果一不留心，华老三被村上人弹坏了一只眼睛。

运河边，桥洞里，经常有我们的欢声笑语。华老三擅长摸鱼捉虾，水里扎一个猛子，能憋很久，至少能摸只大河蚌出来。这些东西烧烧煮煮，都是上得了桌面的好东西。

找一根电焊条，头上磨尖了，再用铅丝绑在细竹梢上，就成了一杆独刺鱼叉，当然不是用来叉鱼的，主要针对田鸡和青蛙。傍晚时分，北塘河边的水沟里，蛙声一片，华老三一只眼不用闭，看似漫不经心，但一叉一个准。我提个竹篓跟在后面，一会儿就大半篓了。"够了，够了。"王阿二急不可待，到家后马上剥皮、开肚，然后红烧。可惜那时没有酒喝，简直是暴殄天物。

用二爿厚实的竹子，削成片，然后用刀刻出锯齿状，三分之二处打孔，用螺丝栓住，便成了一把黄鳝夹子。夹黄鳝是华老三的拿手好戏，小夜里出发，他拿夹子，我照手电筒，王阿二负责提箩头，三人分工明确。我眼神不济，黄鳝和水蛇也分不清，走在田埂上摇摇晃晃，还得靠后面王阿二帮扶一把。一会儿，我就腰酸背痛，不耐烦了，把电筒往王阿二手里一塞。我爬上高高的北塘河河岸，一边享受凉爽的风，一边数星星。

不远处的通济桥人头攒动。男人们赤着膊，一边嗑瓜子一边往河里扔瓜子皮。有的眉飞色舞，自吹自擂，夸耀着自己的传奇经历；有的色眯眯地盯着衣衫轻薄的大娘子评头品足，这个屁股大能生养，那个胸脯高有奶吃。旁边的大嫂一个劲地笑骂着"杀千刀"，好在君子动口不动手，乡里乡亲的没人会翻脸。女人们总有聊不尽的风花雪月，道不完的家长里短，锡澄两边的村民们在闲聊中度过漫长燠热的夏夜。

转眼新世纪到来，高速公路大桥横跨锡澄运河，北塘河上也建起了数座钢筋水泥基座的运河大桥。通济桥早已失去了往日的功能和风采，年久失修，破旧不堪，终于在 2020 年拆除，永远地退出了历史的舞台。

故乡的河、船和这座桥，承载了我的童年时光和少年时代。我曾经在这片充满温情的水域里徜徉；在大运河风高浪险的激流中遨游；在桥墩和门洞那宽敞的漫水平台上嬉戏，体验水漫过脚背、绕过小腿时的清凉。也曾经躺在桥两边宽阔的矮墙一般的水泥围栏上憩息，仰望星空，欣赏水天一色，听风的声音，枕着故乡的河入眠……

而今，北塘河的两边，不管是梅家浜还是泗河口，乃至整个锡澄交界的地方，都在大拆迁。一片废墟之后必将崛起一座现代化的新城。沧海桑田，祖祖辈辈们上千年辛勤耕耘的土地，我的祖屋，都将逐渐消逝。

　　故乡的北塘河，还有那座不朽的桥，你们将永驻我心。

故乡的莲溪

明清时期，古老的莲蓉村逐步被蚕塘桥、黄石街那边北迁过来的华氏族群所占领，地名也改称北七房。由于人口众多，逐渐形成了热闹的街市。街东有座莲蓉寺，整天香火缭绕，寺的北面有条大河，古称莲溪，蜿蜒曲折，自东向西奔流了五百年。

河面上船来船往，川流不息。河滩上，是最热闹的地方，天蒙蒙亮，棒槌声就梆梆作响，妇女们边洗衣服边招呼着，家长里短中揭开了一天的序幕。太阳慢慢升起，只穿一条短裤的懒汉，光着上身，赤着脚，睡眼朦胧地来洗漱，用手掬一口河水，牙漱了，脸洗了，晃晃悠悠回家睡回笼觉。一会儿，挑水的老头来了，小扁担上吊着两只大水桶，哼着小曲，直到把自家的水缸装满。远处，勤快的精壮汉同样光着膀子，肩上搭块汗巾，挑一担粪桶，在自留地里浇灌新栽的菜苗。

莲溪，其实是条宽阔的大河，风来时，也波涛汹涌。夏日炎炎，河边的风有了水的凉意，晚饭过后，石桥上、河岸边，到处聚满了乘风凉的人。

邻近的姑娘和小伙们，喜欢成群结队地来莲溪游泳。清凌凌的河水，经过太阳的照射，变得暖暖的。深处的水比较凉，在那个没有空调、没有淋浴的年代，再没有比这个天然的大浴池更舒服的地方了。

太阳终于落山了，憋了一天的"皮猴子"迫不及待地跳进河里，一边戏水，一边大呼小叫。小丫头们拿只拗手（洗脚、汰屁股的木盆，盆上有个把手），在河边边上做"沿江土婆"（一种只能在河边游的小鱼）。那时没有游泳圈，初学会的人怕呛到水，把家里的门板扔在河里，扶着游。也有特别胆小的"旱鸭子"，被骂骂咧咧的婶子一把颈皮捉到河滩石上，按住头，拿个瓢舀水浇，再用肥皂揉洗。农村里的大娘子手脚重，汰个头，泡沫飞溅，辣到眼睛了，"旱鸭子"哇哇直叫。洗了头，还要被按在水里洗身体，裤衩和汗衫自然也要剥下来，顺手洗干净了带回去。可怜的"旱鸭子"脸皮通红，一块旧毛巾遮住了小鸡鸡，光着屁股逃回家。

河上有一座石桥，叫莲蓉桥，据说是用惠山上开凿下来的巨石筑成的，高大，厚实，在我小时候的心里十分伟岸。艺高胆大的小伙子站在高高的石桥上面，像跳水运动员一样往下跳，身轻如燕，动作潇洒，看得小孩子眼热，姑娘们阵阵尖叫，出足了风头。跳下水后，如果有船驶过，有胆大的奋力攀上过往的船只，一手搭住船舷，乘风而下好几里，再搭逆向的船回转来，如浪里白条，说不出的舒畅快活。

大河里充满了欢乐，但也有令人胆寒的时候。全忠家的两个男孩，哥哥八岁，弟弟七岁，也偷偷爬上了桥头。望着桥下湍急的河水，小腿肚子打颤，但是，谁也不想做个胆小鬼呀，那会让人瞧不起的。一咬牙，哥俩就学着帅小伙的样子往下跳。结果，哥哥落在了过往的水泥船上，幸好船仓里装了满满一船的沙子，仅仅跌断了腿骨，船老大紧急靠岸，背起孩子赶往街上的诊疗所。慌乱之际，没人注意一起跳下去的弟弟，直到跌断腿的哥哥提到了弟弟的名字，大人们才去找寻，却再也找不到弟弟的踪影。闻讯赶来的全忠急得直跳脚，他的老婆瘫在河边嚎啕大哭。村民们多次去打捞，可是，大河茫茫，到哪里去找啊。两天后，往东几里的新开河，浮起了孩子的尸体。全忠的老婆呼天抢地，却再也唤不醒自己的孩子。街上算命的瞎眼老婆婆说，那个枉死的孩子已经变成了"水老鬼"，非得拉个人垫背，才能转世投胎。很长一段时间里，没人敢到桥边去游泳，更没人去跳水了。要命的莲溪滔滔不绝，一路向西，直到那高耸入云的砖窑下面，才拐弯向北，流入北塘河。

在那个年代，孩子都是散养的。大人们日出而作，日落而息，只关乎于温饱，哪里有时间去管教孩子呢？记不起那时候农村里死了人是火化还是土葬，但我却清楚地记得，那个死去的小孩，是装在用稻草编制的像摇篮一样的箩筐里，放在门板上，用颜色尚鲜艳的旧的红被面包裹着，抬到自留地里埋葬的。因为穷，连一口薄板棺材也用不起。可能也因为年龄小，连个坟包也没有……

莲溪的水啊，并不是一直温婉多情，有时风平浪静，有时风高浪急。淳朴的故乡人，祖祖辈辈生活在大河两岸，有快乐，也有悲伤，即使遭受过无数苦难和挫折，也从未熄灭过心里的希望之火，依然生生不息，充满活力。故乡的莲溪，一如我的乡愁，日夜流淌，延绵不绝。

故乡的老屋

　　故乡的老屋，早已在时代的变迁中消失，可她又常常走进我的梦里，那么真实，那么温馨。

　　小时候，北七房街上，是成片的砖木结构的老式建筑。这些房子虽然都有上百年的历史，却依旧很坚固，没有一丝衰败的痕迹。我家的老屋，就在这片挨挨挤挤、首尾相连的老房子的第一排。

　　爷爷离世前也留下了祖屋，在北七房后面的周家巷，但只有七架半屋，不足四十平米。父亲兄弟姐妹六个，加上奶奶，早就已经拥挤不堪，只好在屋后搭了一间棚屋，屋顶用牛毛毡垫底，上面用稻草和河泥搅拌后铺盖，四周用毛竹加塑料纸围档，也没浇水泥地，冬冷夏热，勉强能住。幸而解放初父母就参加革命工作，土改时在北七房街上分到一间地主家的老屋，宽三米八，长十米，朝向正南，高大宽敞。这里本是华家门的正厅，左右各有一间厢房，父亲只分到了居中一间，东厢房的产权归公，父亲租下来，每月向房管所交租金；西厢房则分给了另一户人家。奶奶和未讨老婆的小叔，跟着我的父母亲一起搬进了老屋。我和两个哥哥、三个姐姐，都陆续在这里出生，一家人的欢声笑语，还有那暖暖的人间烟火气息，在这里渐渐晕开来了。

大叔已成家，仍住在周家巷的祖屋里。

老屋分到时，三间房是连在一起的，中间只有水桶般粗的木柱子和磨盘一样大的垫脚石，没有任何隔挡。我家分到的是正厅，父亲便请人挖黄泥、掼砖坯，在公场上晒干后请泥瓦匠砌墙，把三间屋子隔开来。我们分一间、租一间，两间房加来将近八十平米，里面也用土坯隔出了房间、门厅和厨房，再用石灰水刷白。老房子里，大部分地面原来铺的方砖还很平整，局部残缺、破损的地方，买来水泥抹平，家里一下子就敞亮起来了。父母的床前，竟然还有一大块用木板拼接而成的踏脚板。当年，我家的老屋在北七房肯定算"豪宅"了。当然，肯定还比不上"墙门里"（北七房华家祖屋的俗称）地主留用的房屋，那里粉墙黛瓦、画廊雕楼，厅堂里铺方砖，房间里铺地板，房前屋后还有小花园，四季花开不败，高大的防火墙，巨大的荷花缸（蓄水防火），进出却走侧门，门外是几家或十几家共用的暗弄堂，里面曲折、幽深，黑漆漆的，小时候是不敢进去的，至今想来，还是有几份神秘萦绕在心头。

俗话说金乡邻银亲眷，但我家的邻居却不是。北七房好多人总觉得我家原来属于周家巷，是外村人，是与他们格格不入的。在这里分到房子已是蝗虫吃过界，多吃多占了，几分嫉妒和不平早就悄悄酝酿起来了。其实，我父母都是老师，包括子女都是居民户口，早已不算周家巷人了。当地村民都能在老屋后面搭建猪舍或浴室，我家却没有条件。家里人口多，粮食也紧张，大叔和小叔户口在周家巷，有自留地，种了不少蔬菜，如果喂几头猪，既能补贴家用，年底也可以杀了吃，但苦于没有地方养。20世纪60年代末，政策放松了，家里人口多的，可以去村里申请地基造房子，长期居住在本村并且在当地工作的居民户，也可酌情考虑。我父亲当初是北七房乡的农会主任，后来做中心小学的校长，母亲也在北七房小学做了多年教师，基本符合条件，便在西乡邻屋旁边的空地上，申请到了半间地基，正好可以搭建一个猪舍。西乡邻的情况和我家差不多，父母是街上供销社里的老职工，居民户口，子女却在诸巷村里种田，农业户口，而且户籍不在北七房，因此他家也去申请那块地基，条件反而没有我家有优势。地基确实就在他家的隔壁，本来势在必得，结果却没有批到，于是火冒三丈，愤愤不平，千方百计地想阻止我家建造这个猪舍。但是，他家并不占理，事实上也无法阻挡，我家的猪舍如期竣工。

明的不行就来暗的。我家猪舍后面的粪道，经常莫名其妙地堵塞，外面的粪池里面也一直有石块、砖头扔进去，有时还有死狗死猫，极难清理，造成了很大的隐患。大叔住在祖屋里，离这里不远，天天要过来喂猪，自然心知肚明，但他却胆小怕事，惧于对方几个兄弟都很强悍，不敢声张，只好把这份苦恼咽进肚子里去。我父亲已调至洛社师范学校工作，不可能天天回家，大哥也在南京当兵，家里只有一个残疾的小叔，加上未成年的二哥和我，其他都是一群女人，势单力薄。也许是这样的缘故吧，邻居认为我家好欺侮，所以得寸进尺，有时竟用杂物把我家猪舍的门也堵掉。邻居家本来不养猪，自从我家造了猪舍，竟也在屋里拦起了猪圈养起了猪，后门头挖了个大粪坑。隔壁的我家后屋偏偏是厨房，于是，臭气熏天，苍蝇蚊虫满天飞。那年月大家都穷，生活条件都差，农村里这样做，司空见惯，我家也无可奈何。邻居也是大户人家，在街西另有住房，吃和住都在那里，当然没有影响，而我家天天在老屋的厨房里做饭，简直难以忍受。但是，有什么办法呢？奶奶在柴仓里烧火，整天哀声叹气，翻来覆去地念佛，可奶奶念佛时的那种无助和焦虑不安仍然清晰地写在脸上，她那个阿弥陀佛也不会来帮她排忧解难。母亲是个洋小姐，从来不管家里的柴米油盐，早知如此，无论如何也不会出面去申请地基造猪舍。如今搬起石头砸了自己的脚，母亲哭笑不得，后悔不已。

二哥年龄不大，但讲话也有雄鸡声了。我是二哥的应声虫、小跟班，唯他马首是瞻。见到家里出了这么个情况，忿忿不平。于是，一个月黑风高的晚上，我俩偷偷爬起身来，到后门头的桑树田里，用蛇皮袋装了十几袋白天拾在那里的砖头瓦片，统统倒在了隔壁的粪坑里，还挖了几棵桑树，连根带泥一大坨，一起扔了进去。然后，一起躲在被头里笑。谁料乐极生悲，东西扔得太多了，第二天一大早，姐姐起来倒马桶，刚跨出后门，一脚便踏在从隔壁粪坑溢出来的臭水里。

母亲赶紧和邻居家打照呼，说孩子们不懂事，恶作剧，并喊来大叔和姑父，把隔壁家的粪坑掏干净。父亲回家后，火冒三丈，把二哥按在长凳上狠狠地揍了一顿，那根细细的竹梢，打的不仅仅是二哥的屁股，也打在了全家人的心坎上。我吓个半死，躲到了房间里的阁楼上，一整天没敢下来吃饭。父亲请来了村里的书记，和母亲一起到邻居家赔礼道歉，父母当时那羞愤交加的神态，我至今还记得。

母亲叹口气，冤冤相报何时了。

我双手握拳，以德报冤有屁用！

事实上，贫穷落后的农村里，许多事情是没有公平正义的。不少人唯利是图、欺软怕硬。

说完了西隔壁，还有东隔壁。东隔壁家兄弟两个，经济条件一般，却都是一表人才。他家二弟刚刚当兵退伍回来，看上了对门裁缝店的小裁缝，经常借故去敲她家的后门。二弟和小裁缝一见钟情，没多久便到了山盟海誓的地步了，老裁缝却没轧出苗头，还在嫌他家里底子薄，有点瞧不起没穿上四个兜便回家的"小八拉子"。

有一天，老裁缝对二弟说，有本事去搞点砖头来，在后门头造个厕所，省得小裁缝每天出去倒马桶。二弟一听来了劲，到处去找砖头。那时候穷，窑上的青砖烧好了都运到城里去造高楼，乡下人搭个厕所基本都用土坯，二弟却偏说要用青砖。满街去找，哪里有呢，除非去拆地主家的房子。眼看牛皮要吹破，二弟竟发现我家老屋前门口的阴沟都是用清一色的上好青砖铺设的。于是，兄弟两个夜里出来撬阴沟，把下水道里面的砖头一块一块挖出来，堆在了裁缝店的后门口。厕所还没动工，黄梅天就来了。几场雨下来，阴沟被挖掉了砖头，立马就堵塞，老屋门前像开了条河，雨水淹到了膝盖上。我家的老屋是墙门里的正厅，地势很高，前面临街的裁缝店却吃不消了，那里地势低洼，雨水一股脑儿从裁缝店的后门口倒灌进去，老裁缝急得脚脚跳。一想还是自己叫人作的孽，急火攻心，大病一场。

后来，老裁缝反复作梗，小裁缝只好嫁到了毛巷上。我家的老屋门前，整条巷上都淹了水，临街的门面房也都遭了殃，其中裁缝店损失最严重，老裁缝只好打了牙齿往肚里咽。大家都有火气，但乡里乡亲也说不出口，只好窝在心里。父亲掏钱重修了下水道，大家心服口服。老裁缝提议，在我家老屋与东隔壁之间的晒场中间，用石头垒起一堵墙，以示老死不相往来。东隔壁弄巧成拙，自然也无话可说。我家顺水推舟，在隔墙的西边又拦了一道篱笆，竟然多出了一个花圃，从此，母亲在那里栽树种花，不亦乐乎，我们也多了一个玩耍的好去处，在小花园里斗蟋蟀、捉迷藏，单调的童年生活里顿时增添了许多光彩。

老屋在街中，我上小学和初中的学校就在街西。放了学，几个要好的男同学总要到我家打弹子，下军棋。一副四角大战只能四个人玩，我就自己画棋盘，变成六角大战，六个人玩起来更有劲。花圃里的牡丹红艳艳，女同学们也会羞羞答答地跑来讨一朵。哥哥、姐姐们的同学也要来玩，一时间人丁兴旺，非常热闹。

母亲虽然教语文，但她还是北七房中小学唯一的音乐老师，弹琴、唱歌远近闻名。过年时，几个村同时排演《白毛女》，"喜儿"们都会来找母亲讨教。每天晚上，我家老屋门前灯火通明，母亲穿上戏服，言传身教，一招一式，倾囊相授。各村汇演胜出的团队，一般都要代表乡镇到县人民大会堂去演出，此时的"喜儿"总由母亲来担纲，母亲一上场，那身段，那唱腔，堪比专业演员，没有一个"杨白劳"敢上去配戏，只能请乡镇宣传队的主角来，才能压得住阵场。

为了方便排练文艺节目，老屋门前由村里派人来铺设了砖场，安装了汽灯，如果不是场地较小，估计还会搭个舞台。父母都是吃皇粮的老师，每月都领工资，我家的经济条件要比一般的农户好很多。北七房街上的第一只黑白电视机，首先在我家的老屋里亮相。奶奶很大气，总会搬出家里所有的凳子，请乡邻们一起来观看。

老屋住了三十多年，很实用，格局基本没变。门窗换过了，土坯内墙也换成了新砌的砖墙，上面全部做了粉刷。猪舍里早已不养猪，成了柴房，堆放一些农具和杂物。左邻右舍的关系也终于变好了，俗话讲"穷相骂"，人穷志短，生活条件好了，人与人之间的关系自然和谐起来。

80 年代初，农村里条件好了，家家都建新房子。我家也在周家巷祖屋的门前，造了一间二层楼房，用于大哥讨老婆。此时，大哥在部队已入党提干，有了工资，寄回来一千元钱，风风光光地把新嫂子娶回了家。大姐夫开铸造厂，赚了不少钱，也要造新房子了，竟看中老屋里的木柱子和屋面上的横梁，那几十根水桶般粗的上等圆木确实少见，造新房做梁柱，简直风头出足。大姐夫拿出两千元，父亲添了两千元，又在周家巷上买了一幢前后两进的二层楼房，二哥和我的新房也终于有了着落。当时来说，父亲拆旧置新的决定也是有道理的。

就这样，凝聚着父母的心血，盛满了三代人喜怒哀乐的老屋，终于要被拆掉了。大姐夫得意洋洋，他是有功之臣，事实上也确实是他促成了这件好事。老奶奶坐在柴仓里，默默地抽完她人生的最后一支烟。她说，住进了新楼房，就再也不抽了。母亲舍不得她摆弄了十几年的小花园，梦想着，如何把几支香水玫瑰搬到新房子的阳台上去。我少不更事，依然蹦蹦跳跳，只有二姐和三姐，躲在老屋的阁楼上哭泣。这里，曾经留下了她们最美的青春。

　　又过了三十多年，北七房整村拆迁，老街终于湮灭在了历史的长河中。当我重回故乡，踏上这块神牵梦绕的土地，依稀还能辨认出老屋的遗址。故乡的莲溪依旧在那里静静地流淌，莲蓉桥默默地等待着它的末日，古老的孤寂的莲蓉寺，早已没有了暮鼓晨钟和人间香火，再也不能迎回曾经的辉煌。

　　站在这里，我似乎见到了曾经的老屋，又想起了早已离世的小脚奶奶，还有那白发苍苍、倚门相望的父母双亲，心里顿时涌出一股酸楚，不知不觉中泪已成行。这里，是我的根；这里，承载着我们多少美好的回忆和温暖的情感啊。一切，恍如昨天，可是，全都烟消云散。眼泪，又忍不住流了下来，我知道，我的老屋，它真的不在了。

凝望故乡

锦绣园的南面，有一条东西走向的斜河，上面造了一座独具匠心的斜桥。斜河的水很温柔，柔到你听不见声音；斜桥的柳已苍老，老得让你猜不出年龄。

斜河之南，有一个小山坡，上面矗立着一尊伟岸的塑像。他年逾古稀、目光深邃，右手拄着一根粗大的树枝，深情地凝望着远方，似乎还有许多未竟的事业，期盼着再次杖策远征。他就是在我故乡家喻户晓的冯其庸先生。

我妻子娘家就在前洲塘村，是冯其庸先生老家的巷上人，据说她奶奶还是冯其庸先生的小学同学。妻子的姑父冯有责先生，是冯其庸先生的侄辈，也是筹建冯其庸学术馆的主要负责人，目前担任冯其庸学术馆的名誉馆长。

冯其庸先生，名迟，字其庸，号宽堂。1924年2月3日出生于无锡县前洲镇塘村冯巷，家乡人对他很熟悉，也很敬仰。

冯其庸自幼家境贫困，但聪明伶俐，勤奋好学。冯巷上的很多老人，都记得他小时候在村头大树底下读书的模样。没有书，母亲到处帮他去借。冯其庸对古籍尤感兴趣，过目不忘。冯巷上八十一岁的老人冯菊海回忆说："三男（冯其庸小名）白天跟大人一起去田里干活，晚上就在家门口给同伴们讲《水浒传》，绘声绘色，十分有趣。"冯菊海还说，"巷上有个小孩叫冯圣祖，比三男大几岁，看《水浒传》遇到一个生字不认识，去请教三男，三男一听就告诉他，这字在《水浒传》第几回第几页上，应当怎么念。"另一个八十五岁的老人冯汉清也回忆说："三男小时候讲梁山好汉，武松、林冲、鲁智深，讲得活龙活现，就像说书人一样，连大人们都喜欢听。"

　　冯其庸天资聪颖，但家里实在穷，交不起学费，上小学就中断了几次。母亲不忍心耽误他的学业，节衣缩食，东借西凑，供他去青城中学继续读书。中学毕业后，冯其庸半工半读，又拿到了无锡国专的毕业证书。中间虽然几度辍学，但都咬着牙坚持了下来。

　　"梅花香自苦寒来"，冯其庸历尽艰辛，几经周折，求学、入党、参军，凭着丰富的知识储备和广泛的社会实践，终于成为一名出色的江南才子。他担任过无锡市第一女子中学教导副主任，在政府机关工作过，后又调到北京的中国人民大学，历任讲师、副教授、教授等职。1975年起担任国务院文化组下属的《红楼梦》校订组副组长，主管校注业务。两度赴美，在斯坦福、哈佛、耶鲁等著名学府讲学，获得富布赖特基金会荣誉学术证。后来又被文化部派往前苏联鉴定列宁格勒藏本《石头记》，达成两国联合出书协议。1986年调任中国艺术研究院副院长，十年后应邀访问德国、法国，并在柏林和巴黎考察两国所藏的敦煌、吐鲁番文献。

探索之路曲折漫长，他风尘仆仆，永不言倦。1996年11月离休后，仍然醉心学术研究，不顾年老体弱，再登帕米尔高原，在海拔四千多米的明铁盖山口，发现玄奘取经回国的山口古道，震惊了中外学术界。2005年5月，被聘为中国人民大学国学院首任院长，后来又担任名誉院长，并被中国文字博物馆聘为首任馆长。冯其庸先生学贯古今，通晓中外，以研究红学见长，在20世纪八九十年代担任中国红学会会长、中国汉画学会会长、《红楼梦学刊》主编等要职。荣获文化部颁发的"中华艺文奖"终身成就奖，中国人民大学首届吴玉章终身成就奖。

2017年1月22日，冯其庸先生在北京逝世，终年九十二岁。

冯其庸先生著有《曹雪芹家世新考》《论庚辰本》《梦边集》《漱石集》《秋风集》等专著二十余种，并主编《红楼梦》新校注本、《红楼梦大词典》《中华艺术百科大辞典》等书。他在中国文化史、古代文学史、戏曲史、艺术史等方面作出了巨大贡献。冯其庸先生还擅长书法和绘画，书法宗二王，画宗青藤白石，所作书画为国内外艺术界所推崇。

斜河之北，锦绣园的西南角上，矗立着一座典雅的灰白色透景式建筑——冯其庸学术馆。它根植江南园林，寓中国传统文化于现代建筑风格之中，端庄大气，于2012年12月9日正式开馆。馆名由著名书法家饶宗颐先生用篆体书写，苍劲有力，十分醒目。从空中鸟瞰，整个建筑像一方篆刻的印章，别具一格。

走进序厅，迎面就是冯其庸先生的半身塑像，戴着一副框架眼镜，慈眉善目，观之可亲，似乎在迎接久未谋面的家乡父老和远方宾客。那饱含深情的眼神，流露出他对家乡无限的热爱，以及对往昔峥嵘岁月的深深怀念。

学术馆二楼，安放着冯其庸母亲的胸像，冯有责介绍，这是冯老特意请著名雕塑家纪峰雕刻的，雕像背面题写：永远怀念我的母亲。学术馆设置了五个展厅，并细化为八个部分：苦难童年、艰辛求学、国专深造、寻求真理、京城履痕、故乡情浓、提携后学、金石之父，全景式展示冯老先生的生平事迹、学术成就和书画作品。学术馆还设有图书、文物、藏品和多功能厅。冯老生前常说："我二十岁以前从没离开过前洲，是故乡的一个地道农民。我的根在前洲，所有成长都离不开家乡的影响。"

冯其庸学术馆里有三个内部庭院，里面摆放着造型各异的太湖石，南庭种芭蕉和紫竹，北庭种蜡梅和天竺，东庭主要种紫藤和紫竹。透过宽大的落地窗，可以看见学术馆四周多处种植了槐树、银杏、青桐和榉树，特别引人注目的当然是广场上那棵树龄三百多年的桂花树，这些都是冯老生前十分喜爱的植物。

冯老始终眷恋着故乡，他生前为学术馆无偿捐赠的文物、手稿、书籍有一千六百多件。冯老仙逝后，他的家属又先后捐赠了冯老的藏书两万多册，文物及各类证书四百多件，每一件都蕴藏着冯老对故乡的深情厚谊。冯老的女儿冯幽若深情地说："看到父亲的文化遗产在这里得到妥善的保护和充分的利用，我们十分欣慰，这也是父亲最初的想法。"

2023 年 4 月，锦绣园西南侧的桂香书屋，作为冯其庸学术馆的延伸部分，经过充分整理后重新开馆。走近书屋，墙外的花坛种满了桂树，秋风掠过，暗香浮动。两扇紫红色的院门虚掩着，明媚的阳光从门缝透出，穿过几根从门楼的挑檐垂下的紫藤，洒在门洞前的青色方砖上。我站在光影之中，抬头端详大师手书的"桂香书屋"匾额，心潮起伏，像一个虔诚的信徒终于抵达了心中的圣地。

推开门，门轴发出一声古老的低吟。门内豁然开朗，一个宽阔明亮的院子出现在眼前。正对着院门的，是一座小巧精致的石桥，桥身立在月牙般的池塘之上，池内水波微漾，像一块绿油油的翡翠。池塘东南，假山和竹林互成犄角，山虽微而中空幽深，竹虽疏但苍翠挺拔。山顶坦如平地，中设石桌石椅，环植梅兰竹菊，可读书、下棋，亦可品茗。池塘向北十余步，那座慕名已久、令人心心念念的书屋就到了。在这里，随风飘来的桂花香和室内凝聚的书墨香揉合在了一起，沁人心脾。

桂香书屋作为学术馆的延伸，一楼即是冯老亲题匾额的"拜石草堂"，主要展出学术馆开馆后冯老捐赠给家乡的另一批文物，以及研究《红楼梦》的手稿，郭沫若等名人信札和书画作品。其中被称为"镇馆之宝"的，是一张长约五米、宽约一米用整块原木制成的"汉代金丝楠木条案"。这是70年代发掘的汉广陵王墓中的"黄肠题凑"所用的珍贵木料，差点被民工当做柴火烧掉，机缘巧合，被冯老遇上并保护了下来。由于国家明令禁止采伐以及热门收藏的原因，市场上的金丝楠木非常稀少，如此巨大的拥有三千年历史的整木更是举世难觅，加上条案由国家级工艺美术大师亲手制作，此物价值连城。

二楼是一整间书房，冯老为其取名"望湖楼"。整面南墙全部由书架构成，摆满了冯老仙逝后由家属捐赠的著作和藏书，据说有两万多卷。房间中央是一张巨大的书案，中间铺着一幅冯老亲笔书写的书法作品，铁划银钩、力透纸背。书案的左上角摆着一只硕大的葫芦，里面不知装了什么宝物，右下角摆着冯老日常使用的文房四宝，以及一些珍爱的摆件。据说，这些东西都是从他北京的书房里搬来的，所有陈设都按照"瓜饭楼"的原样摆放。站在书桌旁，我深吸一口书香，似乎看见了老先生意气风发、挥毫泼墨的模样。

清华大学的沈卫荣教授多次来到这里，十分感慨地说："冯其庸先生是家乡最有名望的乡贤、学者。每次见到他，乡音、乡情就如那春风般拂面而来。冯老先生温润、儒雅、朴实、坚毅的江南读书人模样，是已经逝去了的一代江南文人的杰出代表，留给我们美好的回忆。"

走出桂香书屋，门口有一幅冯老夫妇的仿真油画，据说是冯老的学生特意按照相片绘制的，油画高一米六，几乎和真人一般大小。照片中，夫妻俩互相搀扶，倚门相送，眼中满含不舍，那深情的目光啊，穿过岁月的烟尘，依稀又见故乡的老屋，那袅袅升起的炊烟，是怎么也化不开的乡愁。

前洲锦绣园

宋词中有"尚记春归日，锦绣裹江城"一句，每次吟诵，眼前一片旖旎。仿佛那桃红柳绿、鸟语花香一下子都涌到了眼前，"锦绣"两字读着都觉口齿留香。而在前洲，有一个典雅淡朴、小巧玲珑的园子，就用它命名，唤为"锦绣园"。

锦绣园于 1989 年落成，占地面积 16400 平方米，曾被誉为"当今乡镇第一园"。园内山、湖、塘、桥、阁、台、楼、榭、廊、亭、轩、竹、树、花以及石碑，千姿百态，各尽其妙，具备典型的苏州园林风格。它不仅有"清风明月本无价，远山近水皆有情"的意境，而且是"不出城郭而获山林之怡，身居闹市而有林泉之乐"的绝妙去处。

春天，春风和春水在这里相会。北小山的"梅林春晓"亭和南小山的"霞落樱洲"亭遥相呼应，那迎风荡漾的柳枝上，嫩芽星星点点，泛着浅浅绿意。"染柳烟浓"，染绿了整个园子，勾起诗意几许；假山上，池子旁，迎春花摇曳身姿，明艳的黄色直逼人眼，饶谁也躲不过的、春的暖意，在这里渐渐荡漾起来。行走在曲径廊桥，像在徐徐打开一幅幅画轴，几步成景，活色生香，走着走着，人就走到画里面去了。这里一簇芽，那里几丛花，将"百花争艳阁"打扮得顾盼生姿，这种不失生机和温暖的美丽，恰到好处。

夏天，锦绣园里的"银湖飞瀑"和"荷塘花径"，让你觉得仿佛误入了蓬莱仙境。邀三五好友，坐在"涧谷流云"阁中，风吹来，花香裹着水汽透出丝丝凉意，喝口茶，令人心旷神怡。湖西水榭，夏日可以看"金鲤戏波"，湖东水榭，四季都可观鱼。最妙的是明月夜来此赏月，天上一轮明月，水中一轮明月，眼中还有两轮婵娟，定会引你诗情澎湃，举杯邀月，这份诗情，恐怕连李白都羡慕不已呢。

秋天，锦绣园的桂花一定是主角。秋风吹起了满地落叶，也吹香了桂花，它不需要多么精心打扮，只需拔了香水瓶盖，随意一洒，那香气就铺天盖地，飘过"平湖秋月"亭，让人深深沉溺进去了。西北角上，有一个精致的园中之园，里面种满了金、银、丹、四香桂，浓郁的花香飘进一幢古色古香的小楼，那便是一直让我心心念念的"桂香书屋"。这里珍藏着冯其庸先生和其家属捐献给家乡的文物、手稿、名人信札和书画作品。桂香与书香在这里完美融合，也是秋天里一道独特的景致。

冬天来了，锦绣园又是另一番景象。虽然很多树只剩光秃秃的枝丫，但静谧雅致得如同一幅幅素描，给人无限禅意。若是赶上大雪，那便是极好的了。银装素裹，黑是黑，白是白，干净分明。还有那蜡梅呢，盛开正当时，梅逊雪三分白，雪输梅一段香。赏雪嗅梅，再在雪上踩上几个有趣的图案，那份快乐，足以扫除心中所有尘埃。偶有小鸟飞来，叽叽喳喳，停留片刻又倏地飞走，消失在天际，引人无限遐想。这种留白的感觉，也是一份生活的馈赠，可以由着自己的喜好，渐渐去填满，没有约束，只有喜欢。

锦绣园内还建有"前洲文史馆""前洲水利馆"和民俗馆。文史馆建在"曲溪风荷"楼，建筑面积400平方米，是无锡市"四千四万"精神教育点。水利馆占用"前洲幽媚"和"明晓堂"两个厅室，建筑面积300平方米，是江苏省水利厅水情教育基地。两厅之间有30平米的地雕，显示2015年的前洲地图，非常有纪念意义。它们和一墙之隔的冯其庸学术馆一起，悉前洲之古今，觅传统之精髓，承先辈之精神，成为前洲别具一格的文化地标。

"竹坞清影"里放置了八块明清年间的碑刻，无意间向人们倾诉着前洲的历史：前洲，古称"前舟"，在唐代还属大川，称芙蓉东湖，为"蛟龙出没之处"。明代宣德年间，巡抚周忱带领乡民筑堤围田，才形成村落，谓之杨家圩。因地势低洼，水涝频仍，民不聊生。新中国诞生后，勤劳智慧的前洲人战天斗地，终于物阜民丰。锦绣园，成了家乡历史变迁的象征。

锦绣园东大门的牌匾由著名学者冯其庸先生题写，南门口的那副"锦绣园中园锦绣，惠泉山下山惠泉"对联，也是冯其庸先生的手笔，那潇洒遒劲的墨宝，将深深的乡情镌刻在每个人的心里。

冯其庸先生撰写的《锦绣园记》，勒石置于园中，与对面相隔数十米的"当今乡镇第一园碑"交相辉映。每次走到这里，冯老先生带着乡音、饱含真情的诵读声就在我的耳边回荡："龙山之阴,太湖之阳。猗欤前洲,物阜民康。乃建斯园,与民休养。崇阁巍巍,清清汤汤。四时佳卉,流连景光。凡我妇子,乃颂乃扬。亿万斯年,永葆其昌。"

　　前洲,就如那婉约的江南女子;锦绣园,是她头冠上璀璨的明珠。在我心里,一直是最美的风景。

玉祁文昌公园

　　我从小在北七房长大，现在是个地地道道的前洲人，然而，邻乡的玉祁，其实才是我的祖籍。冥冥之中，这种血脉相连的情怀，早已深深地烙进了骨子里。

　　据《周氏宗谱》记载：北宋周敦颐裔孙先后迁居金陵（南京）、毗陵（常州）等地，明洪武初，始迁祖权公，自常州怀德乡迁居无锡玉祁槽坊。我的爷爷，祖上是从玉祁槽坊迁移至前洲周家巷的。我的奶奶，也是以玉祁一个叫东村头的地方嫁到周家巷的。父亲在世时曾在玉祁中心小学做过多年校长。玉东一带，有不少亲戚至今还有往来。玉祁，于我而言，既陌生又熟悉：陌生的是在我成长的足迹里，与她的交集不是很多；熟悉的，便是这种血脉和传承，始终萦绕在心头。

　　我对玉祁印象最深的，便是靠近镇政府的文昌公园。文昌公园西南的凤阜寺，相传建于宋代，里面有著名的明代建筑文昌阁，矗立于凤阜山巅。文昌公园南面新建的铜亭广场，是当地群众休闲游乐的场所。如今，文昌公园、凤阜寺和铜亭广场已经融为一体，汇同附近的礼舍古村、唐平湖等特色景观一起，成为玉祁街道亮丽的文化名片。闲暇时刻，我总喜欢回去看看，从繁忙喧闹的生活中解脱出来，让心灵好好地散个步，吹吹风，嗅嗅花香，这种美好的感觉，如同水中的涟漪一般，在心湖一层一层晕染开来。文昌公园是幽静的，像个婉约内敛的少女，她与肃穆的凤阜寺和热闹的铜亭广场挨在一起，有点别具一格。这种内蕴深厚而毫不张扬的气质，令我深深着迷。

文昌公园始建于1988年，占地面积二万多平方米，园内亭榭映水，曲廊蜿蜒，八十多米长廊环抱四周，小桥流水，树木葱郁，展现出江南园林特有的风情。在这方宁静雅致的天地里，春天花儿竞相开放，鸟雀相鸣；夏天莲叶碧绿，荷花红得映日；秋天桂子飘香，落叶起舞，一园子的诗意关不住；冬日飘着小雪，蜡梅迎寒怒放，昭示着生命的生生不息。

公园里到处充满了红色记忆。革命烈士纪念碑、糜文浩纪念碑、青城亭、青城导社纪念馆、孤星亭、孙冶方纪念馆，这些特定的历史建筑，被列为无锡市爱国主义教育基地。

这里，不仅仅是一个公园，更是一方红色圣地。玉祁是无锡的革命老区，"五四"运动、北伐战争、土地革命、抗日战争、解放战争等各个历史时期，有大量的仁人志士、热血青年投身于革命，前赴后继、英勇战斗。糜文灏、施丽清、薛文荣、赵伯华等数十位玉祁籍革命先烈，献出了宝贵的生命。1945年6月16日，包厚昌司令率苏中第6军分区主力连百余人和地方干部四十多人渡江南下抗日，在玉祁邬家宕遭到"忠义救国军"六百多人包围。激战中，余静嘉等十四名干部战士英勇牺牲，被就地掩埋。1951 年 3 月在邬家宕建成烈士墓，1989 年 4 月迁至文昌公园。革命烈士纪念碑由原江苏省委书记包厚昌题写碑文，两侧和背面镌刻了十八位革命烈士的英名和事迹。

其实，抗战期间玉祁又何止牺牲了这些英雄呢？1938 年 3 月，五牧据点五个日本鬼子下乡，被玉祁的民间游击队打死四个，游击队长王耀生、副队长王英生及姓名不详的一名队员牺牲，协助游击队的新村青年刘全德也在这次战斗中牺牲。1940 年 7 月，新四军挺进纵队在玉祁蓉联与日军激战，也有战士蒙难。山河破碎之际，勇敢的玉祁人挺身而出，抛头颅洒热血，他们的风范将永存于这片光荣的土地。

打开《玉祁镇志》，阅读关于玉祁的历史：民国时期，无锡设有 17 个市乡，玉祁的大部分地区和前洲属于其中的青城市。故玉祁有个青城导社，前洲有个青城中学。1923 年 2 月，中共党员糜文溶、社会主义青年团团员糜文灏、唐光明等进步青年，发起成立青城导社，吸收社员六十多人，以牺牲、奋斗、实践、诚朴、坚持为信条，追求进步，启发民众。糜文浩还主编了社刊《青城导刊》，传播新思想、新文化，对此后的大革命运动发挥了重要的思想启蒙和实践指导作用。青城导社培养和造就了一批进步青年，其骨干大部分是玉祁、前洲人，为无锡党团组织的建立奠定了基础。文昌公园内的青城导社纪念馆和孙冶方纪念馆，将"第一位无锡籍共产党员糜文溶、无锡第一个由共产党创办的进步团体青城导社、中共无锡支部第一任书记孙冶方"的本土革命历史串连起来，生动地展现了锡西北革命斗争的历史……

沿着斜铺的砖道向前走，在绿荫之中掩映着一座小亭，称作"孤星亭"。据介绍，1923年秋，青城导社成员糜文浩在党组织的安排下，进入上海大学学习，他与无锡同乡安剑平、秦邦宪、严朴等进步学生成立了"中国孤星社"，创办《孤星》杂志，作为讨论社会问题、研究改造社会的园地，在当时，具有深远的影响。玉祁街道特意在园内建造了"孤星亭"，以此追思先辈，激励后人。

我曾经漫步在九潭十三浜的礼舍古村，那里有一条200米的老街，一段800年的历史；也曾经倘徉在美丽多情的唐平湖畔，静静地聆听那神奇的水韵故事。流淌了千年的大运河经过这里，带来的不仅是旖旎的风光，还留下宝贵的红色资源，铭刻了无数的红色印记，诞生了孙冶方、薛暮桥、糜文溶、糜文灏等代表性人物，也培养了薛明剑、施之勉、薛佛影、薛禹胜等遍布文史、经济、艺术、科学等领域的名人。这些红色文化，不仅仅留在了文昌公园，也深深地融入了当地人民的心里。

每年三月三，玉祁老街的"迎龙街"，凤阜山（大墩）的凤阜寺，都举办民俗风情艺术节。玉祁龙舞、双套酒酿造技艺、文化地标戏码头、传统美食脚踏糕，都是玉祁非遗文化的精髓。它们和文昌公园的红色文化交相辉映，撑起了玉祁坚韧、柔软、宽广和包容的历史，也为素有"江南水弄堂、运河绝版地"之称的无锡，增添了新的内涵。

生命的长河曲曲折折，绵延着伸向无尽的远方。我怀揣着这份故土的温暖，在风雨里走得从容，在人生的扉页上，抒写着对她深深的眷恋。

漫话青城

前洲，古名"前舟"，亦称"青城"。

既说青城，就不能不说青城中学。本地人不一定知道青城的来历，却一定知道，前洲中学的前身为青城中学。始建于抗战初期的青城中学，由前洲知名人士唐怡斋、唐风曾发起筹办，郁秉刚、郁秉坚兄弟鼎力资助。我老婆的爷爷唐光弟曾是青城中学的校董。北七房的著名教育家华祗文，曾是青城中学的校长。著名数学家许莼舫、工程院士陈德仁，曾在青城中学教过书。这里走出了著名红学家冯其庸、农业专家顾中其等。中国作家协会会员的周国忠先生也是前洲人，在当地做过父母官，笔名"青城"，创作了许多很有影响力的作品。

我年轻时曾与几位老师一起，参与了《前洲镇志》文史部分的编纂工作，故知道不少前洲的人文典故。

据史籍记载，前洲地区在唐代以前本属大川，为古芙蓉湖湖区。诗人陆龟蒙、皮日休曾在这里乘舟载酒入震泽（太湖），穿松陵（吴江），抵杭越。明宣德年间，江南巡抚周忱筑溧阳东坝以挡上水，开黄田诸港以泄下水，围圩、塞湖、造田，境内东部称杨家圩。据说圩内当时一年只能种一季水稻，称"不麦之田"。前洲锦绣园内有个文史馆，里面的介绍称前洲当年是一个"大水到来白茫茫，十年倒有九年荒"的穷地方。冯其庸学术馆的老馆长冯有责，讲起前洲的过去，常说圩田里"三年收一熟，糠虾搭搭粥"，从来是吃不饱饭的。

20 世纪 80 年代初，曾被称为"华夏第一县"的无锡县，在所辖的乡镇中，前洲多年排名第一。随着经济的腾飞，人民生活得到了极大改善，前洲的面貌也日新月异，古老的青城再次焕发青春。近年前洲的变化，亮点颇多。惠山城铁，工业集聚区，大拆迁后必然发生大变化。据说朝阳、天鹏、金桥食品市场将搬至前洲，更会带来足够的人气。可惜的是，镇区建设相较于其他地方动作不大。锦绣园、市民广场、前洲大剧院经过修缮和改造，增色了许多，但五洲国际的商业氛围和人气略显不足。前洲中心小学、前洲实验幼儿园以及移至镇东的前洲中学，倒是显得生机盎然。

记忆深处，与青城相关的两个前洲人，时常令我感动。"中国好人"冯军老师，过去曾组织"青城写作协会"，他真诚地邀请我参加，并热心指导我的写作。冯军老师退休后自费出版《江南文化报》，还捐献了三十多万元成立"帮贫济困文学基金"。"最美志愿者"余剑英老师，多年担任前洲老年大学校长，发起并组织了"青城快乐志愿团"，还曾主办过《青城艺苑》《青城老园丁》《青城老年大学报》，热心公益，活力四射，男女老少全叫她"雨姐"。

过去的青城，人文气息浓郁。当今的前洲，儒雅之风依存。我曾经漫步在锦绣园中的"银湖飞瀑"和"荷荡花径"之间，去"桂香书屋"品味文史馆藏的前世今生；也经常流连于冯其庸学术馆的"稻香家世""艰难学程""翰墨余香""瀚海孤征"和"佛缘遗恋"五个展厅，体会冯大师精彩的艺术人生。黄昏时分，牵着孙子和孙女的手，去市民广场遛弯，看一大堆老头老太太中那几个年轻漂亮的小阿姨，在激情澎湃的音乐里卖力地跳着广场舞。顺便活动一下僵硬的筋骨，兴之所至，也会跟在小孩子的屁股后面，乐颠颠地跑上几圈……

临近退休了，几个同辈老友，可怜我半生拼搏的老腰，不再勉强我坐着打麻将，叫我早上起来跟他们学打太极拳。我暗想这帮家伙肯定想趁机乱了辈分，让我叫他们师傅。我才不上当呢，推说过几年吧，等满了六十岁才学打拳。厂房拆迁后去了苏北，暂时在前洲没了休闲之处，只好把租出去的商铺收了回来，改成茶室和书房。做为一名资深"文青"，年轻时的文学之梦从没湮灭，正好有个清静安逸的地方聊聊天，看看书，写写文章。文友们经常来这里聚会，说应该给书房取个名，一想，既在前洲，不妨就叫"青城书苑"如何？古色古香自带书卷气的名字，一定能获得文友们的赞赏。

自从有了青城书苑，便聚集了一些志趣相投的文友一起看书，一同写作，去年一年竟发表了上百篇文章。可爱的华老师提议创建"且敬岁月"公众号，发表前洲文友的习作，其中好的作品推荐给"惠山文心"和其他媒体。惠山作协的符主席大力支持，"惠山文心"的张老师倾力指导，《惠山新闻》副刊的郜主编和《江南影视》的丁教授，经常来"青城书苑"给文友们免费讲座。文友们高涨的创作热情，被作协的胡秘书长称为"惠山文学，前洲现象"。

　　人常言，润物细无声，"青城"遗风就如那丝丝春雨，唤醒了我们的文学之梦。能重温旧梦，重拾心中所爱，幸甚！

梦里水乡

梦里水乡

　　在美丽的江苏，有一座漂在水上的城市，她就是位于淮河下游、江淮平原上的金湖。金湖不是我的故乡，却与我缘分颇深，随着岁月更迭，变成流淌在血液里的深深眷恋，呓语中，也常有她的名字。

　　从地图上看，桐柏山是淮河之源，金湖则是淮河之尾。在历史上，淮河水先入洪泽湖，经三河流入宝应湖，出宝应湖后汊流多而曲折，北达白马湖，南入高邮湖，最后至江都三江营入长江。因此，淮河70%的洪水要漫过金湖。淮河入江水道破旧残缺，汛期时经常溃堤，水患严重，民不聊生。新中国成立后，政府调集二十多个县几十万民工，浚深筑圩，重修淮河入江水道，彻底解决了水患。从此，金湖旧貌变新颜，一下子成为物产丰富的鱼米之乡。如今的金湖河网密布，田园方整，稻麦飘香，荷荡连连，一派湖色水乡的自然风光。大闸蟹、小龙虾、荷藕、芡实等水产品畅销全国，俨然是淮河流域一颗璀璨的明珠。

本地人常说，金湖美，美就美在金湖水。这句话，和我故乡那句"太湖美，美就美在太湖水"一模一样，都是对故乡最深情的赞美。金湖水多，有人形容金湖：头顶洪泽湖，脚踩高邮湖，怀抱白马湖，腰挂宝应湖。说来说去，离不开一个"湖"字。但其实，金湖却不是一个湖，它是江苏省淮安市属下的一个县，面积一千多平方公里，人口不足三十万。

　　我来金湖，纯属偶然，但或许也是命运的安排，冥冥之中，注定了我与金湖的缘分。老友在那里开厂，比较顺畅，刚好我也有向外发展的想法，不谋而合，金湖便成了我的第二故乡。

　　到苏北创业，很多人是怕的，怕的是"关门打狗"，血本无归。事实上，如果不是老家厂房拆迁，外出闯荡确实已无必要。但是，我做了两次爷爷了，总要为子孙后代留些家业。自己半生拼搏，事业好不容易稳定，一下子放弃，也心有不甘。如今投资大环境变好了，产业转移和产品升级已是大势所趋，晚走不如先行，说不定前进一步也能海阔天空呢。于是，我来到了金湖。

　　金湖，属于江苏的"经济洼地"，土地多，资源丰富，投资政策优惠，恶性竞争相对较少。近年来，苏锡常和南京周边的客商来这里投资兴业的比较多。这里的开发区起点也比较高，不是想象中的来者不拒，企业规模也都不小。来了几年，看得多了，心也安了。

　　初到金湖，第一个认识的是位娇小玲珑的美女。她是经发局的副局长，担任我的项目帮办。我是做生意的，脸皮厚，总觉得称官衔太生分，大大咧咧地喊她小静。小静三十出头，娃娃脸，整天笑眯眯地，非常有亲和力。办事也很专业，遇到问题，协调能力十分强。我的投资项目，从发改委立项，工商办照，国土申报，建造许可，直至最后的环保检测和消防验收，她都一路帮办，有些甚至是包办，没让我多费心思。我过意不去，几次想请她吃饭，她总是委婉地推辞，并且又不让我觉得失面子。我感觉金湖的女孩子善解人意，温婉动人，让我这个陌生人没有丝毫的违和感。去年年底，她调到县委机关去工作了，我没来得及和她告别，想起之前她对我的种种帮助，觉得很惋惜，以后有机会要当面谢谢她。世界很大，金湖很小，说不定哪一天我们又会相遇。

老陈是我到金湖后交的第一个朋友。喊他老陈，其实比我还小几岁。记不清是哪一天，我为了装修办公楼，去金湖装潢城采购地砖，迎面就碰到了他。也许是他的热忱感染了我，也许是同频的人相互吸引，在装潢城转了一圈之后，我们便成了甲方乙方，因为凑巧他是个装修老板。几个月下来，他以他的诚信和专业技能折服了我，我们成了相互信任的兄弟。作为一个异乡人，初到这里，像捆绑着的螃蟹，束手束脚。可是，自从结识他后，我很快融入了这里，工作和生活中的许多难题便迎刃而解。我俩去"水上森林"撑竹筏，到"荷花荡"摘莲藕，在"尧帝古城"的美食街啃小龙虾。偶尔也去"香港城"唱歌，不过瘾还去"黎城菜场"的大排档吃夜宵……大热的天，火红的夜市，老陈半夜里喝酒喝得红了眼，光了膀子，夺过卖唱的小姑娘手里的话筒，拼命地吼，把一向斯文的我惊得目瞪口呆。还一本正经地告诉我，白马湖"三岛奇遇记"里的猫和老虎一样大；"向日葵的故事"里瓜果遍地，想怎么吃就怎么吃；"柳树湾湿地公园"傍晚锻炼的人"暴"走，有男人"抱"着女人跑。来到异乡客地，我很庆幸遇见了这个没有城府，不斤斤计较，像个大孩子一样可以信赖的朋友。

转眼已过三年，我熟悉了这里的风土人情。除了"锡普"不带苏北腔，似乎成了地道的金湖人。企业也初具规模，各方面还算顺利。随着年岁递增，心态也发生了变化，不那么急躁，也少了年轻时那种冲动和风风火火的劲头，逐步融入到了苏北恬静、舒适的慢生活里。

记得有人评价我的老家无锡"充满了温情和水"，与之相比，金湖这座泊在水里的梦幻中城市，水也多，情亦厚。落日下的金湖，被晚霞染成油画，我沐浴着春天的风，像个孩子一样。小鸟在我的耳边啁啾，不知名的小花在风中摇曳，我看见放风筝的孩童开怀的笑，我也看见天边有归巢的鸟……莫名的，我又开始想念故乡。

"杉"水有情

    水杉，在江南是一种很普通的树，道路两旁，房前屋后，都能见其身影。灰褐色的枝干笔直向上，树冠呈三角形，所以整个像支箭似的。唯一的姿色在它的叶子，细细嫩嫩，轻轻柔柔，像一片片鸟的羽毛，有风的日子，便在枝头起舞，灵动洒脱。

    2019年2月，家乡的厂房要拆迁，为了生存，我只好继续闯荡。初上金湖，心里空落落的，随朋友一起来到了银涂镇。经过三年多的艰苦创业，企业初具规模。朋友们经常会问我，金湖有什么好玩的去处，我当然推荐附近的水上森林公园。

    水上森林公园位于淮安市金湖县银涂镇境内，南临高邮湖，北接宝应湖，恰似一块瑰丽多彩的宝玉，镶嵌在距我新厂不到几公里的地方。上万亩森林阡陌纵横，郁郁葱葱，据说是江苏省内规模最大的人工湿地生态林。其中，水杉是主要树种，"杉水有情"的广告语吸引着许多人前来游玩。

    早春二月，天气还很冷，我带两个文友来这里采风。苏北的风很凉，很粗糙，我感觉这里的人不是被太阳晒黑的，而是被风吹黑的。我的朋友一看见我，就笑称我到江北去挖煤的。今天，公园里人特别少，像包园。踏着松软的泥土，漫步在林荫小道上，享受着天然氧吧里这份独特的宁静，我是喜欢的。远离城市的喧嚣，静静地欣赏美景，不被打扰，真的是一种幸福。

眼前到处都是水杉，一排排，一片片，非常整齐。像全天下的甲兵全部集合在一起，整装待发，场面很是震撼。因为经历了冬天，叶子掉光了，灰褐色的树干一根根直插云霄。站在树下，抬头仰望，灰扑扑的枝丫，雾蒙蒙的天空，很梦幻的感觉，就像电影中的慢镜头。耳边还听见各种鸟鸣虫唧，不时窜出几只山鸡、白鹭，还有黑腰燕，它们对人似乎并不陌生，也不觉得孤独。

坐上竹筏，向密林的深处划去，心会慢慢变得空灵、透明。似乎这一刻，所有的烦忧琐碎都消失了，你会被这密密的水杉林而折服。它们不声不响，不争不抢，扎根在自己的一块土地上，静默着，不以物喜，不以己悲。只是朝着太阳，朝着天空，向上，向上，再向上。扎根泥土，就肆意生长成林；置于水中，也不屈服认命。是的，有时环境的逼迫使我们无法逃避，大浪淘沙，很多人就在命运的沙滩上搁浅。但是，你看看这水杉，这长于水中的水杉，为了活下去，它们努力地挣扎，一个个气根穿透水的桎梏，勇敢地冒了出来。环境恶劣何惧，改变不了环境，就改变自己，让自己变得更强，终成一景！现在，游人都在赞叹这些气根，它是水杉拼搏的证明，是汗水与泪水的结晶。千姿百态的气根，活像一个个佛，于是便有了"万佛朝宗"的说法，也为自己凤凰涅槃，获得新生。当然，更为这片独特的水上森林，平添了一抹亮色。

上了岸，继续穿梭在水杉林中。这时一块牌子吸引了我的目光——知青林场。我四处探寻，看见林子深处保留着一排简易的平房，上面满是岁月的痕迹，没人居住，有点像遗址。我想起了不久前看过的电视剧《最美的青春》，里面塞罕坝林场那些知青住过的窝棚，那些风霜雨雪、艰难困苦的场景，我猜测着这是不是那些知青住过的地方。恰巧，有个老人荷锄而来，忙上前询问。老人是本地人，他说最早这里很荒凉，有一批上海的知青过来开荒，种下了五千多亩水杉，三千多亩银杏，以及其他一些树种。近年来为了发展旅游，精心打造了林间竹筏、农家小屋、垂钓鱼塘、水上乐园，还建成了空中栈道、冰雪世界和动物（宠物）中心等。据说园内还有东来寺、西来寺遗址。几代人的努力，终于使蛮荒之地成为水上明珠，国家4A级旅游景区。

告别老农，抚摸着水杉粗糙的树干，一时思绪万千：我仿佛看到了一群青春洋溢的男男女女，他们穿着朴素，女的要么齐耳短发，要么梳着麻花辫，住在这简陋的房子里，日出而作，开荒植树。那劳动的号子，银铃般的笑声，仿佛在我耳边回响。流着汗，弯着腰，将青春植入土壤……最初的蛮荒，在他们的奋斗下改变了模样。一棵棵水杉，见证了那些奉献的岁月。

金湖荷花荡

夏日，几位文友一拍即合，裹着热浪前往金湖，去游荷花荡。

荷花荡地处高邮湖西北侧的横桥古镇，总面积二十多平方公里，荡内是接天莲叶无穷碧的万亩荷田，荡外是烟波浩淼天无际的高邮湖水。宋代大文豪苏东坡曾偕秦少游、黄庭坚等在此登舟夜游，观景赋诗，留下了"酒沽横荡桥头月，茶煮青山庙后泉"的千古佳句。

景区很大，天也很热，如果仅靠两条腿，一天根本走不完。幸而这里有小火车接送，免去很多辛苦。车动风起，倍觉舒爽。道路镶嵌在荷塘之中，一边青绿无际，另一边红粉点点。小火车开得不快，可见各色睡莲躺在水面上，白的，黄的，紫的，玫红的，紫红的，橘粉的，好一个花花世界。

没来得及数完睡莲的品种，小火车就已到站。站台恰在十字路口，正好将一条紫藤长廊一分为二。长廊的左边，有一座十几米高的白玉雕像，莲花为髻，莲座为台，肯定是传说中的荷花仙子。

走进紫藤长廊，茂密的枝叶缠缠绵绵，里面喷着水雾，顿觉一片清凉。一缕缕阳光从叶子的缝隙里漏进来，斑斑驳驳，氤氤氲氲。廊的两边挤满了像要奔涌上岸的荷叶，叶子有车轮般大，一张接一张，一扇压一扇，挨挨挤挤，将宽广的水面遮挡得严严实实，像穿上了一条硕大的绿色的褶皱裙，风来时，裙裾涌动，不知从哪冒出来的一朵朵荷花，若隐若现，像蒙着面纱的西域少女，分外娇媚。美中不足的是，这边的荷花稀稀疏疏，没有想象中群芳争艳的模样。难道我们来晚了，错过了花季？

　　远处漂来一艘乌篷船，撑篙的船娘，热情地邀请我们随她去荷塘深处。"兴尽晚回舟，误入藕花深处，争渡、争渡，惊起一滩鸥鹭"，想起李清照的词，脑海中一片旖旎。船娘裹着鲜艳的头巾，皮肤黝黑，却很俏丽，我一口一个"美女"，不停地拍马屁，请她撑得慢些，在景致好的地方停下来，让我们留个影。船娘心情不错，十分配合。

　　小船穿梭在荷花荡中，调皮的荷叶不时探进船舱，撩拨着我们的腿脚，似乎急欲与我们交流，诉说它的浓情蜜意。船娘特意将船撑进荷荡深处，让我们更贴近远处的荷花。可惜花朵依旧不多，密密匝匝的都是荷叶，这是怎么回事呢？船娘解开了我们的疑惑：这片荷塘里的品种，主要是为了产藕，所以开的花少，莲蓬头也少，专门欣赏荷花的地方还在前面呢。

　　我远眺万亩荷塘，看着那一张张摩肩接踵的荷叶，突然心生悸动：从不炫耀颜色，始终坚守初心，顶着烈日，默默生长；你挨着我，我靠着你，在静默中孕育，在污泥中扎根。世人瞧不见又如何，当有一天捧出孕育的果实——洁白多情的藕，你一定能读懂我的坚守。是啊，不用多久，在这万亩荷塘中将会有大量的藕上市，不仅极大丰富居民的菜篮子，而且能加工成多种农产品，带动当地经济发展。顿时，满腔喜悦溢满心头。我清楚地感知，在这片浩荡的水面下，那份蓬勃向上的生命力始终在涌动。我醉了。

上了岸，终于来到了观赏荷花的区域。这里的荷花才真正属于观赏的，所以品种明显多了，各种荷花争奇斗艳，娇艳欲滴。或许，早上赏荷最适宜，晨曦微露时，湖中一片静谧，湿润的空气微微流动，轻轻地吻着翠绿的叶子，露珠将娇羞的花朵梳洗打扮，摇曳多姿，惹人心醉。而此刻已近中午，艳阳高照，虽然荷花朵朵，千姿百态，终如那半老徐娘，缺了那股子清纯气息。匆匆拍了几张照，就赶紧躲进阴凉处了。

导游说，这里有荷花荡著名的荷花十景：海市蜃楼、蠡社珠光、临湖听涛、水天一色、东湖观日、南湖渔帆、西湖晚霞、渔歌唱晚、绿洲仙岛、临湖赏月。如果都走到，那就得从早到晚一整天，我们只好顺着指示牌，走马观花遛一圈。荷花荡每年都要举办盛大的荷花节，因此增加了不少新的景点：大风车、百荷园、咏荷碑廊、荷花仙子广场。远处还有水上茶楼、亭桥汉河、古寺佛光……聪明的金湖人，为了吸引游客，又搞了水上乐园和水漾年华两个大型游览点，不知不觉之间，让你多掏了两张门票钱。

由于时间关系，好多地方没有进去。心心念念一直惦记着的荷花宴，得赶紧去找。有人说，荷花的美，一半在文人的眼中，另一半则是在吃货的碗里！听说荷花荡的食材都是就地取材，花、叶、茎、藕，经过精心搭配和烹制，便成了一道道美味佳肴，"香酥荷""香煎藕饼""荷香糯米卷""荷花瓣浸河虾""莲藕红枣炖老鸽子"等，一听名字就让人垂涎欲滴。如果能在这里坐享美食，那么人间烟火、诗情画意都全了。我们找呀找，可惜没找到，只好在梦里想想了……

　　有收获，也有缺憾，也许这就是旅行的意义。留点期待，其实也挺好的。

金湖小龙虾

很多人只知道盱眙小龙虾，盱眙的十三香小龙虾闻名天下。但真正的内行人，却知道盱眙龙虾金湖养，金湖的蒜泥小龙虾更加出名。金湖小龙虾外壳绵软，肉满黄肥，腮肚洁白，味道鲜美。

在金湖，龙虾、河蚌、田螺有"特三鲜"之美誉，小龙虾当然排第一。坐拥白马湖、宝应湖、高邮湖三湖之利，水清岸绿，生态佳绝，小龙虾自然更加原生态。

金湖其实不是一个湖，而是淮安市下辖的一个县，西与盱眙相邻，东靠扬州市的宝应和高邮。面积与江阴差不多，人口只有三十几万。

夏日傍晚，小龙虾以一种火热的姿态出现在街头巷尾，无论油焖、蒜蓉还是清蒸，都会以无比诱惑的香味挑逗着吃货的味蕾，让他们急不可耐，闻香而动。夜半时分，黎城菜场的广场上，各种夜宵摊一摆几百桌，加上周边的固定排档，主打的都是各色小龙虾。一时间人头攒动，香气扑鼻。光着膀子的男人喝着啤酒，手舞足蹈，不时朝路过的俊男靓女吹口哨。拖着音响的小姐姐，本来十元钱唱一首歌，现在只要收钱不用唱了，哥儿们抢过了话筒，边喝边嗨。灯火阑珊处，自然也有不少真正的吃货。一对小情侣，男的手握酒杯趴在桌上打盹，女的还在慢慢地，细细地，一心一意地对话小龙虾，丝毫不理会身边的嘈杂。

初夏季节，孙子来金湖玩，说要吃早虎（无锡土话，河虾的意思），第二天奶奶去涂沟街上买回来，孙子嫌小，第三天买了大的，孙子仍嫌小。奶奶被搞糊涂了，这河虾已经够大了呀。我恍然大悟，原来他也惦记着小龙虾呢。赶紧去街上买了最大的小龙虾，孙子一看很开心，一口气吃了三十多个，大家惊呆了。

金湖的小龙虾，按个头重量分，重量不同，价格也不一样。烧熟的小龙虾，一般345（金湖俗称3—5钱重）每五斤时价130元，567（5—7钱）160元，789（7—9钱）250元，炮头（金湖俗称1两以上）300元。端上桌每五斤为一份，外卖也是五斤装一盒。口味以蒜泥为主，简称"蒜你狠"。

烧小龙虾，比较通俗的做法是先挑好个头，清洗干净，然后直接放在比较大的不锈钢桶里煮，桶里装的是反复煮龙虾的老卤，主要配料应该是蒜泥、泡椒、生姜等。煮十分钟左右，再闷十分钟左右，就可以捞起来，然后浇上预先特制的汤汁，就大功告成。煮熟的小龙虾在汤汁里浸泡时间长一点，味道会更好。当然，即使是蒜泥龙虾，烧法也不尽相同，洗干净后有的要用白开水泡，有的要在油锅里爆，然后再进入下道工序。至于十三香的味道，重口味的各种辣的味道，以及清水龙虾、干煸龙虾等，五花八门。金湖是小龙虾的出产地，但价格比无锡还要贵，凭的就是它的原生态和绿色环保，谁让它长在金湖呢？

所谓正宗的金湖炮头，上面说的三百左右，只是普通市面的价格。如果上档次的饭店，价格就会翻一番。虽贵，但也不愁卖。我有朋友来金湖，点一份五斤肯定是不够的，再点一份，吃完还意犹未尽。我在金湖县开厂，离家乡二百多公里，比较远，朋友们也不会经常来，否则我早被折腾得破产了。

我奇怪，金湖的小龙虾为什么有如此魅力呢？原来，金湖的小龙虾不是长在水沟里，或者在池塘里养成的。这里的小龙虾养殖早已成为一种产业，不但有规模，而且讲科学。稻田养殖，中间种水稻，四周挖深沟，活水流淌，食物链充足，龙虾在里面逍遥自在。荷塘养殖，尤其是藕田套养，浮游生物丰富，小龙虾觅食充分，自然个头大，品质好。与一般小河塘养殖的小龙虾不同，大多数的金湖小龙虾栖息在清澈明净的湖水里，原生态，无污染，长成后肉质紧实，白腹青背，天然的绿色产品自然与众不同。

金湖县湖泊众多，河网密布，兼有万亩荷花荡，这样的自然资源显然是得天独厚，不可多得。

小龙虾最好的季节是每年五到八月，出产的小龙虾壳软、鲜艳、肉多、耐嚼。九月过后的小龙虾，壳变硬，色渐深，开始打洞、繁殖，准备越冬。冬季挖的小龙虾和越冬的隔年虾，颜色深，壳坚硬，肉反而少。因此，荷花盛开的夏季，是吃小龙虾最好的时候，金湖县会举办规模宏大的荷花节和龙虾节。

张太明是我们银涂镇商会的会长，他的公司有上万亩养殖水面，也是烹饪蒜泥龙虾的开山鼻祖。他认为，优质的龙虾、独特的调料、精准的火候，是烹饪蒜泥小龙虾的三大法宝。生姜、蒜泥是热性的，与凉性的小龙虾搭配，冷热相浸，调和一体，不仅虾肉鲜美，味道独特，而且有嚼劲，多吃也不会上火。太明龙虾"蒜泥狠"已成国内著名品牌，上过央视，名气很大。

　　金湖人吃龙虾，基本上不用手套，抓起来直接啃，吃完用啤酒，用牙膏，都可以洗手。朋友聚会，端上一大盆热腾腾、香喷喷的小龙虾，每人一个小盆装虾，每人一个小筐装壳。剥壳，抽肠（据说抽掉肠子的龙虾烧熟后不好吃），动作很潇洒。大伙一起吃，即使嘴巴里闹出些动静，也没人嫌弃。

　　小龙虾是年轻人的最爱。我儿媳妇来金湖，一个人能干掉五斤。儿子、孙女、孙子也喜欢，朋友们更喜欢。我不喜辛辣，所以对十三香没有兴趣，比较偏爱蒜泥。

　　因为对小龙虾的喜好，我在金湖结识了不少志同道合的朋友。也因为滋养出如此美妙的天生尤物的风水宝地，吸引了家乡的同学来这里投资兴业。世界上没有无缘无故的爱，我的爱在金湖。

丹桂飘香秋意浓

清晨，走出办公大楼，一股幽香扑面而来。哦，新厂里满院的桂花全都开了。白色的是银桂，像白云，也像棉花，花瓣中间，镶嵌着一粒粒小米似的淡黄的花蕊，散发出一股股沁入心脾的芬芳；金色的是金桂，像蝴蝶，又像彩带，花开在树叶之间，金黄细小，密密麻麻，一簇连着一簇，仿佛层层绿叶中点缀着一片碎金。秋风吹过，满树婆娑，摇曳生姿。

老厂搬迁时，农庄里的朋友信誓旦旦，说有一棵珍贵的丹桂和其他几十棵桂花树一起送给我。今天却没找到，肯定偷偷种到自家田里去了，没舍得给我。好在浓郁的香气，一样让人心旷神怡。我惬意地舒展了一下腰，打了个喷嚏。是谁想我了？一定是家乡的朋友。告诉你，我马上要回来了。苏北的风水果然不同，脸颊红了，皮肤黑了，多年的椎间盘似乎也不再突出了。

三年前，我在家乡的老厂面临拆迁，没有回旋的余地。年轻时在外闯荡，好不容易回到家乡，安稳了十几年，没想到又起波澜。好不容易创建的公司，要么赔到钱后歇业不干，要么租厂房负重挣扎，都不是理想的选择。

那年的秋天，凉意渐浓，看一片片枯黄的叶子随风飘零，心也随之摇曳。忽然，久不联络的老友从苏北打来电话，说他在那里创业八年，企业需要扩展，正想去金湖拿地，问我有没有兴趣一起去。我怦然心动，但过去的苏北，营商环境令人担忧，听说许多人血本无归。朋友圈和亲友团一片反对声，几乎无人支持。别无良策，就先去看看吧。

2019年10月，是一个忐忑的秋天。山山寒色，树树秋声。我和儿子第一次踏上金湖。老家的张书记，从小一起长大，感情自然很深。秋风里，他送我，忧郁的眼神里充满了担心。想起另一位同学凌晨给我打的电话，也劝我不要去了。我眼一热，差点忍不住热泪。他们的担忧和好意，一下子让我有了闯关东的感觉，秋风萧瑟，心里面充满悲凉。

意想不到的是，金湖迎接我们的也是一位张书记。张书记相貌平平，穿着也很随便，虽然是银涂镇的党委副书记且兼任开发区主任，却没有当惯了领导的那种气势和圆滑。他详尽地介绍了当地的风土人情、投资环境和具体的优惠政策，感觉很实在。当我提及一些尚不完备的基础条件和不配套的问题时，竟感到他有一丝羞涩，让我这个并不世故的商人感受到他的不掩饰和真诚。我当时就认定，张书记是个可信的领导，甚至可以成为相互理解的朋友。于是，我很快地签订了投资协议。

事实上，苏锡常的快速发展，必然带来新旧动能的转换。限制"双高"企业，控制过剩产业，淘汰低效用地，是一种不可逆转的趋势。

2020 年 10 月，是一个成熟的秋天。我投资的公司第一期厂房如期竣工。高大的办公楼和三千多平方米的标准厂房，与周边几十家苏南过来投资兴业的公司一起拔地而起。各方面的运作都比较顺畅。

　　2021 年 10 月，是一个收获的秋天。老厂搬迁基本结束，新厂运营基本正常。除了地域上相差二百多公里，其他没有大的阻碍。这里地价便宜，政策优惠，营商环境相对宽松。政府与客商目标一致，就没必要"吃、拿、卡、要"。

　　2022 年 10 月，是一个圆满的秋天。从无锡陆续移植过来的花草树木，郁郁葱葱，生机勃发。白杨树下，一片片金黄色的叶子像一只只彩蝶，纷纷扬扬地飘落下来，给地面铺上了五颜六色。新厂对面，是我新投的公司，八千多平方米的标准厂房工程量过半，明年春光灿烂的时候，可以竣工投产。

　　走近大门，发现西南围墙边有一棵比较矮小的桂花树，它的花是橘红色的，叶子厚实、光滑，香味浓郁。这不就是那棵丹桂吗？躲在墙角里不露声色，却与众不同。桂花飘香，经历过冬的储备，春的萌发，夏的蓬勃，终于在秋的季节里，收获了满满的芬芳。我的事业，也厚积而薄发，总算有了些眉目。

　　丹桂飘香秋意浓。秋高气爽时，金湖十里飘香，宝应湖、高邮湖和白马湖也都到了收获的时节。秋风起，蟹脚痒，荷花荡和水上森林里，到处都是大闸蟹的身影，偶尔也还有小龙虾，我将会把它们带回无锡，奉献给经常关注我二次创业的亲朋好友，一起来分享秋的收获。

漫游金湖

不到金湖，是不会知道金湖有个"锡山堂"的。"锡山堂"华氏，竟然是从无锡锡山迁移过来的。据说，明朝初年，张士诚与朱元璋争天下，结果失败了，他的粮草支持者都在无锡，其中的华氏望族，祖居锡山东亭，有一部分遭到清算和牵连，被赶往江北，史称"洪武赶散"。

我的故乡在无锡惠山，那里的华氏，也是明清时期从锡山东亭迁移过来的。到了前洲，遂成大族，南三房、仓四房、北七房……唐伯虎点秋香，里面有个华太师，据说就是东亭人。

时光荏苒，金湖与锡山，因华氏牵连，有了渊源。锡山与惠山，原来同属无锡县，现归无锡市，本就一脉相承。东亭与前洲，也因华氏同根，始终亲近。因此，金湖与无锡，竟产生了六百年的两地情缘。

2019 年 3 月，我第一次来金湖。G2 京沪高速界首下，转344 国道去金湖经济开发新区。车行至 17 公里处，进入银涂镇界，路边竖着几块牌坊，最高处几个醒目的大字"尧帝故里"。

我见"尧"字，心里一惊，猛然想起，去年儿媳妇给我孙子起名"亦尧"，也有个"尧"字，当时百思不得其解。我问过儿媳妇，怎么会想到这个"尧"字，她含笑不语。后来，我翻词典，"尧"者，尧唐，唐尧也，我妻和儿媳妇都姓唐，原来还隐含了一个姓氏在里面呢。我和儿子姓周，上古时代，唐尧虞舜夏商周，周与唐渊源流长。看来，冥冥之中，我家与"尧"、与金湖真有缘分。

于是，我在金湖投资兴业，其中一个企业，取名"新尧公司"。当然，尧代表金湖，这个名字，自然也很响亮。

春天里，我和妻来到银涂镇的"水上森林"，这里距我的新厂不到五公里。三千多亩芦苇荡，六千多亩水杉，加起来就是上万亩的水面和森林，被称为江苏的塞罕坝。乘坐小火车来到密林深处，这里有竹筏漂流、玻璃栈道、萌宠乐园、水上高尔夫，还有雾森、银杏园、紫藤大道、赛车、马场、军事基地……最令人震撼的还是那一排排冲天而起、整整齐齐的水杉。斑斓的阳光，透过针叶稀疏地洒在树干上，也抚慰着不屈不挠、奋力窜出水面的气根。我和妻漫步在林间小道，踏着松软的泥土，闻着草木的芬芳，听鸟鸣虫嘶，看栖禽相戏，流连在郁郁葱葱的天然氧吧里，竟有点舍不得离开。远处，有东来寺、西来寺的遗址，据说还有一排排破旧的知青屋，铭刻着当年上山下乡的几千名上海知青艰苦创业的足迹。

夏日里，我和牌友们驱车前往位于塔集镇的"荷花荡"。荡内，是铺天盖地的万亩荷田，据说总面积达到二十多平方公里；荡外，是烟波浩渺、渔帆点点的高邮湖。相传苏东坡曾偕秦少游、黄庭坚在此登舟夜游，留下了"酒沽横荡桥头月，茶煮青山庙后泉"的千古名句。我们沿着仙子广场、碧荷亭、观荷园、长廊、鼗社亭、鸡鸣亭、陈州亭、凤凰桥，一路走马观花，满目翠绿，清香沁入心肺。荷花荡的主角，当然是"出淤泥而不染、濯清涟而不妖"的荷花。登上小船，船娘说，荷藕全身是宝，藕、莲蓬清香嫩脆，可以当水果吃，也可烹饪为美味佳肴；荷叶是天然的食品包装袋，有绝佳的防腐作用，也能成为名菜佐餐的配料。为了吸引游客，这里还建有荷博园、荷文化体验馆、水草世界、百荷园和农事体验馆。

秋高气爽时，我带着孙女和孙子来到了"柳树湾"。柳树湾湿地公园位于淮河入江水道之中，毗邻县城老三河中心，是个天然小岛。小岛四周，碧波荡漾，水质清纯；岛上，萋蒿遍地，柳影婆娑。有柳就有蝉，它铆足了劲，"知了知了"叫个不停。此刻听蝉，我总觉得多了些情绪，那竟是一种饱经风霜的悲凉。好在和孩子们一起，心情立马好很多。小岛对面，有沙滩浴场、溜冰场、跑马场，还有海盗船、儿童乐园、水上歌舞厅。孙女被几只色彩斑斓的长尾鸟吸引住了，其中有一只停在不远处的草坪上，叽叽喳喳，孙子蹑手蹑脚地靠过去，那小心谨慎的模样，真有趣。孩子们追鸟，我追孩子。累了，躺在草地上歇一会。卖风筝的来了，孩子们嚷着要买，我只好爬起身来，和他们一起跟着夕阳追风筝。

天寒地冻时，两个无锡文友要来采风，我便带他们去白马湖。白马湖位于金湖东北部，湖中有九十九座小岛，岛上炊烟袅袅，芦荻摇曳。相传唐僧的白龙马上了天庭，遇到了荷花仙子，难舍难分，便偷偷下凡，一个隐居荷花荡，一个藏身白马湖。清澈见底的白马湖，盛产螃蟹、甲鱼、龙虾、青虾、乌龟等特色水产。聪明的金湖人，在白马湖边建起了彩色森林公园，里面有蓝莓园、菊花园、樱花水岸、桃源仙境、红叶谷……可惜隆冬季节，走了几处，见不到春光灿烂时的鸟语花香，我们只好去乘船，去游历传说中的"三岛奇遇记"。几个岛转下来，已近黄昏。远眺时，一片浩淼，青苍的薄雾中，水面上映出参差的隐约的光影与声息：水花伴着笑闹，任由小木船悄悄地划过；水鸟扑棱着翅膀，紧盯着薄冰下稀疏的水草和虫子；灰暗的湖面上偶有云朵飘过，稍不留神，恬静的画面就被鱼儿啄破……

当然，还要去"尧想国"和"尧帝古城"遛一圈，拍几张照，留下到此一游的凭据。

金湖水域，与大运河同气连枝。一条大运河，连结了金湖与无锡。这条历史上鼎鼎大名的漕运之河，造就了沿线城市的繁荣，也使江南和江北的人民唇齿相依。

最近几年，我也成了金湖人。这里的一草一木，一山一水，变得越发亲近。每周，我在无锡和金湖之间来回穿梭，也就把惠山和金湖紧紧地连接在了一起。

那年我十七岁

那年我十七岁

"背起行囊穿起那条发白的牛仔裤，装着若有其事的告别，告诉妈妈我想离家出走几天，妈妈笑着对我说，别忘了回家的路……"

还记得青葱岁月里，我们经常哼唱的这首朱晓琳的《那年我十七岁》吗？你一定会记得。故乡中学门口那座高大的窑，你一定也记得。在那里，我们留下了那么多的欢乐和期盼，留下了青春期最懵懂的悸动与甜蜜……一切的一切怎么会轻易忘记呢？

那一年，你十七岁，我也十七岁。虽然我们是同学，但在我的眼里，你就是一个黄毛小丫头。肥嘟嘟的脸蛋上，一双又圆又大亮闪闪的眼睛，整天古怪精灵，喜欢蹦蹦跳跳。你坐在我的前排，上课时，时常大模大样地背靠着课桌听课，两条粗长的辫子就在我的桌面上拖过来拖过去。我爱恶作剧的天性犯了，忍不住拿个大头钉，悄悄地把你的辫子钉在课桌上。下课时你站起身来，辫子拉动桌子，桌子摇晃，把我的书本全部掀在地上。估计被拉疼了，你脸涨得通红，转过头瞪了我一眼，没说什么，跑出了教室。也许是见你没有生气，也许是上课太无聊，也许是我太调皮顽劣，没多久，我和同桌再次捉弄了你。你靠着课桌听课习惯了，我们商量好，趁你靠得舒服时，猛地向后一拉，你险些一个后仰翻，这次气得杏眼怒睁，要和我吵架。吵架我是不怕的，谁叫你的辫子一直在我面前晃来晃去，听课像坐在太师椅上得意洋洋呢？

　　我语文挺好，尤其是写的作文，经常受到老师的表扬。但英语不肯背诵，成绩一塌糊涂。遇到测验怎么办？偷看同桌的吧，他也是个半吊子，泥菩萨过江，自身难保。没办法，只能厚着脸皮央求英语出色的你，考试时悄悄地扔些写着答案的纸条过来。当然，也不是白给的，我的同桌数学好，测验时也会偷偷地塞些答案给你。达成约定后，每次测试前，你总要回过头来微微一笑，露出酒窝，里面装满了我们的心照不宣。

　　当年，港台歌曲盛行，女同学们喜欢抄写歌词，听流行歌曲的磁带。你也不例外，常常一有时间就边抄边哼。我家有台双卡收录机，自然有不少盒带，这给了我显摆的机会，我挑了几盘放在书包里，趁没人时偷偷塞给你。你喜笑颜开，眼睛眯成一条缝。还有更绝的，我哥有个照相机，不但会拍，而且会自己冲印，我跟在后面做助手，不久都学会了，便到学校里去吹嘘。同学们自然不信，我便把相机带进教室，帮同学们拍照。你坐在前面，转过身来，嫣然一笑，我出手迅速，抓拍了下来。回家后冲洗放大，精心裁剪成扑克牌一般大小，像张名星照，塞进盒带，偷偷送给你。你看见了似笑非笑，抿紧嘴唇，露出一对俏皮的酒窝，两朵红云慢慢地爬上了你的脸颊，越开越艳。

有一天，放学以后，你故意拿走了我负责关锁教室的钥匙，在我眼前一晃而过。我追出校门，不知不觉中伴你走上回家的路。走了一半，却想起教室的门没锁好，肯定会被值班老师责骂，只好一起返回学校，拿了书包锁好门，又重新走上送你回家的路。乡间的小路，曲折而幽长，来回好几公里，两只书包越来越沉重。起初说说笑笑很欢快，后来慢慢变得沉默。

天色渐渐暗下来，不一会飘起了细雨，两个人莫名地紧张起来。路崎岖不平，磕磕碰碰，你的手起初抓着我书包的背带，不知何时，竟抓住了我的手。那一刻，我很震撼，心怦怦直跳，呼吸也急促起来，本能地想甩开，却突然间舍不得放手。这是我第一次拉着女孩子的手，那么的温热柔软，我的眼睛也变得雾蒙蒙的，有点像坠在云里雾里，慌乱地看你一眼，你的眼神却格外明媚。

突然，对面不远处闪来一道手电筒的亮光，还有隐隐约约的声音。你突然紧张起来，拉着我躲进路旁的稻田里，说是你爸妈来接你了。我顿时也紧张起来，你却蹲下身子，瞅着我的窘态偷偷地笑。一会儿，你爸妈走远了，我们继续往前走，直到运河边你家的村口。我再次握紧了你的手，心里却窜进了一只兔子，怦怦直跳，紧张之中泛着一丝丝甜蜜。觉得从此以后，我俩肯定会在一起了。

在那个时代，牵手是件很神圣的事情，我俩的关系因此变得很神秘。月朦胧，鸟朦胧，脑壳里全是你的影子。你给我看了你写的日记，说你早已偷偷地喜欢我，而我却始终拎不清。

女孩早熟，男孩子会愚笨一点，但经过了此事，彼此的情愫已经明了，心中窃喜。从此，眉来眼去，你侬我侬。自以为掩饰得很好，却终于被老师轧出了苗头。我被调整座位，换到了教室的另外一边。同时，有人告诉了我的母亲。母亲是同校的老师，并没有大惊小怪，只是要求我认真学习，成绩不能落后。不久以后，我发现，你竟慢慢地不理我了。情窦初开，正是炽热的时候，你却对我爱理不理，也不说原因。我像条被晾在沙滩上的鱼，回又回不去，只能苦苦挣扎着。

毕业以后，我还是没有放弃，给你写过无数封情书，却如泥牛入海。一次次的期盼，一次次的失望，一次次的打击，让我变得自卑敏感。我明明知道，你就在同一个镇上工作，却始终没有勇气去找你。走上社会的你，更加风姿绰约，神采飞扬，而我，依然五短身材，不修边幅。自傲，让我患得患失；自卑，让我错失机会。于是，渐渐地，我失去了你的音讯，如同断线的风筝，越飘越远，再也看不见你的身影。

多年以后，一次同学聚会，我问你，当初为什么要分开？你很认真地说："你不知道吗？你有一个伟大的母亲，你的母亲是个娇生惯养的城里洋小姐，到乡下教书，嫁给你农村的父亲，吃尽了种田的苦头，哪会甘心让下一代重蹈覆辙？你母亲听说我们早恋，马上去找了我的父亲……"

初恋是天上的云彩，很绚丽，却常常难以抓住。多年以后，一切早已物是人非，但在记忆的深处，总有那么一个飘着细雨的傍晚，那双紧握着的手，那丝丝细雨仿佛变成了漫天的玫瑰花瓣。

她喜欢过一个男孩

　　读完这封来自男孩父亲的信，女孩终于知道，自己内心的火苗应该就此熄灭了，无数次的念想，无数次的憧憬终将随着时光流逝……

　　五年前，从偏僻山村考入这所学校的她，浑身上下还散发着浓浓的乡土气息，跟班里来自城市的同学，似乎有着很大的区别。但一家人的希望，或许说全村人都想看着这个女孩走出山村，毕竟她是全村唯一有希望考上大学的孩子，走进了这所高中，距离大学的门也就不远了。

　　心思繁杂、远离家乡的她，夜深人静时，在十个女孩共住的宿舍里，还是感到特别得孤独，常常想起家乡的山，家乡的水……大概，每个青春的孩子内心都会有一份孤独。

　　高中第二年，在教室的走廊里，迎面碰到的他，帅气而阳光，彼此相视而过，他微微一笑。那带着一丝腼腆的微笑，犹如一束光，照进了女孩的心田，从此，刻上了深深的印记。20 世纪 80 年代，男女同学之间，相处还是比较拘谨，直到毕业，她和他都没说过一句话。她只在课堂上假装无意转头，偷偷地望他一眼；课间，不自觉地去找寻他的身影……青春的梦总是甜美与苦恼相伴……女孩把他藏在心底里，刻在脑海里，写在日记里，一遍遍读他的名字，"读你千遍也不厌倦，读你的感觉像春天……"蔡琴的这首《读你》，是她藏在心底的歌啊！

高考成绩出来，她落榜了，意料之中的事，可没想他也落榜了。她为他难过。无数次给自己打气后，她终于决定去看看他，并很快从亲戚那儿了解到了他的去向：他在一所中学复读了，他的父亲是这所学校的领导，母亲也是那个学校的老师。

那是一个骄阳似火的夏日，她骑着自行车，一路向前。道路两旁的树苗很小，知了却不知躲在哪里，一声声起劲地嘶鸣。沥青浇制的柏油路面上泛着亮光，明晃晃的，有点刺眼。十多公里的路程是那么短暂，她心中藏着忐忑和兴奋。到了学校，却不知到哪个班级去找他，但不管怎样，来都来了，就先去找他母亲吧。男孩的母亲看到儿子的女同学来看望儿子，很吃惊，但还是热情地带她去找他了。

教室外楼道口，女孩终于见到了梦寐以求的男孩。一刹那，脸庞像被火灼烧一般，感觉热辣辣的，一定是满脸通红了，连说话都结巴了："你，你是在复读了吗？""是的。"男孩微笑着回答。女孩说："那，那挺好的。"然后，似乎没有什么话可以说了，她竟像做贼似的逃走了……自己都感觉，男孩一定会莫名其妙。

一路上，一边欢喜一边懊恼，欢喜是因为见到了男孩；懊恼的是，好像什么都没有说。

女孩回去后，因为种种原因没有去复读，找了份工作上班了。后来，临近高考，她带着不甘，还是参加了考试，终究还是没有如愿。平常的日子里看书，那时特别流行琼瑶的书，她感觉，每个帅气多情的男主角都是他的模样……

日子一天天地流逝，虽然没有了他的音讯，可心中的念想如藤蔓般滋长，绕啊绕，怎么也剪不断。快两年了，是时候来个了断了，不如再勇敢些，直接写信去问问他的父亲吧。

终于，她盼来了他父亲的回信：

××同学你好！

你寄给我的信已收阅。尽管我从未与你见面，李航也从未在我们面前说起过你，但看了你的来信，我觉得你是一个纯真诚实的姑娘。就你信上的内容，我来谈一些我个人的看法，不成熟，仅供参考。

我在对待孩子的婚姻上，应该说是一个开明的家长，从不干涉。年青人到了这个年龄对异性产生一种感情，这是正常的。但说到爱情，至少要考虑到两种可能，第一是彼此之间的感情基础，第二是客观存在的现实基础……我家租住在学校，要找一个农村户口的孩子，结婚的房子就是一个大问题，这些问题会带来许多不愉快、不幸福。在我的两个孩子中，李航属于不懂事的孩子，刻苦性不够，所以李航也没有什么值得让你有好感的地方，你们就永远成为高中的同学吧！李航那边，我会写信告诉他，如果他同意的话，我再把他的学校地址告诉你，好吗？祝你好运，幸福！
……

　　她曾热烈地喜欢过一个男孩，用她勇敢的方式去探寻过，验证了最大的障碍，然后重新开始了自己美好的生活。她知道，这个她喜欢的男孩一直在那里，青春帅气的模样，还有他面带微笑的样子，偶尔还可以在梦里见到，开成心底的一朵小花！

　　这青春秘密，自始至终她都没有跟人说起。如今无意中和我聊起，竟还一脸的幸福。思恋可以是双方的，也可以是单方的，一个青春的女孩带着羞涩，带着欢喜，独自心怀美好，有明智，有胆识，又不乏理性。她没有像《少年维特之烦恼》中的维特，一味沉浸于自我缠绕、自我烦恼中。回头想想，这何尝不是一种得到呢？这生命里美好的情感，如洁白的花儿，藏在心底，每每想起，莞尔一笑……

牛哥虎妹

　　牛哥贼兮兮地问虎妹:"今天我们去唐平湖游泳,好不好?"虎妹点点头,又马上摇头:"好是好,可我还不太会哎。"

　　"有我呢,保证淹不死你。"牛哥一拍胸脯,豪情万丈。"真的吗?我可很胆小的,淹死了你赔得起吗?"虎妹翻了翻白眼。

　　说归说,虎妹转身就坐到牛哥的自行车后面的书包架子上,顺手搂住了牛哥的腰。

　　牛哥二十出头,却从没放过牛。家住唐平湖南边的万里村,父母种田、养鱼、养鸡鸭,勤勤恳恳的本分人。家里兄弟两人,弟弟小儿麻痹症,是个残疾人,牛哥却发育正常,身高一米八左右。虽然是农家子弟,却不知哪里来的音乐细胞,唱歌像杨坤,音色很特别,很迷人,而且弹得一手好吉他。头发留得很长,天然带卷,颇有点艺术家的气质。20世纪90年代的苏南农村,乡镇企业特别发达,牛哥和许多同学一样,早就没了升学的心思,直接去邻村黄泥坝的锡厦铝业上班,就从那时起,我和他便成了同事和朋友。挣了工资,牛哥的穿着就更时尚了,上身花衬衫，下身喇叭裤，骑一辆凤凰18型自行车，俨然是一个风度翩翩的美少年。

虎妹属虎，却温婉柔美。家住唐平湖西边的礼舍村，从小生长在九潭十三浜、九十九间半的龙形街上，虽然是小家碧玉，身上自有玲珑的仙气。虎妹是长女，下面还有两个妹妹。高中毕业后，在邻村的裕通织造上班。百年沧桑的礼舍村，一门四博士，一村四院士，文化底蕴深厚。虎家姊妹从小读书都很聪慧，是小有名气的礼舍三才女。工作不久便考取了职大，在90年代也算了不起的事情了。

美丽的唐平湖，柳如烟，桥如画，风含情，水含笑。牛哥和虎妹在这里邂逅，一见钟情。牛哥喜欢弹吉他，虎妹喜欢唱情歌，唐平湖畔经常有他俩的身影。虽然情投意合，但总还像隔着那层窗户纸，没有捅破。牛哥心里有点急，寻思着该如何突破一下。

今天机会终于来了。虎妹既然答应去游泳，牛哥感觉应该能发生点什么。两人来到湖边，牛哥不知从哪里拿来了一个粉红色的救生圈，往水里扔，两人一人一只手搭在上面，往湖心游。虎妹也不是一点也不会，只是不熟练，而且胆小，有牛哥在身边，加上这只救生圈，顿时心里有了底气。不知不觉中游出了一大段，扭头望离岸已经很远了，虎妹开始有点发慌。牛哥放开救生圈，让虎妹独自搭着救生圈往前游，过了一会，牛哥突然又搭了上来，把救生圈往水里一压，虎妹一惊，不小心吃了口水，慌乱中张手一抱，把牛哥紧紧搂住，顿时两个人沉下水底。牛哥原来想做个恶作剧，吓一吓虎妹，没想到反被缠住，一时慌了，也呛了好几口水，急忙想把她扯开，然后从侧面抓住她的手或者头发啥的，只要拉到水面喘口气，局面就可以控制。未曾想被虎妹紧紧抱住，九牛之力无处可用，只好双腿乱蹬，双手死命往上划，但无济于事。"完了，作死了。"牛哥在心里喊。突然，虎妹松开了手，自顾自蹬着双腿窜上了水面，牛哥身上一轻，自然也浮了上来。牛哥方知上当了，弄巧成拙，聪明反被聪明误，只好乖乖地找回游泳圈，重新一人搭一只手，往岸边游。两人惊魂未定，顾不上说一句话，到了岸边，还有点喘不过气来。

牛哥本想在水中作弄一下虎妹，顺便拉下手，或者紧要处摸上一把，争取把两人的关系更进一步，没曾想，抱是抱了，却是被只母老虎抱了，慌乱之中，一点感觉也没有，觉得很不爽。于是，索性一把将虎妹拖了过来，抱了个满怀，顺便在虎妹的脸上，胡乱地唒了几下。虎妹满脸娇羞，红卜卜的脸蛋，被黄昏的晚霞衬托得分外艳丽……

从此，牛哥和虎妹，谁也离不开谁了。

虎妹在厂里上中班，牛哥每次都会在厂门口悄悄地等着，然后送她回家。日子久了，村子里的小伙子们不开心了，俗话说肥水不流外人田，这么美的一朵鲜花怎么能被外村人采了去？有一次就把牛哥拦在了村头，说礼舍妹子绝不能嫁出村去。推推搡搡之间，牛哥的裤子破了，心爱的自行车也砸坏了。消息不胫而走，虎妹的父母终于知道了这个外村的牛哥。

牛哥一表人才，挺活络，嘴巴也甜，虎妹的父母本来没有意见。后来打听到牛哥有个残疾的弟弟，一时难于接受。虎妹的父亲在市里的邮政局当干部，母亲在村里的小学做老师，虎妹是书香门第的大小姐，自然很吃香。现在找个对象，竟是个农民家庭，穷一点倒不可怕，但摊上个残疾的弟弟，弄不好要受累一生，当然不乐意了。

虎妈在家里絮絮叨叨，诉说着农家生活的各种不易，并开始关注虎妹的外出，虎妹上中班，下班时也派两个妹妹去接。狭窄的礼舍古街，老戏台，九龙宫，再也听不见三姊妹的叽叽喳喳和嬉笑怒骂。即便是星期天，虎妹的身后也多了两条"尾巴"。

唐平湖风平浪静，牛哥的心里却波涛汹涌。远处飘来录音机里张三的歌："我要带你到处去流浪，走遍世界各地去观赏，没有烦恼没有那悲伤，自由自在身心多开朗……"牛哥抓过吉他，嘶哑的声音伴着和弦，弥散在宽阔的湖面上。不知过了多久，牛哥转过身来，发现虎妹就坐在旁边，两眼泪水涟涟，深情地凝望着他。不远处，还有两双无辜的眼睛……

牛哥和虎妹商量后，决定私奔。上海有牛哥的亲戚，去那里找个工作应该不难。于是，两人商量好动身的日期后就各自回家准备。牛哥因为要投亲，所以告诉了自己的父母，父母亲当然乐见其成。虎妹可不一样，明知家里不会同意，只好偷偷地准备行装。虎妹心里十分忐忑：父母养育之恩难以抛弃，但放弃挚爱的牛哥更不忍心。如果明着告诉父母，他们肯定不会同意她走。思前想后，最终决定给母亲留下一封信，告诉她和牛哥一起外出打工的事情，希望家里能够原谅她的冲动。趁着家人不在，赶紧收拾包裹。不敢多带，但女孩子出门，紧要的东西又不得不带，鼓鼓囊囊两大包，偷偷地塞在床底下。想想明天就要离开这个生活了二十多年的家，心里闷闷的堵得慌，说不出啥滋味。

第二天清晨，阳光明媚，牛哥兴高采烈地提着行囊，还有那把旧木吉他，早早地来到了约定地点等候心上人。身旁行人匆匆过，牛哥一时觉得每个人都很亲切，似乎都在为他祝福。笑意写在脸上，心里乐开了花。咦，时间差不多了，虎妹快到了吧？怎么还不见身影？不会反悔了吧？不可能！难道遇见什么事情了？随着时间的推移，牛哥的心越来越悬，越来越焦灼不安。可是，望眼欲穿，虎妹终究没有出现……

静默，静默，静默！一晃好几天了，始终没有虎妹的消息。牛哥偷偷来到礼舍村口，甚至是虎妹家的门前，都没看见她的影子。

这天晚上，月亮无精打采地挂在树梢上，牛哥失眠了。爬起来，没有意识地随处游荡，发现自己鬼使神差地来到了唐平湖。一场游戏一场梦啊，曾经的卿卿我我，现在的形单影只，不远处那棵高大的槐树，曾经见证了我们多少的甜蜜，树荫婆娑，它也在嘲笑我吗？哎，树下有个黑影，难道是虎妹？是她，是她，真的是她！牛哥飞奔过去，虎妹也看见他了，两人相拥在一起，泪眼滂沱……原来，那天藏在床底下的两个包裹，竟给同床的小妹发现了，小姑娘"伪保长"当惯了的，立即"汇报"母亲，私奔计划彻底破产，虎妹被软禁了，根本无法逃脱。随着日子一天天过去，见虎妹恢复如常了，母亲也渐渐放松了警惕。今晚出门透透气，本是大妹陪着来的，结果瞌睡虫来了，大妹熬不住，一个人先回去了。没想到……虎妹紧紧地抱住牛哥，贴紧他的胸膛，泪雨滂沱："牛哥，我真的不想就这么断了。""你不放弃，我更不会放弃，我们一定要在一起的。"牛哥坚定地说。月亮冲破云层，如水月色将湖面映得一片光亮。

一个星期后，两个人终于登上了东去的绿皮火车，来到了同样春潮涌动、激情澎湃的大上海。

虎妹又不见了，家里顿时鸡飞狗跳。大家心里都明白。虎爸责怪虎妈逼走了虎妹，虎妈也终于知道了什么叫女大不由娘。不久，虎妹给家里来信，诉说了她与牛哥不离不弃的誓言，以及上海打工的各种情形，希望家里能体谅她的苦衷，并放手她的生活。

牛哥和虎妹，由于亲戚的介绍，很快就找到了合适的工作。牛哥勤劳肯干，学会了开车，工资自然不低。虎妹在一家合资企业做商务内勤，工作也很舒心。南京路上，黄浦江边，到处留下了他俩的欢声笑语。

离开家的第一个春节没敢回去，打电话给岳父母拜年，没说几句就被挂断了。牛哥知道，他们心里还憋着气。于是，他拿出一个多月的工资，买了好多东西邮寄回去，想拍一下岳父岳母的马屁。他还拜托自己的小兄弟，多多关注虎妹家里的情况，得知老丈人椎间盘突出十分严重，便买了昂贵的黑药膏寄回去。渐渐地，岳父母接电话时的语气，在不知不觉中软乎了许多。

很快，两人有了爱情的结晶。一个可爱的小女孩，眼睛随了虎妹，又大又圆，像天上的星子，十分可爱。上海人习惯称小女孩为囡囡，于是乳名就叫囡囡吧。电话里听见囡囡奶声奶气的婴语，外公和外婆的心都融化了。生米煮成了熟饭，两家人终于变成了一家人。

连着两个春节都不见回来，虎妈终于忍不住了。真想亲眼瞧一瞧，亲手抱一抱，囡囡都快三周岁了。去年说过年忙回不去，难道今年又不能回来？眼看着年三十了，虎妈心里焦灼，一个电话打过去。接电话的是牛哥，支支吾吾的，一会说晚点看情况，一会说单位有要事，可能回不了了。"什么狗屁单位啊，过年都不放假？实在不行，我和你爸上来吧，把地址告诉我！"

"妈，你们年纪大，上来不方便，别上来了。等过阵子，我们一定回来看您。"

"我又不是要看你们，我要抱抱我的囡囡，你们不回来拉倒，把孩子给我送回来！"

"那，还是我们一起回来吧。"见丈母娘口气强硬，实在没办法推托了，牛哥决定年初五回乡。

很快就到了相聚的那一天，两家人早早地候在了出站口。汽车到站，人流涌出，只见牛哥背着一个巨大的双肩包，推着一辆轮椅，轮椅上坐着虎妹，怀里抱着一个瓷娃娃般的小女孩。大家惊呆了，但很快回过神来，急忙跑上前："咋回事啊？这是咋回事啊？虎妹的脚怎么啦？"虎妹急忙站立起来："没事没事，他怕我累着，所以让我坐着轮椅。"转头嗔怪虎哥，"你看，你看，说不要坐轮椅，把大家吓着了吧……"牛哥挠挠头笑了。不过，大家还是发现，牛哥和虎妹变化都很大，几年不见，明显憔悴了。尤其是虎妹，看上去有点虚弱，那一头飘逸的长发哪里去了？平素臭美的虎妹最在乎她的头发了，怎么会剪得如此之短？一股不祥的阴影压在虎妈的心头。

离散了三年多的一家人，终于又团聚在一起。

原来，一年多前，虎妹的单位里组织妇女体检，竟然查出虎妹得了乳腺癌。这简直是晴天霹雳啊，虎妹拿着检验报告，手脚冰凉，一句完整的话都说不出来。失魂落魄地回到家，看见牛哥就放声大哭。牛哥也大吃一惊，看着单子安慰道："不要慌，说不定是误诊呢，我单位就有一个人，说是什么什么病，结果换了一家医院检查，啥都没有。明天我陪你上大医院检查。即便是真的，你也不用慌，听说这种病可以治得好，花些钱就是了。"听了牛哥宽慰的话，虎妹稍微好受了些，洗洗睡了。牛哥哄睡了女儿，看着熟睡的虎妹那青春俏丽的身段，叹了一口气，然后轻轻地拉开了阳台门。许久不碰的香烟，点着了，牛哥狠狠地猛吸了几口。窗外，满天星斗，一明一暗之中，牛哥的脸上有了少见的凝重。

复查确诊为乳腺癌中期。牛哥开始带着虎妹四处奔波，进行各种治疗。高昂的医药费，加上囡囡的奶粉钱，让他们很快花光了积蓄，牛哥和虎妹，分别向单位申请了借款。牛哥瞒着虎妹接了兼职，晚上去一个小超市开皮卡送货，整天忙得脚不沾地。

生活如此的艰难，是他们之前从未想到的。既然出来闯荡了，一切后果就只能自己去承受，牛哥和虎妹从没想过要退缩。出了这档子事，他们还是决定瞒住家里，不给双方父母增添负担。

幸运的是，新出来了一种特效药，可以控制病情。单位领导出面，约请了华山医院的教授，采用最新的微创手术，局部摘除了病灶，保留了完整的乳房，术后疗效显著。只是，需要化疗，以及一系列针对性的药物治疗，对身体损伤较大，原先的一头秀发，慢慢都掉了。虎妹伤心不已。但是，有什么东西比生命更重要呢？难道会比牛哥和囡囡更重要吗？虎妹不禁又释怀了。现在，头发开始慢慢生长，虽然身体比较虚弱，显得有些憔悴，但终究一天比一天好起来了。本想再过个一年半载，等完全恢复好了，再回家看望父母，没想到这次终于瞒不住了。

牛哥的母亲流着泪，一下又一下捶着儿子的背："你怎么这么傻呢？有什么事你说啊，出了事情一家人一起帮着，总比你这样熬着好呀。你看你们都瘦成啥样了。"

虎妹的母亲也抱着女儿和囡囡嚎啕大哭："谁让你不听话，家里待着不好，非得离家出走。呜呜呜，现在弄成这样，可是再怎么说也不能瞒着我们呀，你们终究是有家的人啊。"

两个父亲也背过身去，忍不住掉下了眼泪。

虎妹早已哭得说不出话来，囡囡也被吓着了，哇哇大哭起来。大家转过神来，忙哄着。母亲擦着虎妹的眼泪："吃了这么多苦啊，幸亏菩萨保佑。"转头拉住了牛哥的手，"让你受累了，拖累你了。"边说边抹眼泪。牛哥忙安慰："妈，说啥呢，这都是我应该做的。只要大家能原谅我们当初的任性，我们就知足了。""还说这干啥？以后我们都好好的，好好的。"

有了家人的帮衬，牛哥顿时觉得浑身一轻。岳父母更是给他一张二十万的存单："不够还有，把债还了。家里别担心，孩子有我们几个老人照看着，没问题的。你们还年轻，一定要把身体养好，来日方长呢。”

　　一年以后，虎妹终于康复了，全家人终于松了一口气。

　　春天的唐平湖，桃红柳绿，鸟语花香。牛哥和虎妹手牵着手，来到那棵见证了他们爱情的大树下，一坐就是大半天。还是那把旧木吉他，还是那首不老情歌，吟唱着所有的过往……多情的唐平湖水啊，见证了他们曾经的青春。

阳光总在风雨后

平湖城，桃红柳绿。春心动，游人如织。

这个季节，是用浪漫铺垫成的，注定会有一场美丽的邂逅……

谢刚骑着单车绕湖，欣赏着美景，微风拂面，水面波光粼粼，大人小孩嬉笑追逐，一切很是惬意。一时没留神，差点撞上一个红裙子女孩，红裙子的一角被风一吹，竟然卷进了车轮。慌得连忙刹车，打招呼时，谢刚对上了女孩的脸，一下子愣了。他听见了自己的心跳："噗通，噗通……"梦里寻她千百度，没成想，此刻遇见！便留了个心眼，尽管女孩一再说没事，但还是借口赔她裙子，讨到了电话号码。后来，约见，拉着买裙子，吃饭……水到渠成。平湖畔，留下了他们的欢声笑语，清波潋滟里，倒映着相偎的身影，一草一木见证了他们的卿卿我我……

女孩叫王萍。这天，两人约好一起去湖边。王萍因为厂里有事，说要晚到一会，让谢刚先去老地方等她。过了约定时间，却不见人来，心想着也许事情还没有处理完，便坐在湖边的石阶上等。这时，身后一群人走过："呀，吓死人了，那个女的估计不行了，地上全是血啊！""就是，我不敢看了，救护车也到了。"谢刚猛地一激灵，心头掠过不好的预感，忙打电话，很久没人接。准备挂断时，对方手机传来一个陌生的声音："你是谁，电话主人被撞了……"

通过抢救，王萍捡回了一条命，但却成了植物人。那阴晦的天气，令人喘不过气来，漫天的细雨，浇不灭此刻心里的伤痛。"屋漏偏逢连夜雨"，王萍本是单亲家庭，母女相依为命，闻知噩耗，母亲竟也神志不清。谢刚觉得自己必须挑起照顾她们的担子。

从此，来也匆匆，去也匆匆，谢刚每分钟都像在打仗：擦洗、喂食、按摩、换药、上班……下班回来又是一番忙碌。尽管忙得像陀螺，可是他毫无怨言，只有午夜梦回时，望着窗外淡淡的月色，心里也是惨淡一片。他抚摸着心爱之人的手，和她说说一天的见闻，自己的苦与乐。可是，那个她无知无觉，那么静静地躺着，像一个埋在深土里的瓷娃娃……一天又一天，一月又一月，时光匆匆过，世界看不出什么变化，只有那风，渐渐装满了秋的凉意……花谢了，落叶也恋恋地与风纠缠不休。王萍还是没有任何起色，谢刚还是像个陀螺不停地旋转……时间久了，菜场的小贩，药店的店员，附近的邻居都熟悉了他，也对这个痴心负责的小伙子翘起了拇指，连那个最爱嚼舌根的许婆子，也服气地说："我一开始想，他坚持不长的，装给世人看看的，没想到两年多了。这个小伙子不容易啊，现在社会上不多见咯。"

对面药店里的姑娘叫李燕，耳闻目睹了谢刚这两年对王萍的种种照顾，深深地被他感动了。很多时候，李燕直接送药上门，看见谢刚忙不过来，便主动搭把手。日子长了，谢刚很是感激。

　　时光匆匆，一晃四年了。王萍的母亲突发脑溢血走了，办理完后事，看着仍是毫不见起色的王萍，谢刚有种崩溃的感觉。就像在黑夜里前行，看不清路在何方，但始终得孤独地跋涉前行，跌跌撞撞，不知哪里能找到生命的出口。谢刚的父母也渐渐产生了想法。儿子还年轻，难道这样被拖累一辈子啊？开始劝儿子放手吧，已经仁至义尽了。谢刚不同意，父母几次三番劝不醒，便撒手不管，想让他知难而退。

　　的确，没有了父母的帮扶，谢刚感到更吃力了。可是，看着女友苍白的脸庞，想着曾经的甜蜜，心隐隐作痛。山盟还在，讲好的一起，怎能丢下她独自前行？从不信佛的他，在那个大雪纷纷的天气，一个人前往灵山，跪在佛前祈祷，任风撕扯。整整两个多小时，如雕塑一般，跪成了一个雪人。如此自苦，只求能感动天地，给心爱的人一丝希望，也让自己有坚持下去的勇气。

　　多年的操劳，谢刚的两鬓长出了白发。有一次晕倒在家门口，幸亏被李燕来帮忙换药时撞见，她细心地照顾着谢刚和王萍。男儿有泪不轻弹，也许是病了的缘故，谢刚变得特别脆弱，当着李燕的面失声痛哭，压抑多年的苦闷此刻全冲了出来。李燕心里发酸，这么好的男人，命真苦啊！

　　"谢刚哥，我这阵子店里不忙，白天我抽空过来照顾王萍姐，你安心工作，晚上你再过来。"

"这怎么好意思，天天要两头跑。"

"真没事。你不能累垮了，不然王萍姐怎么办？再说你工作也重要，还得赚钱，用钱的地方可不少啊。"

"那好吧，我每月付你一些酬劳，否则我过意不去。"

"好好，随你。"

有了李燕的帮扶，谢刚感觉轻松了许多。而且，他发现李燕非常用心，把王萍照顾得很好。她常常给他留着宵夜，虽多次拒绝，她总是说中午做多了。谢刚知道，她是在默默照顾着自己啊。

转眼又是一年。一种别样的情愫在两人心里蔓延，如春天的花，渐渐开成一片烂漫。患难与共，心心相惜，两人决定走到一起，共同来承担照顾王萍的任务。李燕甚至说，如果有一天王萍姐醒过来，他可以选择和谁一起生活，绝不为难他。谢刚握着李燕的手："遇到你，是我前世修来的福气。你做的我看见了，相信她也能知道的。如果有一天她真的能醒过来，一定也会祝福我们的。"

两人尽心尽力地照顾着王萍，也偶尔抽出时间，一起去楼下散步。渐渐发现，邻居看他们的眼神躲躲闪闪，背后嘀嘀咕咕……

"负心汉，兔子尾巴长不了。""天下哪有什么好男人！"一句句伤人的话像一支支箭射向了他们。谢刚想不通，他站在王萍的床前说："王萍，你是不是也在怪我们？我们真的做错了吗？你说啊，你说啊！"双肩颤抖，眼泪喷涌而出。

这时，一双手扶上他的肩头。李燕说："谢刚哥，我相信王萍姐是不会怪罪我们的，我们做好自己，好好地照顾好她，其余的就随他们去说吧。"

是啊，日子是自己过的，生活的甜酸苦辣只有自己才能体会。人生路上，风霜雪雨是常态。但这又怎样？穿过层层乌云，爱情的阳光一定会在风雨之后变得更加绚烂……

情系水月浜

　　水月浜，过去曾是一条蜿蜒的大河，记得当年供销社里运输的挂机船都停靠在这里。每天凌晨，接驳小船和拖拉机川流不息，一群光膀子上垫块青布的挑夫，赤着脚上船搬运各种货物。笨重的东西两个人一起抬，嘴里就会哼出古老的号子。由于靠近前洲老街，人口稠密，热闹非凡。

　　如今的水月浜已变得很狭窄，大部分河道被填埋，只留下了一个小小的港湾。河道旁是新建的住宅小区，还有连片的洋房。曾经的喧嚣，也被广场上的轻歌曼舞所取代。"白云映水摇空城，白露垂珠滴秋月"。阿秋和阿月，在水月浜生活了三十多年，默默无闻，却演绎了一个美丽的爱情故事。

　　阿秋是个帅小伙，从小生活在黄石街上。阿月是个俏姑娘，在邻村的柘塘浜长大。20世纪80年代初，他俩同时考取了前洲中学的高中技工班，分在了一个班级里。同窗三年，虽然互有好感，却也没情愫暗生。毕业后阿秋去电机厂当车工，阿月到医院里做医助，彼此没有往来。不久，经媒人介绍，才一本正经地谈起了恋爱。

阿秋和阿月，一个"中秋"，一个"明月"，一连起来就让人感觉是珠联璧合，天造地设。加上郎才女貌，自然就一拍即合。阿秋健谈，前洲新闻无所不晓，天下大事无所不知；阿明好动，哪里有好玩的，哪里有好吃的，她都了如指掌。两辆自行车，踏遍了无锡城。水月浜上，卿卿我我；花前月下，如胶似漆。没多久两人便谈婚论嫁，建立了自己的小家庭。

婚后，夫妻俩和阿秋的母亲一起生活，很快有了爱的结晶，生了一个活泼可爱的女儿。事业上也风生水起，阿秋勤奋努力，当上了车间主任，阿月乖巧上进，成了正式的医生。夫妻俩相敬如宾，小家庭其乐融融。一家三口，手牵着手，沐浴在春光中，漫步在夏日里，欢声笑语中看着女儿从小鸟依人的孩子，长成亭亭玉立的大姑娘。

但天有不测风云，阿秋患了重病，医院里开出了病危通知单。秋风萧瑟，枯叶纷飞，阿月的心里一片悲凉。家里原本就不富裕，为了造房子欠了债，这突如其来的一场大病，简直是雪上加霜，不得不又背新债。一时间愁云惨雾，阿秋和阿月有些招架不住。由于病情严重，身边的亲友都劝阿月留一手，以防人财两空。阿月反而镇定下来，夫妻本应该相濡以沫，怎能大难来临各自飞呢？她不顾一切，千方百计为阿秋寻医问药。多少个不眠之夜熬红了双眼，多少次路途颠簸求医救治……生活的路上不会平坦，那么多的坑坑洼洼，颠颠簸簸，都要用爱和恒心去填补……大家都被阿月的坚持所感动，娘家人也倾囊相助。经过多年的不懈努力，老天不负有心人，终于将阿秋从死亡线上拉了回来。

一波未平一波又起。这年阿秋年迈的母亲突然中风，瘫痪在床，生活不能自理。水月浜的冬天格外寒冷，很难熬，地上有霜，甚至还有一层厚厚的冰。阿秋是个孝子，索性就留在家里，全心全意地陪护母亲。阿月是个明事理的好媳妇，白天工作，晚上回家后给婆婆擦身、挂水，为了防止生褥疮，还得经常给婆婆翻身、按摩。母亲大小便失禁，阿秋需要经常给她更换尿不湿；母亲失去了吞咽功能，阿秋需要不断调整荤素搭配，用搅拌机打碎食物，再用大号针筒灌食；母亲最后失去言语功能，阿秋需要时时揣摩她的心思，尽可能满足她的需要。中午时分，阿秋还要把母亲抱到院子里晒太阳……俗话说长病无孝子，阿秋在家伺候母亲几十年，夫妻俩相濡以沫，从无怨言。在爱的面前，死神也望而却步，阿秋的母亲竟然活到九十多岁。夫妻同心，其利断金，阿秋和阿月的努力，肯定也感染了老人，感动了苍天，一起创造了奇迹。

又到了春暖花开的季节，水月浜春风十里，格外明媚。阿秋和阿月的女儿大学毕业了，做了老师，嫁在了唐平湖畔。聪明伶俐的外孙，居然是个马屁精，能把外公和外婆哄得喜笑颜开。如今的阿秋心情愉悦，身体康健，阿月也临近退休，无忧无虑。他俩的幸福生活源于彼此爱的奉献，心里的那道光照亮了他人，也照亮了自己。

水月浜的爱情故事，就像那多情的河水，一直流淌在我的心里，也像那水中的明月，皎洁无瑕，温润着悠悠岁月……

爱在唐平湖

江南水乡的民主村，历史上曾有一座唐平寺，后来被洪水淹没。唐平寺不见了，却多了一个唐平湖。几千年沧海桑田，唐平湖北通五牧河，南接谢印港，水面变得越来越大。湖面上波光粼粼，四周绿树成荫。暖洋洋的风，吹来的不仅是迷人的景色，还有浓郁的人文气息。据说南唐李煜曾来过唐平寺，吟诵了他著名的词句："春花秋月何时了，往事知多少……问君能有几多愁，恰似一江春水向东流。"

在这风景如画的唐平湖畔，演绎了一段美丽动人的爱情故事。

小威爷爷奶奶的老家就在唐平湖边的民主村，由于父母在外地工作，小威跟着爷爷奶奶和叔叔婶婶一起生活。转眼高中毕业，小威长得英俊潇洒，一表人才，并顺利地考入南昌大学。大学一年级时，结识了同班的小曼。小曼来自河北保定，是个典型的北方姑娘，红扑扑的脸蛋上始终挂着微笑。小曼品学兼优，大一就入党，是系里的学生会干部。小曼比小威年龄大两岁，温柔体贴，特会照顾人，没多久，两人便坠入爱河。

幸福的日子总是过得很快，转眼已过四年，小威和小曼就要毕业了，两人商定一起回无锡工作。对于两人的恋爱，小威的父母是不同意的，觉得以小威的条件，找个本地姑娘更合适，而且姑娘比小伙大两岁，总感觉有点不舒服，但对于儿子的坚持，也有点无可奈何。唉，先过来工作一段时间吧，拖一拖再讲。

两人没费劲就找到了工作，小曼聪明、勤快、嘴也甜，做事很麻利，慢慢地小威家里开始有了松动。小两口每天在唐平湖边遛达，卿卿我我，浓情蜜意。一晃两年过去了，到了谈婚论嫁的年龄，却突然发现，小曼是"熊猫血"，属于稀有血型，整个无锡市只有三十六例。进一步检查后得知，这种血型影响生育，生下的小孩有很大机率会有"溶血症"，因此医生不建议生育。这个结果简直是晴天霹雳，小威家简直难以接受。

事实上，小威的爸爸兄弟三人，大伯家生了个女儿，小叔家虽然有个儿子，但还在上学，传宗接代的任务首当其冲地落在小威身上。小威的爷爷奶奶都已年逾八旬，全家人都急吼吼地盼望着小威作为长孙能早点生个重孙。如此严峻的局面，家庭的阻滞上升为家族的反对，小威和小曼顿时压力山大。

小威似乎阻挡不了来自家庭和家族的压力，加上诸多亲友的苦口婆心，小曼只能偷偷地流泪。六年来真挚的爱情难以割舍，汹涌而来的责难，让他们不知如何应对。

小威和小曼变得沉默寡言，无精打采。小两口的情绪直接感染了小威的父母，觉得拆散他们有点不近人情。事实上，小威和小曼本身并无过错，真要斩断情丝、棒打鸳鸯，也有点于心不忍。小威的妈妈首先动摇了，开始在家族内做各方面的工作。小曼柔韧稳重的性格，为人处世的真诚，以及令人叹服的工作能力，逐步为大家认可，但主要的力量，还是源于小威自身不懈的坚持。

小威妈妈开始筹备小两口的婚事，小叔也帮他们订好了婚宴的酒店。突然，意外发生了，小曼提出终止婚礼的筹备，要回到生养她的北方家里去了。眼看水到渠成，怎么又临阵变卦了呢？

原来，小曼深思熟虑，觉得既然她如此深爱着小威，就不能不顾及他的家庭，不能给对方留下任何的遗憾。男方从被动接受，到主动迎纳，使她越来越感受到亲人的温暖，反而进一步刺激了她善良的本性，宁可委曲自己，也绝不影响对方。爱只能是付出，只能是奉献，为心爱的人甘愿舍去一切，哪怕是自己的生命……那么，有什么东西，包括爱情，不可以抛弃呢？

苦留不住，小威和母亲只好送别小曼。唐平湖的水啊，顿时失去了它的温婉，草木树林，皆无颜色。

"一寸相思千万绪，人间没个安排处"。转眼又过了两年，小威毫不理会家人的劝告，坚持不找对象。有一天，小威的表姐无意间看到了小曼的微博，文中详细地记录了她和他大学初恋的四年，毕业后热恋的两年，以及最后无奈放弃的两年；她和他从相识到分手二千九百二十多天里的甜蜜、幸福、挣扎，种种过往，缠绵悱恻。表姐落泪了，忍不住半夜里将微博转给了小威的父亲。第二天，小威的父母终于下定决心，迎回小曼。

"剪不断，理还乱，是离愁"。其实，这最后的两年里，小威和小曼一直还有联系。小曼回乡后没有急于找工作，到北京和上海找了很多专家，针对性地进行了一系列的治疗，终于迎来了可喜的结论：生育一个孩子，健康的机率极大。

　　2013年的春节，唐平湖春意盎然，一派迷人的景致。八年的苦恋终于修成正果，小威和小曼走入了婚礼的殿堂。从此，他们过上了幸福的生活，而且生下了一个活泼可爱、聪明健康的女儿。

　　唐平湖的美景如诗如画，唐平湖的爱情幸福圆满。一对同学加夫妻的爱情故事，就像那多情的湖水，一直流淌在我的心里。

兄
弟
情

老师啊，您慢些走

2023 年 8 月 1 日下午，您走了。那颗温暖澎湃的爱心，搏动了八十六年，累了，停住了。我们的华嵩元老师啊，您辛苦了，家乡坎坷的风雨路，您一路播种，而今桃李芬芳，您看见了吗？您要走了，我们舍不得您，却无法阻止您的脚步，只能在心里，祈求您慢些走，一路走好！

一周之前，我和建伟相约去惠山人民医院看您。病床上的您，插着氧气管和鼻饲管，周身挂满了各种仪器，闪烁的显示器的光，映着您灰白、透明的脸庞，我的心一下子揪了起来。听到我们的呼唤，您从奄奄一息中醒来，努力地睁开眼，哆嗦地抬起那只瘦骨嶙峋的手，费力地挤出一个笑容，喉结在颤动，但没有响声。

一只八角形的紫砂壶，再也看不见了；"叠个叠个"的上海腔，再也听不到了。您顺溜的头发，深凹的眼框，高挺的鼻梁，坚毅的下巴，笔挺的西装或中山装，整洁的衬衫或毛衣，一尘不染的皮鞋，加上您高大挺拔的身材，永远定格在我们的记忆里。

您是我们的语文老师，北七房初级中学的老校长，也是我文学的领路人。我们是农村里长大的孩子，从小只晓得您是"阿拉阿拉的"上海人，没人知道您的过去。直到今天，我才有所了解。顾不上文采，哪怕啰唆一点，我也要把您的履历展示一下，让您的后辈以及学生们知道，并以此缅怀。

华嵩元老师，1937 年 3 月出生于上海市岳洲路 29 号，原籍无锡县前洲乡小桥头北庄。

1946 年至 1954 年，就读于上海提篮桥小学和继光中学。

1954 年至 1956 年，随父学医并补习高中。

1956 年至 1958 年，在甘肃张掖中学师资班学习，并去临泽县双泉小学、沙河小学任教。

1958 年至 1960 年，就读于张掖师范学院。

1960 年至 1962 年，任教于张掖市青东一校和劳动一校。

1962 年至 1965 年，下放在原籍无锡县前洲公社和平大队务农。

1965 年至 1994 年，在前洲公社北七房农中、北七房小学、北七房初级中学教书，1981 年起任北七房初中校长，1989 年入党。

1995 年并入前洲中学，任校办主任。

1997 年 3 月光荣退休，从教将近四十年。

恍惚中，我回到了我的学生时代。老师，您还记得吗？课堂上，您经常会朗读我的作文，那抑扬顿挫的声音，点亮了一个孩子的文学梦。每次得到您的鼓励，我都开心得像过节。记得您还专门表扬过我的作文本，是几个本子用扎鞋底的线缝合起来的，厚度是其他同学的几倍。我也争气，公社作文比赛第一名，县里比赛也能得名次，初中时就在县报上发表习作，这里面都浸润着您的汗水啊。

老师，您还记得吗？上课时，李峰经常把课本盖在脸上，昏昏欲睡。您火冒三丈，用粉笔头狠狠地将他砸醒，但下课后会像父亲一样，用宽大的手掌温柔地摩挲着他的头部，唯恐伤了他的皮毛。

老师，您还记得吗？我和兴彪在课间斗鸡，不小心把课堂的玻璃砸碎了，我们吓得半死，您却装着没看见，事后让兴彪回家剪了一块塑料纸蒙起来。我妈妈是您的同事，在同一个学校里，您也从没跟她提起，否则我肯定会遭受一顿臭骂。

老师，您还记得吗？建伟成绩非常好，但是个倔头，不愿做班长，不肯考高中，您反复劝导，他不听，您只好哀声叹气。唉，如今想想，如果当初听了您的话，也不至于一辈子只能当个村书记。

您是校长，管着一个学校，可是学校里却很穷。工资以外的费用，都要到附近几个村里去募集，或者请当了老板的学生来募捐。我深知，您是个十分要面子的人啊，您甘愿低下高傲的头，弯下伟岸的腰，推着那辆小小的破旧的女式脚踏车，到处去"歌功颂德"，到处去"强颜欢笑"。没有钱，怎么维持学校里的日常开销？您压力山大，无可奈何。常常自喻为"丐帮长老""叫花子"……这自嘲中藏着多少艰辛与无奈啊。

您一辈子教书育人，呕心沥血，深得广大师生的拥戴。在家里，您也是个劳苦功高的顶梁柱，女儿早亡，您和李老师既当爹又当妈，辛辛苦苦把外孙拉扯大，并帮他成家立业。您的精气神，您的奉献和爱心，家乡人民都记得。

　　夏日里，您静静地离开，没有带走一片云彩。也许，您了无牵挂，在另一个世界里，和李老师相会，郎才女貌，郎情妾意，继续过着幸福的生活；也许，您还牵挂着尘世，这里还有您的亲人，还有您的期待。老师，您来过了，也留下了，留下了青春和美好，留下了亲情和热爱，也带走了我们的眷恋，以及绵绵不绝的敬仰。

　　老师，您慢慢走，您一路走好！

我的书法老师

　　无锡市书法界，有一位已故书法家，他的作品无一例外都是颜体楷书。论及其功力，以颜体而言，无锡地区应该无人与之相比。他一生只做一件事，教书；一生只写一种体，颜体，而且是从六岁练到九十岁的童子功。他就是我敬仰的书法老师华复震老先生。

　　华老师的颜体书法是响当当的，生前曾数次获得无锡市书法大赛一等奖，在江苏省颜体书法比赛中取得第一名，其他各类书法比赛也多次获奖，有多幅作品送去北京展览并获大奖。著名书法家任政是华老师的好友，他们经常交流书法心得，任老曾将华老师的书法作品转赠与上海市长汪道涵，并获其称赞。无锡很多企业、场馆、学校留有其墨迹。家乡前洲中心小学的教学楼，墙上也有华老师的题字。

　　华老师生于民国三年（1914）2月，于2004年1月辞世，享年九十岁。

　　华老师年幼时家境清贫，为节省纸墨，每天用清水在方砖上练习，并坚持了一生。遵照华氏祖训，读书要有"三心"：信心、决心、恒心；要有"三到"：手到、口到、心到。小时候在北七房上学，深得族内书法大师的真传，一手颜体字写得出神入化。

由于品行端正，加上一手好字，华老师被族里聘为荡口义庄的帐房，协助宗族行善积德。回到黄石街后，动员上海、苏州、无锡等地的华氏工商老板和自己一同出资，在华氏祠堂创办了"蠡三小学"，并担任校董。1949年后小学改名为"黄石街小学"，华老师开始在这里教书，终其一生，从没离开。

我和华老师相识，缘于他的学生周明生老师。明生老师从小跟华老师学写毛笔字，颜体小有名气，后来到北七房初中教书，成为我的语文老师，我的书法底子，都是跟明生老师学的。从这看，我应该算是华老师的"徒孙"。

我父亲做过中心小学校长，和华老师比较熟悉。我上高中时，从前洲到北七房，每天步行要经过黄石街，我和父亲总会到华老师家里歇歇脚，喝杯水。看到院子里有一张古桌，上面有一块硕大的方砖，旁边放着一缸清水和一支斗笔，我情不自禁地拿起笔，学着华老师的样子，挺直腰杆，悬起手腕，在方砖上比划。华老师说："宏伟，你基础挺好，不如跟我学吧。"我开玩笑说："华老师，你是我老师的老师，我跟你学，岂不乱了辈分？"华老师眯起了眼睛，摇了摇头说："没关系，新社会不讲究这些，你愿意跟我学就行。"于是，隔三岔五，华老师总会留我们吃晚饭，顺便教我一些写大字的要领。我禀赋较差，也没能持之以恒，始终没有领会颜体的精髓，没得到华老师的真传。

20世纪90年代，我在县属企业做宣传科长。领导要求在厂门口竖一块高大的宣传牌，上书锡山市精神"团结、求实、创新、奉献"八个大字。那时的广告制作，尚没有电脑喷绘，只能搭个架子爬上去用油漆写。这么大的字，在前洲是找不到第二个人去写的，而且必须是楷书，只能去请华老师。但他七十多了，也没法爬到架子上去。于是我们想了个土办法：找一块水泥场，请华老师用水写在地上，我用粉笔描下来，然后拓印在纸上，再把纸上的字贴到早已竖好的广告牌上，用复写纸二次拓印，最后用红色的油漆描出来。但哪里去找这么大的毛笔呢？华老师笑着说："宏伟，不要急，去街上买把新的笤帚来，我来做一支笔。"笤帚买来后，华老师把笤帚拆散，重新用铁丝捆扎，一支特大号的"毛笔"做成了。华老师胸有成竹地踱了几步，然后抓起"大号水笔"，一挥而就。八个一米见方、苍劲有力的颜体大字跃然在地，几十年的"水上功夫"折服了众人。那潇洒自如的姿态，我至今记忆犹新。

华老师是我最崇拜的书法老师，对他敬仰的不仅是书法，还有人品。那种孜孜不倦、坚持不懈的追求，那种默默无闻、无怨无悔的精神，是我始终也修炼不到的境界。华老师做了一辈子的乡村教师，他的足迹，始终留在家乡的土地上。

华复震老师离开我们已经十八年了。他的书法和精神，我从未忘记，家乡人也永远不会忘记！

拜师记

这是一个平常的日子。

2023 年 4 月 26 日，上午 9 时。符主席微我，说王老师要向我约稿。"哪个王老师？"我心里一颤，"莫非就是那个让我心仪已久的王老师？"赶紧打开通讯录"新的朋友"，王老师的大名赫然在目。呀，一小时以前，王老师已主动加我。那时，我在主持公司晨会，没有看见并添加，真的失礼了。

就在去年，《无锡作家》发表了王老师的作品《我的贼大》，那土里土气的文字，如泣如诉的的笔触，一下子把我的心揪起来了。今年，王老师又在上面发表了《偶的宝》，再次让我惊艳，我终于知道，散文还能这么写……

我赶紧添加了王老师。片刻，王老师电话来了。他说，他也注意了我一段时间了，去年我在《无锡作家》上发表的《北七房老街》，让他印象深刻，觉得我的文风和他相近。今天早上，他从南京乘动车回无锡，无意间翻看朋友圈，见到符主席转发的我在《江南晚报》上的新作《父母的婚礼》，即向符主席询问了我的情况，并添加了我的微信。

　　惺惺相惜，十分投机。我们一聊四十多分钟，并相约本月
29 日在宜兴相会。

　　王老师自幼爱好文字，有着深厚的童子功。人生经历丰
富多彩，三十四岁时辞掉了村干部的职务，毅然下海创业，
五十七岁时功德圆满，弃商从文，回归了写作之路。写坏了五
块写字板，写瞎了一只眼睛。二十八个月发表了三部长篇小说，
加入了中国散文学会和中国作家协会。现为江南大学客座教授，
江苏企业作家协会副主席。我惊呆了。王老师的作品和成就，
让我望尘莫及，但他的人生道路和生活经历，竟然有许多地方
和我十分相似，也许，这就是缘分。

　　我出生在书香之家，从小没有经历过王老师幼时的痛苦和
磨难，但也有不错的文字底子，从小就有一个作家梦。参加工
作以后，在国有企业专职从事宣传，和文字打了十几年交道。
三十五岁时企业转制，我也辞职下海，经商办企业，一晃二十
年过去，去年五十六岁时也重温旧梦，拾起了那支已近生锈的
笔。一年多来，在很多老师的指导帮助下，发表了五十多篇文
章，虽然起步晚了，但信心满满。还有更相似的，我在办公室
写稿也喜欢用手写板和汉王笔。我是秘书出身，速记、拼音输入、
五笔字型都在行，但偏爱手写板，是因为它的输入速度刚好与
我脑子里的语速相吻合，虽然速度不快，但很从容，给了我思
索的空间。我比王老师小七岁，视力尚可，所以目前写文章常
用手机，也是手写输入。好处是，乘车时能写，躺在床上能写，
吃饭时能写，上厕所时也能写……

这是个不寻常的日子。

2023年4月29日，我驱车前往宜兴，去拜见仰慕已久的王老师。约会地点定在山月书院，车未到，已来了两个电话，唯恐我找不到地方。泊好车，一个陌生人迎上前来，自称是王老师的朋友，负责引导我上楼。踏进书院，古朴典雅的气息扑面而来，人未至，笑声先到。我赶紧上前，自报家门，王老师却有点发愣，也许他觉得，眼前的我，无论长相和年龄都与他心目中的预期对不上号，脱口而出："哎呀，宏伟这么年轻呀……"然后，紧握着我的手，热情地把我介绍给旁边的朋友们。

当天，江阴的一帮作家朋友，是来向王老师讨教征文颁奖事宜的。聊了一会，大家起身去农庄午餐。下午二点多，客人告辞，我便随王老师到他的工作室聊天，到他的企业去参观，最后又一起到他的家里摘樱桃。在这里，我竟有了回到家里的感觉，没有丝毫拘谨感，心里暖暖的。见时间不早，我便想起身告辞，却被王老师一把拉住，说要一起吃晚饭，还要留我秉烛夜谈呢！面对最崇拜的老师如此热情相邀，怎舍得拒绝呢？

晚饭设在王老师家附近的一家酒店。席间，见到了王老师散文集里的被称为"娘师"的赵老师，她是宜兴丁蜀实验中学的退休老师，中国散文学会会员，江苏省作家协会会员，竟和我一见如故；又见到了王老师的三个美女徒弟，她们都是宜兴制壶名人，高级工艺美术师，并且都是热爱文学的中国散文学会会员；还见到了王老师的几位文友，他们也都是中国散文学会的会员，在文学上都有很高的造诣。和他们在一起，令我这个去年刚开始写作，今年才申报市作协会员的所谓"大器晚成"的文学后进，感到十分荣幸，也十分汗颜。喝了酒，壮了胆，我假装开玩笑，其实内心里十分真诚地说："王老师，我敬仰您的人品，佩服您的成就，您既然收了三个女徒弟，不如再收一个男徒弟吧，您看我行不行呢？""行，行，正合我意，我就收了你吧。"王老师脱口而出，我顿时热泪盈眶。想不到"六十岁学打拳"，竟还能得遇名师呢。

临别，小师姐"聚雅轩"宗女士，还赠送了一把由她亲手制作、"金田居主人"闻老师刻画的紫砂壶给我，十分珍贵。

晚饭后，我和两位文友一起又来到王老师的工作室。王老师和我讲述了他的创作经历，动情处彼此泪光闪烁。他肯定了我的长处，指出了我的不足，并向我传授了许多写作的技巧，我感受到了王老师的真诚，以及对我的殷切期望。

缘分是个奇怪的东西，总能在对的时间里遇到对的人。我拜师不为功利，也不想蹭热度，全凭那颗热爱文学的初心。当然，拜师也不过是种形式，把彼此放在心里，也许是最好的。

兄弟情

　　在长江厂的十八年中，我结交了两个朋友，风风雨雨几十年，至今还在身边，不离不弃。虽不是兄弟，却亲如兄弟。

　　1984年初，一场突如其来的大雪，压垮了许多房子。大雪过后，老屋的瓦棱上结着一尺多长的冰凌，明晃晃，亮闪闪，刺得眼睛都睁不开，感觉鼻子也快冻下来了。这年，我到县属厂实习，进厂便遇到文清和福清。

　　文清和我同年进厂，属猴，比我小一岁。家里他最小，俗称"末脚猪"，厂里人都亲热地喊他"猪啰啰"。文清个子不高，膀大腰圆，胖墩墩的脸上，永远一副憨憨的笑容，但骨子里是个极聪明，极有"眼色"的人。俗话说浓缩的都是精品，他技术上一点就透，一学就会，金工车间的所有机床，他都能熟练操作。还是个自来熟，男女老少都能勾肩搭背，亲如家人。平时胃口超好，吃得多，力气大，无论是谁他都肯帮一把，自然就讨人喜欢。没几年，文清就入了党，担任了厂里的团总支副书记，连续几年被评为县先进工作者和县优秀共产党员。转制前，文清如愿以偿，晋升为厂里的团总支书记和金工车间主任。那时，我已准备下海自主创业了。

福清比我和文清早两年进厂，属马，比我大十三岁。羊和马属相是绝配，我刚进厂，福清就和我一见如故，分外亲热。福清身材高大，长相富态，应该能算 20 世纪 80 年代的"高富帅"。他是带艺进厂的木匠，又是"顶替"性质的固定工，技术精，人厚道，所以进厂没几年就做了木工车间主任。木工车间只有十几个人，却是承包经营的性质，有充分的自主权。在我的朋友圈中，福清出道早，会赚钱，成熟又老练，人缘也极好。

我们所在的企业是家县属厂，建国初期是手联社，上百名铁匠、木匠、箍桶匠和裁缝等手艺人，通过几十年的艰苦创业，从造船到制作农机具，再发展到生产冶金矿山机械和啤酒灌装设备，企业已有相当的规模和实力。所处位置也很特别，厂区地形像只山芋，故名"圩头尖"。80 年代开始，人员老化比较严重，陆续招收了几百名城镇户口的初高中生，甚至还引进了几十名大中专生，一时人才济济。我和文清、福清，应该能算其中的佼佼者。

文清和福清，有很多相同的地方：气量大，人缘好；外表憨厚，内在精明；乐观豁达，外柔内刚；动手能力强，乐意帮助别人。人都说，磁场相同的人，彼此吸引。相同的志趣和爱好，让我们几十年惺惺相惜，亲如兄弟。

相比于文清和福清，我处事果断，雷厉风行，比较说得出，做得出，所以容易得罪人。而他俩简单明了，善于实干。我们在一起，性格脾气上有很多相同之处，却也有不少差异。三个人中，我属于"师爷"，平时说得多，干得却少，吃苦受累、冲锋陷阵的事，一般轮不到我。工作上，他俩都是实干家，多年担任车间负责人，而我一直是厂里的"笔杆子"，做了十几年团书记，同时负责厂里的劳资、人事和文秘工作。

1990年的春节，天寒地冻，白皑皑的积雪将近一尺。年初二，我和妻子结婚。虽说是我的婚事，但文清和福清比我都忙，里里外外都是他们在帮着打理。那时候，三个人中我的经济条件最差，买房子已经欠了债。为了能省点钱，新房装修都是厂里的朋友帮忙干，基本没请匠人。墙地砖不少是文清家里装修多余下来的，木工活大都是福清自己动手做，有些材料也是他从家里拿来的。妻的嫁妆，人家用卡车搬，我们用板车拖，路上的行人见了都笑。婚礼当天，艳阳高照，雪景分外妖娆。厂里借的面包车，由于雪厚路滑开不来，我们只得步行去接新娘子，一路炮仗一路歌，我的心醉了。

我在长江厂里，文清和福清就是我的左膀右臂。我年少气盛，锋芒毕露，必然招来非议和嫉妒。起初少年得志，春风得意，后期却受到排挤，一筹莫展。在厂里的最后几年，我被下放到分厂做厂长，表面上说到基层锻炼，然后提拔重用，实际上是被边缘化了。人生低谷最痛苦、最难堪的时候，一群"红眉毛、绿眼睛"趁机搬弄是非、落井下石。文清和福清挺身而出，仗义执言，为我遮挡了风雨。最后我坚定决心，辞职下海。创业之初，举步维艰，文清和福清以及厂里的一帮朋友们，始终是我坚强的后盾。所谓患难见真情，兄弟般的情谊，就在此刻得到了升华。

文清说："宏伟开厂，我不帮他谁帮他？我就要去干活，谁去告状都可以，要撤职就撤职，要开除就开除……"充满了为朋友两肋插刀的霸气！

福清讲："宏伟的朋友就是我的朋友，有啥事情来找我，谁说他的坏话，就是不给我面子……"这份爱屋及乌的情怀怎不让人动容！

我的家事，文清和福清从来不分彼此，总是全力以赴；我的朋友，只要向他们开口，必然是有求必应。尤其是福清夫妻俩，一生把我当作亲兄弟。我在厂里落难时，他的办公室就是我的避风港。我家条件差，夏天开不起空调，我和妻吃住在他家里。我们不是家人，却相处得和家人一样。转制以后，尽管福清人品好，技术精，也帮助过无数人，竟然也有那种把"兄弟"挂在嘴上的人，去领导那里告恶状，无中生有，逼得他提前退休。闲聊时，我也会问，离开长江厂后不后悔？他笑了："帮别人不如帮朋友，吃苦受累也值得……"我心里暖暖的，这份情，如春风般驱散了我心中的阴霾。

人的一生会遇到无数人，同频、有缘的注定会成为朋友。我的朋友中，关系更为密切的，对我帮助更大的确实还有几个，但四十年如一日，始终保持兄弟关系的，也仅有文清和福清两个人。他俩和我的其他几位挚友一样，都是我的贵人，始终和我的妻子、父母、兄长、姐姐们一起，组成了我创业时代坚强的后援团，是我一生中最宝贵的财富。

人生旅途坎坎坷坷，我们都在跌跌撞撞中成长，拥有了真心的朋友，就不再孤单。

摸 蚌

　　小时候，我和阿明喜欢看连环画，也就是通常说的"小人书"。这种书有半本课本那么大，页面上，上边是图案，下边配文字，通俗易懂，特别适合小学生看。

　　小人书是成套的，像《西游记》《水浒传》《三国演义》，每套三十本左右，一本两角钱，那么整套就要六元钱，超过一年的学费了，农村里的孩子根本买不起。我父母是老师，每月有工资，所以条件稍微好一点，可以把零花钱省下来去买几本，但也买不全。我想了个好办法，整套连环画，发动班级里有兴趣的同学，大家一起分别购买，内容不重复，这样，很快就能凑齐一套，参与的同学可以轮流看。

　　阿明是我的好朋友，他家里条件特别差，就是二角钱，也绝对拿不出来。他妈妈省吃俭用，负担他和妹妹的学费，就已经非常不容易了，阿明实在开不出口。怎么办呢？俗话说，办法总比困难多，我和阿明苦思冥想，终于有了一个好办法：摸蚌！换钱！买书！

我们的家乡，三万六千亩白荡圩连着十万八千亩芙蓉圩，河网密布，水产丰富。除了鱼虾，河底里还有无数的蚌和螺蛳，如果能摸到那种可以用来人工嫁接培育珍珠的三角蚌和鸡冠蚌，那就更值钱啦。

　　星期天的下午，我来到阿明家里。打开水缸盖子，舀起满满一瓢凉水喝了个痛快，阿明从墙角落里翻出一只蛇皮袋，我俩光着脚，沿着村后的石驳岸向北塘河的通济桥跑去。

　　以前听大人们说过，通济桥下面的河道里有许多硕大的三角蚌，一只就能卖几块钱。但是，通济桥下水流湍急，几乎年年都有人淹死，所以敢到那个区域下水的人，没几个。小人书的诱惑，像无数条章鱼的爪子，揪住了我们的心，要是真能找到这么值钱的东西，我们一定把桥下翻个底朝天。

　　我俩像一阵风，卷到了梅家浜后面的北塘河边。通济桥是一座历尽沧桑的古老的石桥，连接着锡澄两地，南北桥堍均以巨大的金山石垒砌而成，桥面用五块十几米长的厚石铺就。长方形的桥洞下暗流涌动，常年盘踞着几个水缸大的漩涡。一路奔腾而至的河水，到了桥下突然收窄，河水就如耀武扬威的巨蟒突然被塞进了铁笼，在此处显得分外暴躁。翻滚的巨浪不时撞击着桥墩，粉身碎骨之后方才悻悻地向东而去。

　　阿明体瘦腿长，灵活得像只猴子，从堤岸上扯住一把藤蔓就下到河里去了。俗话说，六月六，猫狗溮冷浴，可现在还没到农历六月，河水的上半段和下半段，犹如剃头担子一头热一头冷。我也慢慢地爬下河堤，入水的刹那间，腿肚子上传来一阵刺骨的阴寒，我一哆嗦，差点抽筋。好在阳光火辣，加上运

动时人体会产生热量，在水里游了一阵就不觉得冷了。为了安全，我俩一个人潜下去，另一个人停在水面上接应。阿明小时候常常偷�
漱冷浴，有几次差点被淹死，如今久练成钢，水上功夫可以在村上所有的孩子里面摆大王，潜水更是无人能比，吸一口气能在水底下呆上好几分钟，明明刚刚在我身边潜下去，冒出头来换气时，已经离我几十米远了。我俩轮流下潜，在河底下张开双臂，不停地摸索，像推土机一样一段一段地扫荡过去，所到之处，大小蚌类无不束手就擒。不到一个小时，就从淤泥或乱石缝里，抠出了几十只蚌。阿明水性好，是主力，我主要负责配合，把他摸到的蚌，小的扔在岸上，大的装在蛇皮袋里。漩涡和暗流不时地把我们冲到下游，但我们又很快游回桥下，像两条拼命去上游产籽的大马哈鱼。

大约四点多时，河水越来越冷。我俩爬上堤岸，单腿跳跃，抖掉耳朵里的积水，兴奋地瞅着那只鼓鼓囊囊的蛇皮袋。倒出来看，有一只比我的头还大的三角形老蚌，边缘锋利，漆黑发亮，阿明捧在胸口，得意地说："小伟，你不知道，这个家伙像个蚌精，难弄得很，我换了三次气，才把它从黑漆木托的河底里抠出来，差点就要放弃了。刚才把它递给你的时候，我已经一点力气也没了。"

折腾了大半天，我俩精疲力尽，懒洋洋地躺在岸堤上，动也不想动。平时声嘶力竭的知了，此刻叫得很欢快，运河里波涛汹涌的流水，一时也变得风平浪静。待体力恢复了一些，我俩便抬着装了大半蛇皮袋的蚌，喜气洋洋地回到北七房老街上。菜市场西南角有人收购河蚌，我们跌跌撞撞地向那边走去。

20 世纪 70 年代末，前洲的珍珠养殖业如火如荼。我们摸到的蚌，除了那只最大的三角蚌，很快被一个拎着黑色手提包的中年汉子花三块钱买了去。阿明虽然是个孩子，也知道奇货可居，光着膀子捧着它在菜场里走来走去，不少人被这只罕见的大蚌所吸引，不由自主地停下来看稀奇，有的人还拿起来掂掂重量，但是三块钱的开价，让他们频频摇头。

远处的钟声敲了六下，从菜场半圆形的塑料天棚向西看去，太阳已经落在了地平线上。人越来越少，摊主们都在忙着收摊，而大蚌还没找到买家，我们又饿又累，更怕家里大人担心，恨不得把这个沉甸甸的家伙扔回河里。

角落里有一个摆地摊卖生姜大蒜的中年妇女，一直留意着我们。见我们没有耐心了，便慢吞吞地走过来问："小朋友，六点了，还不赶紧回家吃夜饭？爸爸妈妈一定在找了。"我本来已经快崩溃，不耐烦地说："要你多管？"中年妇女一脸善意："这个蚌真大，要多少钱才卖呢？"我吸取了之前的教训，退了一步说："两块五。"中年妇女装着一副惊讶的样子说："哪有一个蚌卖这么贵的？蚌颜色越深年纪越大，你看它这么黑，说不定快死了，买回去你能保证它还能养蚌珠吗？"我愣了一下，开始有点心虚，试探着问："那就两块钱，怎么样？"她伸出一个手指："最多一块！"我坚持了一下："两块，不能再低了。"她有些不耐烦，皱起眉头说："你只细赤佬，阿姨是在帮你，你拎回家不重吗？卖不掉，明天就臭了。一块五，不卖的话我走了！"说完转过身去收摊。我看了看菜场里越来越暗的光线，再也坚持不下去，无可奈何地喊道："一块五就一块五，卖给你算啦"。

　　终于可以回家了。阿明看着我手里紧紧攥着的四元五角钱，笑得眼睛和眉毛都挤在了一起，我心里也像开了一朵花。我数了三块钱递给阿明，阿明摇摇头，把钱推给我，让我保管。他怕带回家里没处藏，万一被他母亲搜去，肯定就白忙一场了。

　　扳着手指头过了一个星期，我俩带着卖蚌的四元五角钱，步行八公里，来到前洲街上的新华书店，又添了一元五角我的零花钱，买了全套的《三国演义》。整整三十本小人书啊，我俩抱起书，开心地蹦了起来。

一辈子，一页纸

倒黄梅的天，像个倒扣的火炉，闷热无比。我躺在床上，吹着空调，还觉得有点烦躁。突然，铃声响起，一听是张同学的电话，声音哽咽，说他父亲走了，要我代他写一篇追悼会的答谢词。

我有些惊讶，张同学从小就是我们的班长，文笔很好，又做了多年干部，区区一篇答谢词，岂会搞不定？也许，父亲走了，心也乱了。

张同学的父亲，年龄比我的父亲小，故我一直称呼其为张叔。今年清明节，去扫墓的路上，我们还见过。医院诊断他肺癌晚期，肿瘤已从 2 公分扩大为 8 公分左右，估计来日无多。当时坐在轮椅上，精神还可以，看见我，习惯性地去掏口袋，想发香烟。可惜，病情至此，早已不可能再抽烟了，因此掏了半天也没掏出烟来。无奈之际，脸上露出了孩子般的羞涩。没想到，才几个月不见，就天人永隔了。

张叔 1934 年 12 月 25 日出生，2023 年 7 月 11 日辞世，终

年八十九岁。

张叔本姓杨，祖籍青阳镇杨家村，七岁丧父，兄弟姐妹八个，生活十分艰难。后来母亲改嫁，张叔便被小桥头庄村塘一户姓张的人家领养，故改姓张。张叔在老家时很贫困，到了张家条件好了很多，去北七房上了三年初小，又去私塾读了二年高小，在那个年代，高小文化算得上是知识分子了。毕业后到北七房木匠店当了三年学徒，出了师，一边务农，一边外出做木匠。1956 年 2 月应征入伍，当过海军，后来又转为陆军汽车兵，入了党，当了班长，立了三等功，开车、修车都是一等一的高手。四年后光荣退伍，被组织安排在县政府机关开车，一开就是二十八年，从未出过事故，多次被评为先进工作者。其中大部分时间在交通局开小车，吃皇粮，领工资，那是个令无数人梦寐以求的工作。但是他从不张扬，一副热心肠始终不变。

当年，城乡公路很差，汽车很少，小汽车更是稀罕。记得我父亲在前洲中心小学做校长，上下班都靠两条腿，早上或傍晚经常能碰到张叔开的吉普车，张叔总会停车，捎带他一段路程。那可是县里领导才能坐的车子呀，父亲只要搭到顺风车，回家后总会沾沾自喜，晚上多吃一碗老酒。张叔退休后了，我的张同学子承父业，也在乡里开了一段时间小车，路上只要见到我父亲，也总会贴心地停下来，捎上一段。从此，两代人的情谊就这样结下了。我父亲在世时，经常回忆往事，提到搭顺风车，总会竖起大拇指，夸老张、小张都是好人，而且觉得自己面子大，挺得意。

张叔走了，大家都惦记他。当年他在县里工作时，厚道、仗义，乡里乡亲经常要托他办事情，他总是能帮则帮。每月挣的工资，亲戚朋友自然也能沾些光，多少得到点帮衬。世上好人多，善良的人，愿意帮助别人的人，总会活在大家的心里。

张叔走了，他的儿女、孙辈，包括再下一辈，永远会记着他。他用一生的勤劳、奉献、善良和爱心，证明了自己是一个负责任的男人，是一个称职的父亲，是一个慈祥的爷爷、外公、太公……

我握紧张同学的手，劝他节哀。男儿有泪不轻弹，张同学泪眼婆娑，让我想起了自己的父亲，想起几年前那个生离死别的场面，情难自禁，眼镜上一片热雾。这一刻，我们更深切地体会到，什么是父爱如山，什么叫子欲养而亲不待……

生老病死，是每个人都要经历的，因此生命显得难能可贵。我们要且行且珍惜，争取过好有生之年的每一天。所有的财富和荣耀，都是过眼云烟，真到了盖棺定论时，一辈子，一张纸，能留下点记录，已经很好了。

过 年

过　年

　　无锡一带，年前要掸檐尘，一般定在农历腊月十七、十八，视为吉日，于是就有了"十七十八，越掸越发"的说法。

　　父亲会提前几天找一根长竹竿，拿一把稻草秆，用细绳紧紧地绑在竿子一头，用剪刀稍加修剪，一把掸帚就成了。到了掸尘的日子，一大早母亲的大嗓门就炸响了："都起床啦，今天不能睡懒觉，每个人起来大扫除了。快点快点，今天好好掸掸尘，来年我家发发发。"大家赶忙嬉笑着起床，匆匆洗漱，扒拉两口就开始了。最先上场的是父亲，他头上盖块毛巾，以防灰尘弄得满身满脸，然后开始掸，积攒了一年的灰尘很多，角角落落到处都是蛛网，有的已经破了，在风中飘荡；有的还是完整的，蜘蛛正在优哉游哉地等美食上门呢，没成想很快梦想破灭。一只只大大小小的蜘蛛随着掸落的蛛网在地上乱窜，引得我们阵阵惊叫。父亲见怪不怪，淡定地掸着，很快掸好："好了，我上班了，剩下的活交给你们了。"撂下一句就匆匆走了。接下来老妈给我们分工，玻璃难擦，窗台高有危险，所以这个活老妈干，我们负责整理擦拭桌椅，打扫卫生。

整理那张堂前的长台是个重头活，里面的抽屉塞满了乱七八糟的东西，要把它们一一清理出来，没用的扔掉，同一类的归放在一起，把里面的灰尘擦掉，常常要花很多时间。我做做没有耐心了，想溜，转头看看母亲，一脚踩凳子上，一脚踩在窗台上，正探出身子费力地擦拭玻璃，不知是干活累的，还是冷风吹的，脸红红的，估计不时有灰尘眯眼，皱着眉头，额头的皱纹是那么明显。几绺头发不时沾到嘴上，也顾不得梳理，吹一下继续干。姐姐担心母亲摔下去，仰着头，身体略微后倾，一只手紧紧地拽着母亲的衣角。我心里一阵悸动，大家都在努力，我可不能拖后腿，于是继续埋头干。中午下点面条，吃完了稍微休息一下，大家继续干活。母亲擦好玻璃后，还要去拆洗被褥，姐姐们也要去帮忙。这样的忙碌一直要持续到下午三点多，大家齐心协力，屋里顿时变得干净整洁，被褥飘着肥皂和阳光的香气。我看着焕然一新的家，觉得年味正在渐渐走来，心里有一种暖暖的期盼。

洗洗晒晒告一段落后，就要抽空去做米粉。糯米、籼米按一定比例配好，这决定了粉的软糯口感，在我眼里这是个技术活，当然由父亲完成。淘洗沥水，然后天不亮他就到加工厂去排队磨粉。粉扛回来后母亲会小心地拿出早已擦拭干净的匾，把粉轻轻倒进去，那份小心翼翼如同面对的是个粉嫩嫩的婴儿，然后柔柔地将粉均匀地铺开，那米粉独特的气息伴着阳光汇成了年味。

一切就绪，人们就开始准备蒸年糕这个大工程了。小时候蒸年糕场面很壮观，现在的孩子基本上是看不到的。大家商议好，今晚蒸哪几家，明晚哪几家。蒸年糕需要很多人通力合作，所以轮到的人家都要去帮忙。

村上的生泉阿叔个头不高，但壮实能干，蒸年糕经验丰富，一般都是他指挥调度并亲自上阵。早早吃过晚饭，大人们就忙开了，烧火的，上蒸的，撒粉的，有条不紊。孩子们觉得新奇好玩，在其间嬉笑追逐，大人怕磕碰着，就会嚷："都到外面玩去，一会好了喊你们吃年糕。"孩子们很听话，大多数跑出去撒欢了。也有几个不肯走，贴着父母脚跟跟前跟后，生怕错过什么。等灶间热气腾腾如仙境时，有男高音喊："出笼了，起！"力气大的端着蒸桶快速来到堂上，靠墙的边上早已摆好了干净的木门，很结实。将蒸桶倒扣在门板上，用力往上一拔，蒸好的粉团就出来了，白白胖胖，腾腾的香气挠得人心发痒，好想上去啃一口。当然这只能想想，暗暗咽下几口唾沫。我是知道的，这个时候很神圣，不能轻举妄动，也不能多嘴多舌，这是大人在家里千叮咛万嘱咐过的。

关键时刻到了，生泉阿叔上场。他只穿一件薄薄的衣服，衣袖高高挽起，拿起一块浸过冷水的棉布包裹住右手，然后开始去揉压粉团，动作有力，频率很快。按几下就要将棉布取下过一下凉水，缠上继续按压。渐渐地，粉团变得粘性十足，也光滑了许多。生泉阿叔边按边拉，不断地按扁拉长，最终粉团变成了宽约十公分，长约二米的长条状。生泉阿叔停下来，擦一把汗，拿出早已准备好的棉线，然后绕着年糕一拉，一块年糕就做好啦！整个过程行云流水，顺畅丝滑，很有艺术感。

此刻，最吸引人的就是那软软糯糯的年糕，外面疯玩的小伙伴早已得到讯息，一股脑挤进来，围成一圈，一个个眼巴巴地瞧着。生泉阿叔呵呵一笑，把第一块弧形的糕头放一边，那是不能动的，是敬献给祖宗的。生泉阿叔拿起另一块长方形的，把它用棉线分割成若干小块，每个人分一块。我放进嘴里细细嚼着，又香又甜，觉得世上最美的味道也不过如此。心急的小伙伴两口就没了，吸着鼻涕，眼巴巴看着，大人忙道："好啦，好啦，别占着地，出去玩一会，等下一笼。"于是，孩子们又一哄而散。

　　我是不会出去的，因为我知道，接下来的可好看了。只见大人把做好的年糕小心地搬到另一张八仙桌上，让它们稍微晾凉，准备点红点。那个红色颜料不知是什么做的，红艳艳的，放在一个小盅子里，里面还有一团吸饱了颜料的棉花，方便蘸取。一般人家都是拿根筷子，用圆的一头蘸上颜料，在年糕的一头点上一个或二个圆点。考究的人家却有专门的刻章，一头雕刻着花纹或字样等吉祥图案，印在雪白的年糕上，更是好看，像打扮的新娘子，又像是雪中盛开的红梅，让人移不开眼睛。我看着他们点，羡慕得紧，但是得等自家的年糕蒸好了，这个神圣又美好的工作才能轮到我来做。开心地点完红点，三个姐姐还会趁大人不注意，互相在眉心也点个红点，感觉老臭美了。

　　一家蒸好了，又开始了下一家。灶间早就装不下这腾腾热气啦，里外都是雾腾腾的，加上糕团的香气，大家忙碌穿梭的身影，如一幅流动的画卷，唯美又温馨。年糕年糕，象征着收成一年比一年好，生活水平一年比一年高，所以，过年蒸年糕是必不可少的。

　　我家里人多，每天十几张口，像个无底洞，做饭都得一大锅。年糕蒸了，接下来还得多做点团子，这样备足了，过年才不慌啊。

　　经过霜的萝卜，又大又甜，是做团子最好的馅料。一大早，母亲就上街买肉，走前不忘催促父亲去地里拔萝卜。白胖胖的萝卜，拔起、洗净、切丝、剁碎，拌进肥瘦相间的肉糜中，加上各种佐料搅拌成香喷喷的馅。接着一家人围在一起做团子。母亲是总指挥，指挥这指挥那，把我们差遣得团团转，却都是乐意的，年味就藏在这份忙碌里。母亲揉面，手上粘了粉，腾不出手："老头子，过来添水，快点。"结果父亲手一抖，倒多了，老妈急得忙喊停："这一点点事情都做不好，去去去，烧水去吧。"老爸只得灰溜溜地走开，走了几步又觉得不甘心，回过头噘起嘴巴瞪一眼，惹得我们哈哈大笑。面团揉好，母亲开始搓成条状，然后熟练地揪成一个个匀称的面剂子。这时，我们就有用武之地了。哥哥负责把面团搓圆，我和姐姐就开始包。一开始，我把面皮捏得太薄，几次馅都露出来了。老妈指点说底要捏厚一点，不然团子蒸出来容易破，也容易塌。几次下来，团子做得越来越好，老妈都说超过她了。有时我还会突发奇想，捏个小兔或小猪什么的。人多手快，很快粉糯糯的团子排满了蒸笼。上蒸了，我就没有心思做团子了，站在灶旁等着团子出锅。等到香气袅袅溢满灶间时，我们的心也沸腾起来，一股脑儿伸着脖子盯着锅台。起锅，一个个白胖胖的团子挨挨挤挤，闹腾得很，而我的小兔小猪却变了形，肿胀得都快看不出了，惹得她们一阵笑。我可管不了这么多，伸手就拿，烫得缩手。母亲拿着筷子，一人给我们夹一个。一口咬下，鲜美的汁水挑逗着味蕾，虽然烫嘴，但都舍不得停。接下来，我们开始各家各户地串，看看都做啥好吃的。家家户户好像铆足了劲似的，一改平时的抠抠缩缩，把积攒了一年的"家当"都用出来了。炒瓜子，做米糕，制糖花生……辛苦了一年，终于可以做点美食填填空落落的胃。

当然最浓最浓的年味，一定藏在大年夜。父母一大早就忙开了，主要是准备年夜饭。割一大块肥瘦相间的肉，一部分用来烧浓油赤酱的红烧肉，另一部分剁成肉馅，包一盆百叶包，做一碗肉酿面筋，这样，就有了过年标准的三碗年菜。鱼也是必不可少的，多买几条，红烧，分两碗，一碗年夜饭时吃，一碗得留着，寓意"年年有余"。有时父母也会买只鸡，寓意"吉"，放点萝卜豆腐煮上满满的一锅。我们小的也不闲着，帮着父母跑跑腿，买买东西，再次收拾一下屋子，还有就是贴春联。那两扇门的油漆有点脱落，父母太忙没时间重新油漆，就用春联遮遮丑啦，贴上去后顿感增添了许多喜庆。夜幕降临，一家人围在一起吃年夜饭。那时没有手机，没有低头族，大家都是吃着饭聊着家常，嘻嘻哈哈无比热闹。饭桌上父母也不忘叮嘱我们：过了年就大一岁了，要懂事，还有说话要注意，不能说不吉利的话。我母亲最夸张，不知哪里学来的，饭后竟然拿干净的厕纸擦我们的嘴，我们抗议，但母亲说外婆过年时就是这么做的，这样，即便说了什么不当的话，就当放屁，老天爷就不会怪罪了，真令人哭笑不得！

吃饱喝足，父母继续收拾忙碌，我们却可以尽情撒欢了。

看巷子上的伙伴玩甩炮，"啪啪啪"的，令人紧张又兴奋。我缠着母亲讨了几毛钱，买了最贵最响的，专门往他们脚下扔，吓得一个个屁滚尿流。烟花并不多见，一条村子也只有一两家条件好的会买上几个，大家都围过去看，那绚丽七彩的烟花啊，迷了多少人的眼啊！看得不过瘾，我们又跑到村口的桥上去看，那时高楼不多，都是平房或二层楼房，所以站在桥上看四周，视野很开阔，远处的烟花陆陆续续冲向天空，炸开，如梦如幻，像开在夜空中的朵朵花儿，真美啊！烟火把年味变得活色生香了许多。看够了回家，父母要守岁，我们也嚷着要一起守。可是十点多就个个困得头像鸡啄米了。这时外面的爆竹声也此起彼伏响起，父亲说这是在放关门炮仗，放好就可以关门睡觉了，明天一大早还要放开门炮仗。我们虽困意十足，但听着声声爆竹，打心里觉得过年真有意思。

一晃，我们都长大了。我们不再是那个无忧无虑，给点阳光就灿烂的孩童。想想那个时候过年，每一天都是充实快乐的，像一个个慢镜头，每一个细节都看得真真切切，可以慢慢咀嚼，滋味绵长；而现在过年像快镜头，还没看清楚，来不及品味，或是本就没心境体味，就一闪而过了。

但我仍期盼着过年，这份情怀，随着年龄的增加越来越浓。

二 妞

东青桥，过去是个渔村，大多数人家是靠一叶扁舟，在三万六千亩的杨家圩里捞生活。靠近河边，稀稀落落建有十几户人家，其中有一间石头垒起的屋子，是我父亲的远房亲戚。父亲从北七房到前洲上班，都会在他家歇歇脚，喝口茶。后来，我跟着父亲去上学，也经常到那里去玩，巷上的小伙伴都很熟悉。二妞家是个外来户，所以房子造得相对偏僻些，在河东头的东林古寺旁。历尽沧桑的古寺，早已缺失了暮鼓晨钟和香火，大殿里都是些残垣断壁，庭院外杂草丛生，歪倒在一边的两只石狮子，似乎在向人们倾诉着曾经辉煌的历史。

二妞家有姊妹三个，姐姐生得白净、秀气，但纤小柔弱，胆小怕事。小妹黑不溜秋，脸带菜色，整天喊饿，只知道吃吃吃。二妞自小像个男孩，聪明、胆大，经常会出奇思妙想，闯点小祸，俨然是三姊妹中的小领班。

她们的父亲，本姓李，原是苏州木渎人。由于家里贫穷，出生不久就被送人，过继到东青桥一户人家，改姓张。可不出几年，养父被日寇杀害，养母离家出走，丢下可怜的父亲，再次成为无根的浮萍，无依无靠，只能顺继给叔父。叔父家有多个孩子，条件也很差，父亲好歹有了归宿，在饥寒交迫中长大。三年自然灾害时，父亲十三、四岁，每天要去生产队学农活，肚里无食脚跟浮啊，挑着水桶走在田埂上，一阵大风刮来，连人带桶摔在了田里。渐渐地，父亲长大了，单薄的小身板，个子一米七，体重却不足一百斤。不适合干农活，只好去外地的工厂里做工，慢慢地，学徒变成了师傅，终于可以自食其力。打工期间，父亲结识了母亲，不久便组成了家庭。婚房是租的，连张床也没有，母亲想到自己上山下乡时曾经睡过的那块门板，还闲置在农场的知青屋里，便和父亲一起步行几十里，搬到了出租屋，一头用长凳，另一头用八五砖垫起来，搁成了婚床。夫妻同心，努力工作，终于有了一点积蓄，回到东青桥，修建了真正属于自己的房子。在这里，父亲和母亲相濡以沫，相亲相爱，虽然清贫依旧，但充满了温暖。不久，三姐妹陆续降临，小家庭更是其乐融融。

三个小女孩就是三只百灵鸟，整天叽叽喳喳，活泼可爱。二姐嘴最甜，见人就喊，村里人都很喜欢。

那是个油菜花开的日子。二姐坐在门口，看着一只只蚂蚁发呆。虽是个小屁孩，却也有很多烦恼。昨天，二姐独自出去玩，把小妹扔家里了，这个"哭屁虫"竟从床上摔下来了，头上磕了个包，害得她被母亲臭骂了一顿；今天早上，隔壁的小丫穿着新买的红裙子晃来晃去，而她只能穿着姐姐的才皮头（旧衣裳），像个丑小鸭。想想，怎么都不开心。

这时，狗蛋跑过来，告诉她一个小秘密，昨天他吃到蜂蜜啦！二妞不信，蜂蜜可是个稀罕物，他妈妈是个小气鬼，肯定不会买。有几次，狗蛋偷吃家里烧菜的绵白糖，被他妈妈揍得嗷嗷叫。"真的，我不骗你。"狗蛋吸了一下鼻涕，"我看见蜜蜂的老巢啦。"二妞听了，眼睛发光，狗蛋更加得意："我发现了它的藏身地，就用棍子去捅，你猜怎么着？棒头上竟然粘有蜂蜜，舔一舔，老甜老甜了。"狗蛋得意忘形的样子，二妞不想看："去去去，骗鬼去吧，别来烦我！"狗蛋见二妞不耐烦，气呼呼地说："哼，本来想带你去看看，现在我决定不告诉你了。"看着狗蛋转身离去，二妞突然有点后悔，如果好好说话，说不定真能吃到甜甜的蜂蜜呢？二妞心里不爽，一脚踢飞了脚边的泥块。

"嗡嗡嗡"，不知从哪里飞来了一只蜜蜂，在二妞的头顶上盘旋，就如和尚念经一般。二妞突然想到，如果跟着这只蜜蜂，说不定也能找到蜂巢，蜜蜂不是都喜欢挤在一起的吗？狗蛋看见的那只蜜蜂，说不定就是一伙的。这时，蜜蜂开始向西飞去，二妞盯着它跑了起来，追了一会，蜜蜂停在了路边的一朵野花上，二妞弯着腰，喘着气，眼睛一刻不敢离开。还没等她气喘顺，蜜蜂又飞了，飞向前面一块菜地，二妞只得奋起直追。高低不平的田间小路，增加了追踪的难度。为了那甜甜的蜂蜜，二妞拼了！一不留神，"啪"的一声，摔了个"狗吃屎"。二妞哭笑不得，汗水粘着泥土，辫子也散了。可这些都顾不得了，二妞急忙爬起身子。蜜蜂呢？幸好，还在前面飞，只是不确定是不是刚才那只。不管了，只要是蜜蜂，总是一样的。追啊，追啊，也许上天怜悯，在二妞感觉快要绝望时，那只蜜蜂停在了一排粗壮的芦苇上，钻进了孔里，二妞心里一阵狂喜。过了一会，不见蜜蜂出来，二妞拔了根草秆，小心翼翼地伸进去，戳了戳，取出来舔一舔，似乎有点甜。二妞觉得，更深处一定有更甜的蜜，于是又找了根细长的棍子，凑近孔，准备再次采蜜。"啊！"只听二妞惨叫一声，嘴巴一阵刺痛，用手一摸，一只蜜蜂掉了下来。二妞的眼泪瞬间决堤。

二妞捂着嘴逃回家，一照镜子，嘴巴肿得像个猪八戒。大姐笑，小妹也笑，村里面看见的人都笑了。

端午节快到了，母亲决定包粽子。

一来过节了应应景，二来农活忙没时间烧的时候，粽子是不错的垫饥食物。于是，草草扒拉几口晚饭，母亲就带着二妞去河边掰粽叶。严格意义上来说是掰芦苇叶，那时河边有许多芦苇丛。母亲早瞅好了一处，在桥洞边上，那里的芦苇茂盛得很，叶子油碧碧的，叶面比较宽，是包粽子的好材料。"你拎好篮子，不要过来，掉下去可要淹死的。"母亲大声嘱咐着。二妞忙点头，站着不动，满心欢喜地看母亲采粽叶。母亲探着身子，手起叶落，很快一把粽叶放进了篮子。河边蚊虫特别多，二妞被咬了好几个包，但是一点都不恼，这些和诱人的粽子比起来，都可以忽略不计。

采回粽叶，母亲清洗后就开始煮。二妞着急，母亲说，粽叶要煮后才能用的。二妞眼巴巴地看着母亲泡赤豆、浸糯米，煮稻草，直到第二天吃过午饭，才开始包粽子。

"多放点赤豆啊！""那里先放一颗枣子，这样好看！""多放点，多放点，越多越好吃！"二妞在旁边指挥。

　　"去去去，滚到外头去。"母亲终于受不了二妞的叨唠，下逐客令了。不过赶也没用，三个小姑娘齐刷刷地站在一旁，谁也不肯走。看着盆里的粽子渐渐多起来，堆成小山，孩子们的欢喜也在疯长。终于包好了，母亲直起腰，手在衣角处随便擦几下，端着盆子来到铁锅旁，把粽子一个个放进去。玲珑碧绿的粽子是多么可爱啊，码得整整齐齐，满满一大锅。加水，又洗了几个鸭蛋、鸡蛋放在粽子上面，盖上锅盖开始烧。等锅盖四周白烟升腾的时候，一股粽子特有的清香弥漫开来，真香啊。二妞咽着唾沫，寸步不离，可是母亲说，必须等到明天早上，粽子才会又糯又香。

　　天刚亮，姐妹们都早早地醒来。终于可以吃上心心念念的粽子了。二妞一口咬下那个小尖角，细细咀嚼，甜甜糯糯，感觉从来没吃过如此香甜的美味。吞下一只，母亲就不让吃了，说吃多了不好，要伤胃。然后把剩余的粽子装进篮子，挂在小屋子的梁下，还"吧嗒"一声落了锁，然后叮嘱几句，就扛着铁耙下田了。姐姐和妹妹去找巷上的小伙伴玩了，家里只剩下二妞一个人。趴在地上数了一会蚂蚁，二妞觉得很无聊。蚂蚁都在找东西吃，二妞还想吃粽子，不给，就去偷。

　　母亲挂在门口的衣服，口袋里没有钥匙，又去枕头底下摸，就是找不到，二妞估摸着母亲带在身上了。怎么办呢，那篮子里香喷喷的粽子在向她招手。

　　二妞来到小屋门前，这门和常见的不同，是用苇秆编扎而成的。父母白手起家，造房子已经借了债，能省就省，这个小房间就是用芦苇在厅里隔出来的。可是即便是芦苇，对于幼小的二妞来说也是铜墙铁壁。

透过缝隙，二妞死命地盯着篮子，恨不得把眼光变成钩子，把那只篮子勾过来。望而不得，是多么沮丧的事啊。不过，她很快发现门的底部参差不平，有一个地方断了几根，开了一个稍大的口子，小猫小狗进出绰绰有余。二妞趴下身子，试探了一下，觉得如果用力挤，头部应该能过去，但是那尖尖的苇秆像把剑，很容易被划伤。怎么办？索性把口子再搞大一点，二妞就用脚去踹，谁知芦苇秆很坚韧，踢不断。二妞又弯下腰，用力去掰，也掰不断。力气太小了，怎么办呢？找姐姐帮忙？不行，她是最听父母话的，铁定不会帮忙，弄不好还会去打小报告。突然，二妞灵机一动，既然掰不动苇秆，那挖洞呢？地面没有浇水泥，掘起来很方便。二妞赶紧找来铲子，奋力挖掘起来。

挖呀挖呀挖，门下面出现了一个小坑。二妞心里一喜，丢开铲子趴下身，小心地将头伸了过去，成功了。可还没等她笑出声来，肩膀就被卡住了，身子过不去。二妞用力往前挤，无济于事，肩膀处一阵剧痛，估计被苇秆划伤了。二妞决定退回去，谁知根本退不了。就像那痰盂罐子套头，进去容易出来难。二妞一下子进退两难，顿时慌乱起来。再次尝试，二妞将脸尽量贴着地面，结果蹭了一鼻子灰，脸上沾满了泥土，还是不行，感觉快要窒息了。二妞只好咧开嘴，闭着眼睛哇哇大哭，眼泪、鼻涕和着泥土，顿时让她变成了大花脸。

哭声在寂静的家里回荡，没有人听到。大人们都出去干活了，也不会有人来串门。二姐哭得嗓子都哑了，脸涨得通红，精疲力尽。不知过了多久，终于听到姐姐的声音，她看见二姐的样子，呆住了，很快反应过来，抓起二姐的脚脖子往后扯，试图把她拉出来。结果二姐的脖子卡住了，差点翻白眼。大姐慌了，说去找妈妈来救，二姐真怕她找不着妈妈，为了偷吃个粽子，如果死了多不值啊。

妈妈急匆匆赶回："要死了，怎么会钻进去的啊，死丫头。"边说边开门，结果发现仍不行，门一开，二姐的头还是卡在里面，再次把她弄疼了，哇哇大叫起来。"啊呀，怎么办啊？"母亲也慌了，二姐更加恐惧，拼着命地叫喊起来。母亲急忙跑出去搬救兵，一会儿，村上的大叔来了，蹲下身子瞅了瞅，然后找了把锯子，让母亲握住秆子，他小心地把苇秆锯断，一根，两根，三根，二姐终于脱险。

事后，二姐吃到了粽子，也再一次成了全家人的笑话。

转眼间，二姐长大了。女大十八变，二姐出落得花骨朵一般。为了家庭，品学兼优的她，初中毕业后没有选择上重点高中，而是直接考取了当地的师范学校。

开学没多久，学校里组织新生参加军训。教官肤色黝黑，双目炯炯有神，一身军装，好帅气呵。不知怎么的，当对上教官的眼睛，二姐竟然慌了，这可是从来没有过的感觉呀。但是，女孩的心思是不会轻易外露的。

军训是辛苦的，每天必须很早起来晨跑。二姐原本是最怕跑步的，可是，在教官略带磁性的号令下，她竟然也能紧紧跟上，一圈，两圈，三圈，女生们叫苦连天，唯独她一声不吭，咬牙坚持。当教官走过来时，二妞看见了他眼里的笑意。啊，他看她的眼神和别人是不一样的！这个发现，让她心里无比甜蜜。军训一天天过去，每天训练都很苦很累，二妞瘦了，黑了，可心情却分外好。转眼间，军训就快结束了。教官给大家写临别赠言，进教室的时间多起来，二妞却躲了起来，怕被人看出来。晚自习时，二妞拿到了他的留言，满满两页的祝福，她读出的竟是一种悲凉。

　　日子又恢复了往常，无波无澜。同学给二妞介绍了一个笔友，叫赵凯，据说才貌双全。二妞答应和他交往，其实只因为他也是一名军人！交往很纯粹，真的只是书信往来。收到他第一封信的时候，二妞有点发怔。整整四页信纸，确确实实显露出他过人的才华。他给她讲述了他的军旅生活，丰富有趣，激情澎湃，尾末还摘录了几首诗词，想和她交流看法。为了回信，二妞恶补诗词。他会给她捉白字，还会讲笑话，每次收到他的信，她紧张、激动，看到他的幽默，又忍俊不禁。就这样，二妞渐渐地对他的信有了期待，心中那份隐晦的伤感，也在不知不觉中淡了。偶尔想起教官时，感觉有点对不起教官。可是，他们之间似乎也没有什么，那份朦朦胧胧的感觉，现在也变得模糊不清了。有了笔友，二妞觉得眼前打开了一扇窗，外面的世界，原来如此的缤纷有趣。即便在最忙碌的期末考试阶段，他俩的书信也从没断过，一写就是一年。那个纸箱里，塞得满满的，一种情愫，也慢慢地钻进了她的心房。

　　这天，二妞在家里打扫卫生，突然听见敲门声。打开门，她愣住了，门外是同学，一旁还站着一个高大的男生。"你你怎么不去接我们呀，我们找得好辛苦。"同学一阵抱怨。二妞一愣，她根本不知道他们要来，谈什么接不接呢？真的是一点准备都没有。眼前这个男生，应该就是那位没见过面的笔友吧？和想象中的差别有点大，想象中的他黑黑的、壮壮的，中等身材的样子吧。当然，二妞也不知道怎么会这么想。而眼前这位男生，白净、阳刚，帅气，一米八几，穿着一身海军服，站在阳光里，英气逼人，让她不敢直视。也许注意到了她的窘迫，赵凯开口道："不好意思啊，没和你说一声，刚好回乡探亲，就想着过来看看。"

三个人坐下来，二妞也不知道讲什么好。给他倒茶，他猛地站起身来，立正，说"谢谢"。二妞被吓了一跳，脸更红了。原本在信里的无拘无束，一时间变得傻傻愣愣，二妞在心里鄙视着自己。幸亏赵凯比较健谈，和大家聊起部队上的事，还说带来了海边的贝壳。这是两只虎纹贝，表面十分光滑，翻转看，发现里面塞着一个小纸包，打开一看，是几颗类似赤豆的东西，但更红艳。他问："知道这是什么吗？""是红豆。"二妞脱口而出。话刚出口，她就后悔了，"红豆生南国，春来发几枝，愿君多采撷，此物最相思"。谁都知道，红豆代表着相思……二妞脸都红了，只觉得耳朵根也火辣辣的。"你不要误会，主要是这边不多见，所以我带点给你看看，我，我……"他突然结巴起来。二妞忍不住笑了，他也笑了，尴尬在笑声中慢慢化解了。

开学了，他也回了部队，他们又开始了鸿雁传书。只不过，见过面后再写信，感觉就完全不一样了。以前彼此没见过，就像你对着一个树洞，可以无所顾忌，畅所欲言，反正也不认识，现在就得斟酌一下了。但是，那些隐在字里行间的小小情愫，还是会让少女怦然心动。聊诗词，聊理想，聊人生，彼此分享着生活中的苦与乐。生活因为有了他的出现，变得有了期待，有了光彩。

岁月匆匆，马上就要毕业了。各种考试，各种忙碌，二妞一想到要找工作，就头大。忙完了学校里的事情，又回了趟家，联系实习，忙得不知日月。事情处理得差不多了，二妞骑车回校。傍晚时分，路过门卫室，里面的值班大爷喊："你的信一直不来拿，都放着很久了。"一看是赵凯的，一共三封。拆开看，信里充满了忧虑：为什么不回信？有什么事情吗？到最近一封，已经充满失落与无奈，以为她不想理他了。再看看时间，都是这一个月里的，最近都忙忘了。二妞急忙回信，安抚，道歉。误会解除了，又继续着书信往来。

没有电话的年代，一切变得纯粹，一如那时的青春。她和他，虽有相交，却终是越行越远。

二妞师范毕业了，马上就要成为老师，二十出头，花一般的年龄，长得又很俊俏，说媒的人纷沓而来。二妞一律拒绝，父母见做不了主，也就不管了。但是，二妞有个致命的弱点，就是脸皮薄，对于关系较好的熟人，很少说得出"不"。性格，往往会决定一个人一生的命运。

这天，同村要好的初中同学来玩，拉着二妞咬耳朵："你还没有男朋友吧？我有个表哥挺好的，你们见见吧，不准拒绝喔。"一句话，堵得她不知说什么。"你不说话就当你答应了。"

女同学雀跃着。二姐想，见就见吧，反正，远方的那个家伙到现在也没有明确的表示，也许是自己单相思。他那么阳光，那么优秀，还要考军校，前程远大，而自己呢，一个平庸的乡下姑娘，以后最多也就是个小学老师，时间久了，也许会后悔，也许会看不上自己……八月份，在双方家长的安排下，二姐与那个同学的表哥见了面。说不上好感，但也不觉得讨厌，见到的是一个平平常常、安分守己的人。那时，农村里是比较封建保守的，见过面，就表示一种关系的确立，就算是男女朋友了。男朋友很诚实，很善良，也很灵巧，家里有什么电器坏了，他总可以修好。但不善言辞，一起交谈时，常常会无话可说，像只闷葫芦。每当此时，二姐的心里就情不自禁地泛起了他的影子，心底里流出一声叹息。

九月份，开学了，二姐走进了教室，开始面对全新的挑战。早出晚归，忙得都忘记了自己。某个星期天，她收到了一封厚厚的来信，熟悉的笔迹，是他写来的。二姐有预感，一定会发生些什么。她谈恋爱的事没有告诉他，现在有点不知如何面对了。拆开信，读着，读着，泪就出来了。果然，他表白了，原来她并不是单相思。他向她表达了爱慕之情，他说他原本想等考取了军校再说，那时他就能配得上她了。他还说，这次是鼓足了勇气才说的，幸福靠争取，即使失败也无憾。二姐的眼泪顿时滚落下来。为什么不早点说？他离她那么远，还在准备考军校，知道了又能怎么样呢？再说，她家里出现了新情况，父亲不知怎么会去赌博，迷上了押牌九，赢了想再赢，输了想翻本，结果越陷越深，借了几万元债。这对当时并不富裕的家庭来说，简直是雪上加霜。半夜里，母亲的哭骂和父亲的呜咽，撕扯着二姐脆弱的神经，生活的压力够大了，母亲头发都花白了。现在，她有了男朋友，父母也很满意。而那个他，那么远，那么多不确定的因素,如果选择了他,就要远离这个家,母亲怎么办?愁肠百结，二姐第一次失眠了。最终，她做了决定，人不可以太自私，就这样吧! 泪再次滚落，怎么擦也擦不干。

信寄出去了，魂也跟着一起寄出去了。盼着回信，又希望不要回信。矛盾煎熬，一个星期过去了，信箱里是空空的。到了第二个星期的周末，二姐终于收到了回信，他向她诉说了自己的痛苦与煎熬，但最终，他选择了祝福,选择了退出。他还说，友谊永远不变。

每个大年夜，二姐都会收到他寄来的明信片，但邮寄的地点一直在变。弄不清他到底在哪里。曾经也给他写过一封信，但三个月后才收到回信，他说他去了海南岛。后来，二姐再也没有写过信。他的明信片寄了五年，最后一次写着：你现在生活稳定了，我不应该再打扰你。祝你幸福，相信你一定会幸福。从此，彼此断了音讯，生活里，再也没有了那个他。

每个大年夜，是二姐最落寞的时候。外面爆竹声声，烟花迷人眼，热闹的背后藏着的往往是最深的孤独! 她一个人站着，看着那一朵朵烟花，在夜空中炸开，绚烂而短暂，然后渐渐暗淡消失。她在心里，总会默默地问候那个远方的他。人是个奇怪的东西，嘴里说着随缘，心底却粘上了蛛丝，扯都扯不干净。

"此情可待成追忆，只是当时已惘然"。有些事，有些人，一旦错过，就再也回不去了。

多年以后，在一次好友聚会上，二妞喝了半瓶红酒，有点微醺。互相吐槽时，我才知道了她的秘密。当年的二妞，也是个有理想的文艺青年，心中的偶像，是一名英俊的解放军战士。那时的女孩子啊，其实都做着同样的梦，有着相同的少女心。二妞不是没有机会，但她却不能动心。父母年纪越来越大了，他们在这里经历了风雨，生养和培育她们姐妹三个，实在不容易。骨子里，二妞是个有担当的女子，所以才会嫁在村里，做了一辈子的乡村教师。

　　我问二妞，当初这样选择，后悔不后悔？她笑而不语，端起酒杯，一饮而尽。

潘奶奶的梦

　　潘奶奶从小就有个梦：有朝一日，不用忙地里田头，不用管吃喝拉撒，出趟远门，想玩多久就多久。踩草坪，绿绒毯上躺半天；坐花海，斑斓五彩裹满身。听风吹过林子的畅快，看晚霞铺满大海的任性。但是，何时才能实现呢？

　　潘奶奶名叫潘茵，年轻时可漂亮了，十四五岁就出落成一朵花。眼睛大而亮，咯咯笑时弯成两轮新月，高挺的鼻子小巧的嘴，就像从画里走出来的。不论走到哪里，都有无数双眼睛盯着，脸皮厚点的，眼睛都粘在她身上了。女人们也爱看，不服输的小姑娘总是偷偷地观察她，怎么走路，怎么说话。潘茵家境不好，穿着打扮很普通，因此，常有条件好的小媳妇，穿着绸缎有事没事地从她家门口走过，借机炫耀一下。可是，潘茵不管穿啥都好看，即便是打着补丁的衣服，也比她们俏。隔壁刘阿婆见了，总要拉着潘茵的手念叨："这丫头多俊啊，将来不知哪家的后生配得上哩。"李婆子因为去潘家地里偷菜被发现，两家人生了龃龉，故每回见了潘茵，从不拿正眼看，走远些便嘀咕："漂亮有屁用，红颜命薄，哼！"

潘茵可不管这些，她够忙的。她是家中幺女，母亲四十六岁才生的她，上面有三个哥哥和两个姐姐，照理说，她应该是最得宠最无忧的。但 20 世纪 40 年代的农村，贫穷落后，每家人都在为生存而苦苦挣扎。子女多，负担也就重，人多嘴多，这么一家子人吃饱穿暖已很不容易，添了她，母亲不由得连连叹气。

两个哥哥结婚后，挨着老房子搭建了几个简易的棚屋，大家挤在一起过生活。不久，嫂子们又生了孩子，就更挤了。十几岁的潘茵看着母亲忙前忙后，也就懂事地帮衬着。

天蒙蒙亮，东边刚泛出一丝鱼肚白，村口不知哪家的公鸡，突然飞上柴垛扯着脖子叫，吵醒了梦里的人。潘茵赶紧爬起身来，简单地收拾了一下，就开始生煤炉烧水，在七点前，得灌满十个热水瓶，一会哥嫂姐姐都要来拎了用的，他们都要上班，可耽误不得。趁着烧水的空挡，搬点稻草，煮一锅粥，全家人早上要吃的。每次淘米煮粥，一瓢一瓢地加水，手很酸。母亲也忙得像个陀螺，一大盆子的衣服要洗，河滩上那棒槌捣衣的声音，大清早，传得很远、很远。母亲洗完了衣服，来不及晾晒，抓起镰刀拎个筐就上自留地里去了，割一筐猪吃菜回来，剁碎后倒在猪食桶里，再用热水拌上谷糠，用力搅拌。后门头的猪圈里，一头猪早已等不及了，在嗷嗷叫。大伙吃好早饭去上班，留下五个小孩由潘茵和母亲一起照看。大哥家三个，二哥家一个，还有大姐家一个，也扔这边了。两个孩子大点，七八岁，另外三个还扎着尿布。实在顾不过来，只能把两个大的用绳子拴在桌腿上。一会这个饿了，一会那个拉了，有时一起哭了，潘茵觉得自己都快累死了。

晚饭后，孩子们各回各家，屋子里才安静下来。这时，天上的月亮也升起来了，潘茵喜欢独自坐在屋后那个石墩上看流星。这个石墩不知道是什么年代留下的，一截埋在土里，不知有多深，曾有人好奇，拿着锄头在边上刨了一个很深的坑，却还是没见底。露在外面的一截，有一米多高，方形的，坐上三四个人绰绰有余。村上年纪最大的阿公说，他爷爷小的时候这个石柱子就在了，没人知道它从哪里来，派什么用场，就那么孤寂地杵在河岸边。坐在石墩上，潘茵望着满天星斗，常常想，这么多亮闪闪的星子，总会有一颗上面也住着人吧，如果有一天，外星人突然出现了，带着自己去旅行，那多好……哎，从没出过远门，外面的世界，似乎和星星一样遥远。潘茵一直梦想着，远离家乡，逃出去自由地呼吸和奔跑，哪怕去看看异乡的花花草草。可一切终究是个梦，现实很残酷，自己根本走不出这个村子，每天像蒙着眼睛的驴，不停地转啊转啊，不知道何时是个头。方圆几十里，灰扑扑的房子，乱糟糟的杂草，满是苍蝇蛆虫的粪坑。还有那土路，晴天灰尘满天飞，雨天泥泞拔不起脚，真是糟糕透了。她在亲戚家看见过一张彩色的照片，上面是一片花海，粉的、紫的，就那么一望无际地铺开，美得无法形容，像天堂一样。多想出门去，多想亲眼看一看啊。潘茵下意识地回头，望了望身后那灰雾蒙蒙的村子，黑漆漆的，像个匍匐在地沉睡的巨兽。算了，等等吧，等自己长大些，一定要出门去看看的。

光阴在日落日升中浅浅流转，潘茵二十多岁了。母亲在一次劳作中，突然晕倒，再也没能爬起来。没了主心骨，一家子也就散了。哥哥姐姐们另立门户，只剩下她一人。潘茵茫然无措，看着眼前这个空荡荡的家，感觉有点陌生。现在，她彻底自由了，没有那么多的琐事需要她操心。可那个出门去的念头刚刚升起，就被生生压下去了。口袋里装着母亲断气前偷偷塞给她的十九元散票，这是她全部的家当。等等吧，等以后挣钱了，一定要出门去看看的。

　　在熟人的介绍下，潘茵到饭店里端盘子。不久遇到了同样命苦的孙浩，他从小被遗弃，被一家好心的农户领养，谁知养父母在他十四岁时先后病故，他再次成了孤儿。孙浩和村里的大人一起干农活，挣工分，沉重的担子压坏了他稚嫩的右肩，生活的磨砺让他有了与年龄不相称的沉稳。两人相遇相知，结为夫妇。怀第一个孩子时，家里的粮食不够，每天都发愁。那时，村里年前要根据家里的人口安排口粮，错过了时间，那就得等来年才能领取。算算孩子出生的日期，恐怕是赶不上了，潘茵暗暗抹眼泪。本来两个人口粮就不足，再添个人，如果赶不上分粮，可怎么办？潘茵灵机一动，孩子只要早点生下来，不就解决问题了吗？于是，她在家里不停地走，用力地跳，拼命干家务，凡是可能提前生产的事，她都试了一遍。结果，孩子提前生下来了，赶上了分粮，但由于早产，婴儿不足四斤，还没有一只大的山芋重。后来又接连生了三个，其中一个不满周岁就夭折了。潘茵没有长辈帮衬，既要工作，又要带孩子，那个娇俏的女子一下子变得很憔悴，三十出头，两鬓就出现了白发。

单位要组织员工去杭州旅游，俗话说"上有天堂，下有苏杭"，从没出过远门的潘茵很期待。雀跃地回家，看见哭闹着的孩子，还有那一大堆的事，发了愁。孩子怎么办，放哪里去呢？思来想去，没有办法。后来听说不去的人发一百元钱，就定了心思。一百元钱，可以买鱼买肉，一家子美餐好几天呢，蛮实惠。孩子们一个个面黄肌瘦，就买点吃吃给他们补补吧。难得一次出门的机会，就这样错过了。同事们回来后，叽叽喳喳，说着杭州怎么怎么好看，如何如何好玩，潘茵手头不停地忙碌，假装满不在乎，耳朵却拉得很长，听着听着，心里越来越难受。小陈走过来说："茵，你这次不去，真的要后悔，西湖边上，什么苏堤春晓、柳浪闻莺，什么平湖秋月、断桥残雪，记都记不住，风景好得吓死人。人多，小吃也多，我买了好几样，坐在湖边吹着风，一边看，一边吃，真开心。""我也想去的呀，实在走不开。我当家的讲，过几年有空了，就会带我去的。"嘴上这么说，心里却知道，都是骗人的。家里是既没工夫又没钱，出去玩，简直天方夜谭。

哎，自己真像一头驴，整天转呀转，永远在三尺地皮上蹦跶。

哎，等等吧，等孩子们大了，一定要出门去看看的。

柳枝儿绿了黄，黄了绿；田间的野花开了谢，谢了开；那天空中飞来飞去的鸟儿不知道换了几茬了，潘茵就这么想着，盼着，念叨着。孩子们一个个都大了，又一个个成家了，还一个个添丁了，潘茵成了奶奶，成了外婆，依旧整天忙得像陀螺。

孩子们有出息，住进了高楼，家家都买了汽车。孙孙们上了学，潘茵终于空闲下来，平时家里就剩老两口了。除了地里种点菜，也没啥可忙活的了。闲愁闲愁，一闲就容易愁，潘茵那个梦，又开始折腾、翻滚。孩子们鼓励她出门玩，可她摇摇头，不肯去。老了，体质差，坐不得车，一坐上去就晕得厉害，吃药也不管用，坐一次车就跟生一次病一样。还有，生孩子落下的病——漏尿，有时一咳嗽就憋不住，而且尿频，一直感觉要小便，这种样子，哪里还出得了门啊。

一个人坐着发呆，想起年少时看见的那幅画，想到错过的那次杭州游，心里就发苦。那时玩得动却不能玩，现在可以玩却玩不动，多操蛋的人生。潘奶奶开始郁郁寡欢，漫长的岁月变得空洞无趣，觉得每天就是吃饭等死。只有孙子和外孙女他们回来，她的脸上才泛光，声音才敞亮，眉眼间才有隐约能见的年轻时的光采。可孩子们也忙啊，不可能经常回来，潘奶奶更多的是孤寂和冷清。子女们看在眼里，急在心头，给她买了手机，还教她上网，但终究弄不灵。潘奶奶老了，一看手机眼睛就酸胀，脖子也吃不消了。真想出门去看看啊，可是，能去哪里呢？

没想到，最近这几年，潘奶奶一改愁容，变得成天乐呵呵的了。看上去手脚轻健，精神头也很足。原来，老家大搞新农村建设，她住了一辈子的村庄变样了。屋后那条臭了十几年的河道，去年进行了彻底的整治，现在水面很清澈，能看见鱼儿在游，有时还激起老大的水花。河的两岸栽满了树，种满了花，铺设了步行砖道。远处，还有景观带，彩虹道，以及供老年人跳舞、娱乐的小广场。到了春天，一树红一树绿，像彩粉画一样。城里的亲戚也喜欢下乡，相约来到田间村头，叽叽喳喳地拍个照片，玩个抖音。除了看美景，坡上的野菜更撩人，马兰、荠菜碧绿生青，婆婆丁、马齿苋胖乎乎的，枸杞藤像个新娘子，也盛装一新。偶尔到田野里来走一走，感觉浑身轻松，什么烦恼也没了。村里的道路全是黑色的柏油路，门前屋后也都浇了水泥地，不管啥天气，随便走，鞋子都干干净净。晚上村里也有路灯，不再像过去黑漆漆的。连片的洋房自不必说，老旧的房屋，外墙也都进行了粉饰，白墙黛瓦，干净素雅。沿路的墙面上，还画上了烟雨江南的山水。村头上立起了牌坊，下面建了花圃，堆了假山，一番别致动人的乡村风貌。

村子东边原本是块荒地，堆满了各种垃圾。一到夏天，臭气熏天，苍蝇成群，走过的人都捂着鼻子。现在村里出资打造成了生态园，里面亭台楼阁，小桥流水，树木葱茏，四时花卉飘香。配套设施也很完善，单说那个公共卫生间，就让潘奶奶看得眼发直，蹲的，坐的，还有残疾人专用的无障碍厕位。卫生间里有纸，有镜子，洗手池很干净，通道里铺设的防滑地砖，也有专人保洁。有了这些，潘奶奶就不怕出门了，在这里待一天都行。累了，随处有公用的座椅，渴了，也不打紧，新近安装了直饮水，按下就能喝，这免费供应的水竟还甜滋滋的。村里还有老年人活动室，吃好晚饭，约着老姐妹出门，散个步，跳个舞，日子赛神仙啊。

潘奶奶很庆幸，她住的地方是特色保留村庄，不属于拆迁区域，因而不必像附近的村民一样搬进小区，住上高楼。当然，一辈子待在农村里的人过上城里人的生活，自然也很期待，毕竟，那里设施更健全，环境更完美。但是，潘奶奶老了，她更喜欢恬静的田园生活，觉得整天待在那些全由钢筋混凝土构造起来的钢铁城堡和水泥森林里，还不如住在熟悉的乡村里，这里通透、敞亮，也很接地气。

住在这里，潘奶奶感到很满足："我现在是哪里也不想去了，天天在这里转，我从来都不厌气，比刘姥姥住进大观园都开心。"

几回回，潘奶奶看着天上的星星出神。想起当年那个坐在石柱上的孤独身影，想起多年前那些不甘心和企盼，觉得很遥远，却又像在昨天。那个一直藏在心底的梦，以为这辈子都实现不了，没想到，如今就住在了画里，不出远门便实现了。

拔牙记

你肯定在想，拔牙有啥好说的，大多数人都经历过。的确是啊，可像我这样每隔十年拔一颗的，应该没有几个，而且每次拔的都是智齿，更少之又少了吧。

智齿这个名字让我想到了"智慧"、"智者"。这牙齿有啥"智"的？百度给出的答案是因为它萌发晚，大多是十八岁至二十五岁萌出，这时，人的生理、心理已经基本发育好了，是"智慧到来"的年纪。哈哈，还挺有趣。也许我是个愚钝之人，几颗智齿都不配拥有。

三十五岁那年，左边腮帮子突然疼得很，到了晚上，半边脸都肿胀起来，像个发酵的馒头。镜子里，脸一半大一半小，眼睛都被挤兑成了线，出门只能低着头躲闪着人群，像做贼似的，朋友约我玩也没了心情。两三天下来，我是吃不下，睡不着，人萎靡了不少。这样拖着终究不是办法，只能去医院。

到了牙科，我心里直发怵，那张躺椅很是吓人，灯光一打，一个激灵。也许是恐怖片看多了，这样的场景有点熟悉，对我而言，拔牙就是恐怖的，如果有可能，我宁可选择看最恐怖的影片。医生看了一眼："发什么呆啊，快躺下。"张大嘴发了几声"啊"后，医生诊断是智齿出不来，影响到了神经，必须拔掉才行。医生又让张嘴，这次是打麻药，天，好疼。我忍不住叫了起来："哎呦哇，痛死人了。"医生按住我的头："忍一下，很快就不疼了。""打麻药怎么还会疼啊，不应该麻了没感觉吗？"我大着舌头抱怨。医生耐心很好："针头有点粗，扎上去会疼点。"

打完针，医生转身去准备拔牙的工具，我心惊胆战地躺在床上瞄去，白色托盘里放上了锤子、镊子、手术刀等，每放一样，那声音都带着寒气，加上那光闪闪的工具，我汗毛"突"的一下竖了起来。如果此刻来测血压，一定高得吓人。但毕竟成年人了，再怎么害怕也不能逃吧。

拔牙了，确切说应该是上刑了，敲，钻，压，拉，割……那颗智齿可顽固了，医生一手托着我下颌，一手拿着工具切割，还用锤子样的东西敲击，脑袋被震得嗡嗡的。没想到这牙齿是这么顽固的，似乎在和医生斗智斗勇。我龇牙咧嘴，整个人都被吊起来了，此刻，我脑子里突然无厘头出现电视剧里的画面：阴暗的审讯室，墙壁上挂满了各种恐怖的刑具。敌人狰狞地笑着，一会皮鞭，一会烙刑。江姐在酷刑折磨下已是伤痕累累，但她紧咬着牙关，绝不低头。敌人气急败坏，进行竹签穿指之刑。天哪，十指连心，每扎一根，都痛彻心扉，那是怎样残酷的折磨。可是，她紧咬牙关，硬是不吐一个字……啊，好难受，怎么还没好？我被拖回了现实。此刻我对那些宁死不屈的先烈们无比钦佩，那要多么坚强的意志啊。和他们相比我很丢脸，拔颗牙都要了我半条老命。突然"哐当"一声，打断了我的思绪，拔下的牙齿落在手术盘里，宣告着这个大工程结束。看向托盘里那颗牙齿，一头尖尖的、长长的，獠牙般，这是长在牙床里的部分，怪不得难拔。医生擦了一把汗："我都被你拔出一身汗，一开始按不住，后来又声响都没有，我以为昏过去了。"我嘴里咬着棉花，还有点发麻，想笑又笑不出来，他怎知我神游到抗战年代去了。

　　四十五岁时，第二颗智齿又要强行和我分手，想留也留不住，只能又去拔。对打麻药针之疼记忆犹新，可是还得打。疼，依旧是疼，过一会看见医生去拿着工具，我惊惧："医生，我感觉还有疼感，还没有麻透。"结果医生决定再给我打一针，自作孽不可活，我恨不得扇自个嘴巴子，自讨苦吃。只能张嘴，唉，好了，怎么没疼？原来已经麻了。接下来一番"推拉弹唱"，留下一个血窟窿，第二颗智齿宣告退出舞台。拔后的几周，我觉得愈发笨拙，不记事，昨天发生的事情都记不住，熟悉的人名字就在嘴边了，却结巴着叫不出来。哎，智齿拔掉了，能不笨嘛。

　　又过了十几年，还是牙疼，它们仿佛约定了似的。白天还好一点，到了晚上，疼感愈演愈烈。吃阿莫西林，吃止疼片，都不见效。一周了，没有一点好转，真是怕啥来啥，还得去看牙科。一检查，告诉我还是智齿在作怪，因为下面的智齿拔掉了，上面这颗不起作用，现在蛀了，引发了炎症，必须拔，不然会影响前面的牙。我怕呀，说能不能不拔，有没有其他法子，医生看了我一眼："以你目前的情况，必须拔，不然以后更严重。还有你右上颚的一颗智齿早晚也得来拔掉。放在那里一点好处都没有。"天哪，四颗智齿，一共就四颗哎，我竟然和它们一点缘分都没有啊。智齿啊智齿，既然这样，你又何必长呢？你吃苦头，我也吃苦头。看着最终拔下的智齿，我哭笑不得，又得喝两天粥了。

拔了三颗牙后，总感觉牙齿变松，牙缝增大，很担心它们能不能坚持到底。隔壁家的李老头不到八十牙就全掉光了，吃东西用牙床啃咬。每次看他吃饭都费劲扒拉得很，嘴巴瘪着，全是皱纹，挺软乎的东西都要磨半天。巷上人还老爱逗他，让他啃西瓜，好不容易抿下一块，一逗笑，抿不住掉了。有时煮螺蛳粉，夹一筷子让他尝尝鲜，结果咬不断就吞，一半卡在喉咙，一半拖在外头，弄了个进退两难，没有牙齿难啊。以前我见了也觉好笑，现在不了，总担心着将来也会这样。我还做过几次噩梦，梦见牙齿松动，摸摸这颗动了，摇摇那颗晃了，急得不得了，醒了。幸亏是梦，看来这拔牙的阴影很重呀。

现在，只剩下一颗智齿了，它看见三个同伴先后离去，不知道是惊惧还是坦然。俗话说得好，"事不过三"，希望这一颗能坚强一些，留下来陪我。人生路漫漫，总得留一点点智慧给我，让我不至于像个傻子吧。

分　家

　　20 世纪 80 年代的农村，家里兄弟多的，长大后基本都要分家。分家分心，就多了不少恩怨。

　　陈家村里有户人家，老夫妻辛辛苦苦半辈子，省吃俭用造了两幢"兵营式"房子。两个女儿出嫁了，两个儿子先后讨了老婆，全家人在一口锅里搅，一日三餐，流年四季，时间长了总会有大大小小的矛盾。按照农村里的习俗，确实应该分家了。

　　父亲一本正劲地对儿子们说，过几天喊大娘舅来分家。分家很容易：两套房，按老祖宗传下的规矩，哥东弟西。东屋的天井里有口井，西屋的天井里也打一口。东屋有厨房，西屋再造个灶间。屋后头有只大猪圈，今后改做柴房。柴房后面分别砌了两只小猪圈，大猪圈里恰好两头成年猪，兄弟俩各分一头。家里的责任田、口粮田、自留地也一分为二，报生产队备案。祖上传下来的物件以及老夫妻俩撑的家当，请大娘舅来分配。儿媳妇们从娘家带来的嫁妆，虽然有些原来大家一起共用，以后也各归各家。具体明天大娘舅来了再讲。

夜里，大儿媳搂着丈夫在被窝里咬耳朵："猪窝里两只猪相差几十斤呢，我俩明天五点钟起床，先把那头大猪捉到自家的猪圈里……"大儿子翻了个身，无可奈何地咕噜一声。

凌晨，鸡刚叫过头遍。大儿子夫妻俩蹑手蹑脚来到屋后的大猪圈里，开灯一看，傻眼了，一只大猪不见了，只有那只小猪蜷缩在角落里打呼噜。大儿子苦笑着说："细棺材比我们厉害啊，居然先下手了，我们过去瞧瞧吧。"大儿媳妇气得直咬牙，昨晚翻来覆去睡不着，白费心思了。夫妻俩像贼一样溜到西边的猪圈里，手电筒一照，只见猪栏栅上套了一道软锁，那只大猪正在陌生的猪圈里团团转，吭哧吭哧发狠劲。大儿媳妇气无出处，扭身在老公的大腿根上狠狠地揪了一把，疼得老大嗷嗷叫。

中午摆桌面，大娘舅朝南坐下，叽里咕噜讲了大半天。天上老鹰大，地下娘舅大，分家这种事，娘舅出面外甥是服贴的。大儿子趴在桌上，像在听又不像在听，一脸无所谓。小儿子眼睛瞅着脚板，一声不吭。大儿媳妇低着头，眼睛却不时瞥向小儿媳妇。小儿媳妇笑眯眯地看着大娘舅，一副乖巧模样。大家表面上很顺从，没有七嘴八舌。轮到分东西时，大儿媳妇坚持要抓阄，说抓阄最公平。于是，剩下的几只羊、十几只鸡和鸭都被粘上标签，由大娘舅亲自制阄，两个儿媳妇各自抽取。大儿子站起身来，白了她们一眼，扭头就走。唉，这样斤斤计较，以后的日子怎么过呢？

造房子时欠了些债没还清，老两口决定不放到桌面上来讲了，打算自己攒钱慢慢还。分了家，虽然两幢房子各有归属，老两口仍住在以前造的二层楼上，进出两家很方便。分家后，老两口第一年在大儿子家吃饭，第二年到小儿子家吃饭。按农村里习俗，在哪家吃饭就帮哪家烧饭、做家务。

农村里，20世纪80年代先后建造的"兵营式"房子，就是前面（7架）二层楼，后面（10架）二层楼，实力好的可以造三层，中间隔一个天井。房后一般拖造半间（3—5架）猪舍，如果场地空闲就拖造一间，做柴房或堆放农具杂物。也有不养猪改建为厕所和浴室的。兄弟俩的房子并排造在一起，天井本是连在一起的，分家后一般砌堵墙，减少接触，以免产生矛盾。

一晃几年过去了。大儿子家生了个女儿，小儿子家也生了个女儿，一下子多了很多事情。两个孩子这个饿了要吃饭，那个急着要拉屎，老两口七手八脚，顾此失彼。家里开始鸡飞狗跳，两个儿媳妇不称心了。

农村里婆媳关系、姑嫂关系、妯娌关系很难处，经常"拌嘴舌"。老两口明白"若要好，老敬小"的道理，也要求儿子们"亲兄弟明算账"，但仍免不了磕磕碰碰，大家嘴上不说，都在肚皮里"做功课"。日子就像一池吹皱了的湖水，再也平静不下来了。两个孙女抢玩具、争吃食，经常要吵架，儿媳妇不开心，一边打孩子，一边指桑骂槐。兄弟俩都装着没听见，老两口却心惊肉跳。

老两口召集家庭会议，商量对策。大儿媳妇建议说，老头子在东屋里帮老大家带小孩，老太婆在西屋里帮老二家带小孩，吃喝拉撒分分清爽，小孩子减少接触，矛盾肯定少了。反正前排房子也是东西两间，正好可以分得开。这样一来，等于二次分家，把老两口活生生拆开来分开过了。这样做也有先例，村头巷上司空见惯。大家想不出更好的办法，老两口也只好同意了。从此，老夫妻见面偷偷摸摸，搞得像"轧姘头"。小儿子有点疑惑，小儿媳妇安慰说，老爸老妈六十几岁了，上了年纪又不做床上生活，分开过有啥大不了呢。

熬了一段时间，老头子终于忍不住发火了。想想过去，老头子烧得一手好菜，村上人经常来请他办酒席，"婚丧一条龙"接了生意也找他去帮忙，一年下来能攒不少钱。老太婆有空时去帮种大棚的浙江人捡韭菜，一天也能赚到几十元钱。现在这个鸟样子，既不赚钱，又不轻松，真是吃力不讨好。

前一阵，芙蓉圩里的亲戚带来了一个惊人的消息：老头子隔了几堂的妹妹，喝农药药死了。据说，堂妹的丈夫英年早逝，留下两个儿子，辛苦了大半世人生，终于成家立业。大儿子生个女儿，小儿子生个儿子，让她成了人人羡慕的"好"奶奶。如今两个儿子已分家，她负责给两家带孩子。上午，她帮大儿子家烧好饭，孙女还懒在床上睡觉，她悄悄地锁好了房门，急匆匆地赶到小儿子家。孙子到外婆家去了，小儿子在厂里上班要回家吃饭，她心急火燎地烧好饭，顺手把一盆脏衣服洗了。正忙得头昏脑胀，突然想起孙女被她锁在房里，抬头一看钟，快到吃饭辰光了，她赶紧回过去，打开房门，发现窗子竟然开着，床上的孙女不见了。她大吃一惊，赶忙出去找。刚出门，就听见远处的稻田里有人在尖叫："不好了，不好了，有个孩子掉灰潭里了……"她眼前一黑，跌倒在地上。等她醒来，有人告诉她，孩子淹死了。顿时，天旋地转，她又昏了过去。堂妹哭了几天，想想实在对不起儿子媳妇，就拎了一瓶"百草枯"来到老公的坟前，一口气喝了下去……听到这个消息，老两口沉默了好几天，痛定思痛，是该好好地想一想了。

眼看孙女们越长越高了，老两口也终于想明白了。儿孙自有儿孙福，自己的日子自己过。他们决定自己单独生活，但怎么去和小辈们说呢？出去后又住在哪里呢？租房子吧，既怕村上人嘲笑，又怕亲戚骂儿子不孝。突然，老头子灵机一动，大门口的晒场上不是有块空地吗？雇几个泥瓦匠砌两间平屋，一间做厨房烧饭，一间搁张床睡觉。不久，平房造好了，虽然简陋，但收拾得干干净净，既接地气又不用爬楼梯，老两口觉得终于解放了。老两口有积蓄，女儿们逢年过节回来也有孝敬，有时还能出去赚点钱，觉得自由自在很逍遥。遇到农忙季节，老两口主动多烧点饭菜，喊儿子媳妇们一起来吃，不来吃也不强求，就赏给门口的那些鸡和鸭，还有那条整天摇着尾巴跟东跟西的狗。不远处有无人耕种的荒地，老两口抽空去拾掇，种了不少蔬菜，自己吃不完，多下来的洗干净了放到两个儿子的厨房里。从此，是非少了，即便有也眼不见为净。

两个孙女是爷爷奶奶的心肝宝贝，从小一把屎一把尿拉扯大的，天生的亲情啊，难以割舍。她们的事情，每一样都牵挂在老两口的心头。逢年过节发红包，零食玩具不断买，惹得孙女们争先恐后地跑来要和爷爷奶奶一起睡。两个女儿带着孩子回娘家，大包小包来，顺手牵羊走，也不必躲躲闪闪了。大儿子经常过来问寒问暖，帮忙做点事情。

傍晚，老头子喜欢搬张小板凳坐在屋外吃老酒。骨牌凳上经常有自己钓的鲫鱼，照的黄鳝，炒的黄豆。出去帮忙烧菜时，主家还会送点剩菜和稀罕的吃头，惹得村上的小狗小猫团团转。酒是自己酿的老白酒，不凶，有点甜，孙女们像两只小燕子，飞过来喝一口，搂着爷爷的脖子咯咯笑，小脸蛋红红的。平屋里虽然冬冷夏热，老两口从不埋怨，每天看着对面的亲人们进进出出，觉得很满足。

　　一晃十几年过去了。老两口都八十几岁了，身体越来越差。大孙女出国读博，小孙女也在大城市里上大学，如此有出息，老两口觉得很自豪，每天要念叨几遍。老头子查出了肺癌，在床上躺了半年多，儿女们还算孝顺，轮流来服侍，奈何老头子已病入膏肓，无回天之力。到最后，一口痰上来堵住了喉咙，走了。

　　临终前，老头子抓着老太婆的手说："我不想走啊，能不能叫儿子再送我去趟医院，最后再去看一次，我死也甘心了……"老太婆流着泪去求小儿子，小儿子叹了口气："医生说的，没用了，再去就是人财两空。"大儿子听说后，含着眼泪喊了辆面包车，驮着父亲最后去了一趟医院。

　　灵堂设在大儿子的房子里。村里的规矩，一条巷上每家出一个人来抬棺材，无论你当多大的官还是做多大的老板都要去，否则轮到自己家里办丧事就没人帮忙了。出殡时，几十只花圈开道，请来的洋叭队卖力地吹奏着哀乐，全家老小白头白扎，披麻戴孝。大儿子捧着父亲的遗像走在长长的送别队伍前面，小儿子跟在后面几步一拜一磕头，一个老人拎着纸钱边走边洒，几个大孩子奔前奔后放炮仗。村上的帮忙人训练有素，两个人扛着长凳，八个人抬着棺材，走几步搁一下，走几步再搁一下。女眷们跟在最后面，老太太流干了眼泪，被孙女搀扶着低声啜泣，女儿们早已哭哑了喉咙，只剩下两个儿媳妇呼天抢地的哭喊声。

远处，传来哭丧婆断断续续、撕心裂肺的呼唤。

中午时分，去火葬场的队伍回到了门前。按惯例，骨灰盒要在家里搁一下，拜祭一番才送到坟上。大儿子捧着遗像走在前面，进了设在自家东屋的灵堂，放好照片准备磕头，却发现小儿子没有跟进来，顿时大吃一惊。小儿子自顾自捧着骨灰盒拐进了西屋，把父亲的骨灰盒放在了小儿媳妇刚刚搁好的长台上，也准备上香磕头。大伙呆住了，大娘舅赶紧出来协调。小儿子哭着说："父亲生前只在东屋住过，后来一直住在门外的矮屋里，从来没有在西屋住过，现在他走了，好歹要让父亲在自己的屋里待一会……"大儿子本来火冒三丈，听小儿子这么一说，顿时泪流满面。

明面上小儿子夫妻俩会做人，实际上让骨灰盒先进自家门是讨吉利的。农村里有"抢棺材"一说，为了保佑子孙升官发财，经常会出现兄弟反目的事情。大儿媳妇铁青着脸，村上人摇着头说：活着孝，才是真的孝。

转眼又过了两年。老太婆在厨房里烧饭，突然嘴一歪，躺在地上动也不能动。医生诊断：中风瘫痪，无法治愈。这下可难了，老太太不会说话，大小便失禁，成年累月在床上，长病无孝子啊。儿女们轮流服侍熬了大半年，便开始推三阻四、怨声载道了。怎么办? 送到自费的敬老院里去, 一个月可要好多钱呢。两个女儿主动提出愿意承担一半医疗费, 两个儿媳妇怕沾手, 也只好同意承担另一半。老太婆在那里住了一年多, 最后身体衰竭被送回家, 搁扇门板躺在场门前的老屋里。不打吊针不输氧, 水米不进一个多星期了, 眼看就要走。

天气炎热, 屋门前早已搭好了凉棚。农村里啥都能省, 但红白事不能马虎, 面子很重要。父亲走得仓促, 丧事从简, 母亲的丧事是最后一遭了, 必须办得风风光光。兄弟俩托人买了几十桌菜, 都堆在厨房里。两个孙女一个在北京, 一个在上海, 这次也都请假回来了。医生说拖不过三天的, 可老太却很顽强, 又熬了三天, 就是不咽气。这下完蛋了, 买的几十桌菜眼看都要报废了, 损失上万元钱呢。兄弟俩急得团团转, 像热锅上的蚂蚁。

大女儿看不过去了, 悄悄地拉着母亲的手说:"姆妈啊, 菜都要坏了, 你就早点去陪爹爹吧⋯⋯"老太果然很听话, 腿一蹬, 立马就走了。

顿时, 哭声震天, 哀乐齐鸣。

运河之畔

　　大运河，一条古老的人工河，在广袤的土地上默默流淌千年，孕育着古老灿烂的文明；大运河，一条慈祥的母亲河，哺育了一代又一代两岸儿女，繁衍生息。河水静静流淌千年，诉不尽多少风流人物；碧水悠悠，道不完多少前尘往事。

　　运河之畔，有一个美丽的乡镇，它曾是全国首批亿元乡，工业产值一度领全国之先，被称为"中国最佳乡镇"，它就是美丽的无锡市惠山区前洲街道。蒋柏伦，就是这个小镇的孩子，从小在运河畔摸爬滚打，悠悠运河水啊，温情又坚韧，滋养着他，磨砺着他，长大后成为运河之畔的冶金人，一个投身在"火热"事业中的人。

一

　　蒋柏伦出生在打铁世家，自小就爱跟着父亲转，耳濡目染中，他成为一名打铁好手。铁与火的淬炼，让他墩实、坚韧，敏捷、大气，不仅孔武有力，而且目光锐利。20 世纪 70 年代中期，他参与筹建前洲最早的乡镇企业前洲砖瓦厂，后来又在前洲农具厂担任过车间主任、供销科长、副厂长、厂长、支部书记等职务。

80 年代中期，全乡集中生产纺织印染后整理设备，不锈钢薄板用量激增。有一天，上钢三厂的办公室主任徐仁秋来前洲开会，无意中说起上钢三厂开坯能力不足，参与接待的蒋柏伦心动了。不过，开坯需要建一条 650 轧制生产线，起码需要两千多万元的投入，这在当时简直是一个天文数字。钱到哪里去筹呢? 万一失败怎么办? 一系列的问题摆在蒋伯伦的面前，一时之间，有些犹豫。他来到了运河之畔，望着日夜奔流的运河水，陷入了沉思，心里涌出几分不甘。

"办法总比困难多，我要么不搞，要搞就搞大的，而且一定要搞成!" 面对挑战，蒋柏伦暗暗发誓。"小蒋别怕，只要有心，没有办不成的事!" 老领导石干城这样鼓励他。

1986 年的春天，上海第三钢铁厂与无锡前洲钢厂签约联合经营，因取"三厂"和"前洲"之意，新办企业命名为"三洲钢厂"，崭新的一页翻开了。一切，都向着美好，悠悠的大运河水，欢快地一路向前。

二

有了项目，接下来就要选址建厂，蒋柏伦带领其他创业者，进行现场踏勘。走上锡澄运河大堤，面对宽阔的河面和由南向北流去的河水，蒋柏伦的眼睛发亮了。他大手一挥："我们的新厂，就建在运河边上，这样可以节省大量的运输成本。"经过多次论证，厂址最终定在锡澄运河吴巷站至龙潭站之间。为了尽快开工，县主要领导牵头，召集各有关部门现场办公，对三洲钢厂的二百多亩建设用地分多批次审批，以创新的方法保障了项目的建设。

新项目设计了厂区挖入式港池，这样运输船队可以直接开进车间，进一步提高运输效率，降低成本。蒋柏伦身先士卒，和建筑工人一起吃住在工地上。流了多少汗，不记得了，每一滴都融入了这滔滔不绝的运河水中；受了多少伤，不记得了，轻伤不下火线，困难吓不倒这群铮铮铁骨的汉子们；要吃多少苦，管不了了，每挖一方土，每搬一块石，仿佛都能听见千年前开挖大运河的劳工们急促的呼吸。听，号子调虽不同，却一样嘹亮；看，忙碌穿梭的场景依旧，只是前人遭受逼迫，而今却心甘情愿。大家一起为了更好的明天而努力，再苦再累都值得啊。就这样，他们硬是通过肩扛手抬，人工挖掘，日夜开工，艰辛备尝，终于将一个巨大港池挖出来了。

土地落实了，资金哪里来？还有一千多万元无着落；资金缺口是最大问题。多少次午夜梦回，他辗转反侧，再难入睡；多少次，风里来雨里去，四处奔波周旋，帆布鞋磨破了，嘴皮子也磨破了。所幸，几经周折后，他们与无锡市物资局达成了合作，成功融资，终于解决了工程资金的缺口。

为了节省建设资金，蒋柏伦奔波在前洲与上海之间，比村里人上街还要频繁。在上海冶金局的指导和专家的策划下，蒋柏伦团队利用前洲机械行业优势，采用购买备品备件拼装成套设备的方式，急缺的部件没有原材料，就购进旧船，拆下船板，自己加工组装。这是一个从未尝试过的创举，一条庞大的650轧制线，终于在极其艰苦的条件下安装完毕，并如期投入使用。当年12月，就提前达到开坯10万吨的产量。

《中国冶金报》为此专门报道称："乡镇冶金企业配备650型轧机的，在全国范围内，前洲是第一家。"各级领导也称赞该项工程实现了"三个一"，即项目一年竣工，试制一次成功，产品一举达标。

三

80年代后期，全国各地都在兴办校办企业，三洲钢厂也挂了前洲中心小学校办厂的牌子。随着三洲钢厂的名气越来越大，眼红的人就来了，有人说："校办企业也能炼出钢来？肯定有猫腻。"于是，省市税务局的领导下来检查核实，蒋柏伦向他们汇报："我们办校办厂的目的，是取之于民、用之于民，将免税的一部分钱交给学校，建造校舍，购置教材，从而振兴前洲的教育事业，这也符合'放水养鱼、造福乡里'的政策。"领导们听了、看了，认可了。他们说："那么多校办企业，开开关关，像三洲钢厂这样，真正能造福人民群众的，才是税务部门要精心培植的企业。"事实也证明，三洲钢厂逐年发展壮大，成为惠山区的纳税大户。

进入90年代，投资性需求飞速增长，全国经济进入了快车道。蒋柏伦以敏锐的目光瞄准市场，预计建筑钢材的市场前景一定很好。于是，决定扩建和改造型钢车间，生产建筑用螺纹钢、角钢等型材。但是，生产型钢的450轧机，在调试过程中，多次发生冷钢窜导位和冷条飞钢情况，本来几天就能完成的调试，搞了半个月还没完成。蒋柏伦亲临一线，带领总工程师、技术人员和生产骨干，现场分析，攻坚克难，经过二十多天的不懈努力，型钢车间的轧机终于调试成功了！以此，三洲钢厂也可以生产各种规格的螺纹钢了，这也成为后期新三洲钢厂成功招商引资、生存发展的关键。

由于全国大大小小的钢铁企业一哄而起，型钢投产后，市场并未如想象中的爆发，价格还逐渐下降。面对困境，只有开发新品种，才能抢占市场。为此，蒋柏伦专程赶到中国钢铁行业的技术智囊——北京科技大学去寻求良方。蒋柏伦不厌其烦，对市场前景进行了条分缕析，并真心诚意地提出了合作意向，北科大最终同意与三洲钢厂共同开发桥梁伸缩缝用C字钢。经过数轮设计、修改、检测、调整，终于研发成功，样品送至用户单位，得到了很高的评价。他们又趁热打铁，开发了高速公路用围栏钢、煤矿作业用锚杆钢、汽车用轮辋钢和王字钢等新品种，为三洲钢厂抢市场、增效益打下了坚实基础。

居安思危、先人一着的观念深深地扎根在蒋柏伦的头脑里。为了避免在原材料上被人卡住脖子，蒋柏伦决定建一台自己的炼钢炉。他们打听到意大利有一台二手超高功率的50吨电炉要转让，马上组织技术人员赶到意大利，现场察看、订购。设备运回后立即整修、安装，并很快投入使用，解决了瓶颈问题。

2000年，惠山区刚刚成立，经济实力相对薄弱。招商引资、盘活闲置资产，成为当时的头等大事。蒋柏伦及其团队四处奔波，多次考察，电炉车间的招商迎来了福建长乐的民营企业，蒋柏伦与以林立纯为代表的投资商进行了多轮的谈判，最终商定由他们出资1.2亿元，续建50吨电炉连铸工程。是年8月24日，无锡新三洲特钢有限公司正式成立。

四

三洲钢厂这个高起点、上规模的技术密集型企业，从破土动工到一次性试产成功，仅仅用了一年时间，而且产品质量一次性达标，创造这样的奇迹，靠什么？当然是靠人才。

人才从哪里来？首先要面向全国，招聘能人。蒋柏伦认为，"星期六工程师"也是很好的选择。这些从上海来的高级工程师，利用各种休息时间来厂指导设计，培训骨干，参与技术管理，是当年乡镇企业赖以生存的关键一招。建厂初期，生产车间的主要设备三联箱出了问题，没有配件，也没有多余的备品。这时，蒋柏伦从上海请来了七十多岁的退休工程师邱翔根，他凭着丰富的经验和七级钳工的技艺，将一只从苏联拿回来的二手三联箱进行了改造，让这只"旧货"用了六年之久，创造了奇迹！

同时，蒋柏伦注重培养本厂的人才，常说"借来的老婆焐不热脚"。平时一有时间就钻到车间里，向厂里的技术骨干学习；外出洽谈业务时，也抓住各种机会向厂外的能人讨教。他还选派了几批人员到上钢三厂跟班培训，回厂后都成为生产、技术、工艺和设备等方面的骨干。

这些年来，三洲钢厂依靠人才发展企业，1990年就达到产值、销售双双超亿元。2017年开始，新三洲建立"超低排放、精品特钢"的新模式，挖掘人才是转型发展的首要任务。前来应聘的一个生产厂长，提出远超行业水平的年薪要求，引起了不少人的质疑。蒋柏伦却说："他没有金钢钻，是不敢揽这个瓷器活的。"果真，这个厂长到任后，改进工艺，降低消耗，同样的装备，产量提高了近一倍。

三十多年过去了，三洲钢厂已转型发展。股份制以后的新三洲钢厂，秉承的依然是这样求贤若渴的理念，通过招聘人才，培养人才，不断自我革命，不断适应新时代的新要求，创造出了新的辉煌。

五

"不能改变环境就要改变自己，不适应这个时局就要出局。"这是蒋柏伦经常对管理层说的话。管理企业，要跟着时代潮流走，审时度势，创业创新。

三洲钢厂是重资产企业。转制后，原有厂房的一半给福建厂商刘茂见，合作生产热轧矽钢片，另一半地方闲置。原来的电炉成为了半拉子工程。如何盘活它？蒋柏伦又招进了福建厂商林立纯，成立"新三洲"。随着市场的变化，三洲冶金产品销路不畅，整个生产线萎缩，年年亏损，随时面临倒闭的风险，更严峻的是还有九百七十名员工要安置。如何妥善安置员工，是一个巨大的挑战。蒋柏伦遵照转制企业的相关标准，设身处地为他们着想，全力落实社保政策。虽然其间也有冲突与对峙，但经过深入细致的疏导工作，终于化解了矛盾。既保障了员工权益，又为企业之后的发展解除了后顾之忧。2011年底，在政府的主导推动下，新三洲特钢兼并重组三洲冶金，拆除了新老三洲间的"柏林墙"，为新三洲升级改造、转型发展，提供了宝贵的厂房、土地、港池等重要资源。

2010年至2013年，国家进一步严控钢铁行业发展，出台了环保排放新标准。工信部也推出了条件更加苛刻的准入制度。新三洲虽然在之前的改造中环保投入巨大，但在"烧结脱硫"这个环节，由于前期缺乏成熟的工艺尚未建设完善。在此情况下，蒋柏伦主动与工信部、中钢协等部门对接，详细了解工信部准入条件的各项细则，并与厂内的实际情况逐一对照，梳理薄弱环节，排出重点整改事项，全力保障验收一次过关。针对脱硫未建的现实问题，派遣环保管理人员，迅速到全国几个大型钢企考察，并组织专家、顾问现场会诊，及时提出了建设方案。

2013年9月28日，工信部采取看现场、听汇报、查材料的形式，正式对新三洲进行现场核查，重点审查企业的工艺装备、节能环保设施及运行状况。检查比较顺利，脱硫工程虽然尚未建设完成，但幸好快速反应、快速实施，得到了工信部审查组专家的认同。随着工信部正式公告的出台，新三洲第一次得到了国家级部委的认可，进一步提升了企业在行业内的形象。

但是，由于行业寒冬的来临，全国众多钢铁企业出现停产、倒闭的情况，安全、环保、成本成为随时可以击垮企业的生死关口。怎么办？新三洲上上下下危机感顿生。蒋柏伦意识到，必须转变观念，才能在夹缝中生存。

　　最好的办法当然是节能降本。他们一是改进技术，针对转炉和高炉煤气放空的情况，建设了煤气综合利用发电系统，产生的电能不上网，直接回用于生产系统，在减少大气污染的同时，进一步降低企业运行成本；二是严控生产成本，进一步挖掘潜力，建立起股东、管理人员、普通员工和企业的命运共同体。要求各生产车间在确保安全和环保的基础上，制订车间定员标准，制订原辅材料、能源消耗等各项考核指标，杜绝一切浪费，大幅度减少公司的制造费用；三是加强各分厂的二级库管理，备品配件回收维修，二次利用。通过一系列的自我加压、全面提升，新三洲的转型发展终于跨出了坚实的一步。

六

　　每个企业的发展都不是一帆风顺的。在新三洲的发展中，有生死攸关的惊心动魄，也有凤凰涅槃的欢欣鼓舞。

　　在 2015 年那个寒冬，新三洲虽然在降本节支中勉强生存，但还是面临资金枯竭、几近停产的困境。当时，钢材价格连续下滑，螺纹钢最低跌落到 1650 元 / 吨，价格不如白菜。钢铁企业正式进入浴血求生、刺刀见红的关键时期。区委、区政府高度重视，专门就新三洲的资金风险和转型发展工作召开会议，共同商讨帮助企业度过难关的方案。另一方面，新三洲内部也积极进行行业对标，寻找差距，加紧整改，快速实施棒材车间智能化改造等项目，极大地缓解了企业的困境。

新三洲依靠政府，依靠自身，在经历了艰难而漫长的涅槃重生期后，逐步转危为安，企业生产经营重新步入正轨。

2016 年下半年开始，国家的钢铁去产能工作全面推进，彻底清除中频炉、地条钢，为整个钢铁行业带来了生机。新三洲的产品由于质量过硬，一时供不应求。新三洲的棒材车间改造项目投入运行后，生产成本大幅下降，产品精度全面提升，这些都成为提增利润的有利因素。原有的高炉、转炉系统，在更换了管理人员后，面貌完全改变。各车间主动寻求技术改造，从而压降成本，提增产量。在提升"转炉废钢比"后，又在全国率先实施了"高炉加碎铁"工艺，一举将公司的铁水产量、钢产量等生产指标，提高到行业领先水平。

企业的生产经营理顺后，公司也确立了绿色转型发展的更高目标。一是投资三亿元，分步建设全封闭料场等环保设施，进一步实施绿色钢企的目标；二是投入三千多万元，进行道路建设和绿化改造，修建员工停车场、篮球场，提升企业形象；三是加快产品升级和转型的步伐。这些都是现代企业生存发展的必由之路。

十三五期间，公司总投资二十亿元，以"超低排放、精品特钢"为高质量发展目标，加快转型发展步伐，重点实施了绿色超低排放的智能化改造，加快废钢铁资源循环利用产业开发。通过引进行业内的顶尖人才，强化现代企业管理，各项经济指标连续刷新，成为行业内成本控制的标杆企业。产值、税收均列惠山区本土企业首位，多年列入无锡市纳税百强。蒋伯伦也被授予"无锡市百名杰出锡商人物"称号。

　　与此同时，新三洲筹建了无锡新三洲循环经济产业园，布局的报废汽车回收拆解、废钢智能化分选破碎、汽车回用件等产业，被江苏省发改委确定为省级"城市矿产"示范基地，并成为国家发改委和住建部批复的全国首批五十家资源循环利用基地——无锡市惠山资源循环利用基地的重点园区。如今的新三洲已经形成了完整的固态、液态、气态废弃物循环经济产业链，实现资源、能源的梯级利用，为新三洲的绿色发展和"产城共融"打下了坚实的基础。

　　蒋柏伦这个了不起的弄潮儿，在年富力强之时就投身冶金这个火热的事业，成为三洲钢厂的创办人；而今，年逾古稀的他依然坚守在这方热土上。得空时，他总爱站在运河之畔，凝望远方，风吹来，新添的白发在夕阳的余晖中染成金色。他深情地注视着奔腾不息的大运河水，眼里有无限的情绪和激荡。"老骥伏枥，志在千里。"是的，火热的事业依然需要像他这样的人来描绘和见证。

　　悠悠的大运河水，坚定、执着，饱含深情，一往无前。

跋：文学的边界

丁 一

我与周宏伟虽是新交，但他从事文学创作至今，已到了耳顺之年。去年他发来一组散文，读后感觉不是写作上的新手，句式经纬分明，很少出现文字的逻辑差错，直觉让我认定他的许多文字经过了岁月的沉淀，特别是一些叙事散文的情节，觉着分量不轻，不但有味，而且常常能触碰到心。如《父母的婚礼》《父亲的遗嘱》《母亲的牵挂》《北七房》《周家巷》等。深入接触后，才知他是一名写作几近四十年的老作者了。

正如他在自序中所写："年轻时在市属企业从事宣传工作，自谓正宗的文艺青年。20 世纪 80 年代末至 90 年代初，在无锡县报、无锡日报和其他媒体发表过不少文章。不料国企转制，我只好辞职下海，自己开厂创业。沉浮商海，忙忙碌碌，一晃竟然二十多年过去了。在此期间，我从没有正正经经地写过一篇文学性的文章。虽然已为商人，但心中的文学梦，从来没有湮灭。"自 2022 年 3 月起，甘守寂寞的周宏伟，怀揣着收获的喜悦和笑容，在《北方文学》《天津文学》《散文选刊》《海外文摘》《阳光》《都市》《青春》《红豆》《海燕》《雪莲》《作家文摘》《工人日报》《河南工人报》《广西民族报》《无锡日报》《江南晚报》《中国乡村》等文学期刊、报纸和"中国作家网""江山文学网"以及"无锡作家""惠山文心""学习强国"公众号，发表了一百多篇散文。这样的创作量，有点不可思议。

在资本的逻辑里，靠写作的人，从事没有实用价值的文学，一般是无法安身立命的，贫穷甚至会让写作的人变得焦虑。但文学是有边界的，思想和意义就是它的边界，它能让读者接受灵魂中爱与美的教育，因而常能让周宏伟在文学的生命里，成为醒着的人。时光在不疾不徐中流淌，他感受着生活中的每一个细枝末节。虽然很多旧事，已被记忆忘却，但风雨雷电却一直保持着岁月的姿式，在周宏伟的笔下孵化成文字，字字句句都不肯放过，字句之间处处皆有埋藏。这既是上帝对周宏伟文学之路的眷顾，也成为他人生中最核心的能力。无疑，这是他几十年坚持不懈地读与写的结果。

生命中总会有许多事件，写作的人不是看到了希望才去坚持，而是因为坚持了才会看到希望，作家更需要保持独立自由的灵魂，才能获得最大的自信。正如周宏伟在《追梦之旅》结尾中跳动的文字所描述的那样："我发现初心还在，当年的文学底子也没荒废，连续的写作竟让我重温了年轻时的梦想，让我依然可以为自己的爱好而快乐。退隐江湖，重温旧梦，是一件幸福的事情。心中有梦，自然就有诗和远方。"有了这份文笔精纯的追随，便有了他文学心脏的脉动。他在繁忙的工作之余，静下来进行文学创作，在一笔一划中，慢慢地把真实的日常感悟，把对生命的态度写进文字，苦苦地追寻自己独特的文学语言。

　　一方山水养育一方人，坎坷的人生经历，把周宏伟的文笔锻打得既成熟又老道。《故乡的那座桥》叙事严谨条畅，不仅讲究法度，十分情深意切，且写得十分顽强。该篇与《北七房》《周家巷》同工异曲，各有千秋，那座桥便是江南夏日的黄昏；便是水村山郭，花开树生，绿肥红瘦；便是一番风雨，千里莺啼，淡雅而隽永。其中一段写得十分精彩："农村里的孩子，六七岁就会游泳，平日里常在河里嬉耍，扎个猛子就是几十米。游到对岸去偷几个瓜来尝尝，根本不费劲。王阿二是个癞痢头，两道鼻涕，始终揩不干净。也从来没见他穿过新衣裳，都是他哥哥的才皮头（旧衣服），脚趾头总露在破鞋子外面乘风凉。虽然家里穷，但他厚道、勤快，所以我愿意和他轧朋友。昨晚我俩密谋去偷瓜，很激动，一晚上几乎没睡着。"这些似乎从葳蕤草地里散发出来的幽幽香气的描写，前后照应、铺叙白描、气脉贯通，没有任何咬文嚼字、雕章琢句的痕迹，更没有堆砌典故，内容空虚无物的浮华。儿时农村的生活场景，展现得自然明朗、轻松流畅、洒脱顽皮、神灵活现、自成一格。新尝试写作的人，很难把汉字把握得这么利索干净。

　　特别是周宏伟笔下的父母亲，既平凡也伟大："母亲是个城里的洋小姐。小时候住在无锡市书院弄，中山路上有好几爿皮箱店是外公家开的，自小家境优渥。无锡解放时恰好从圣德中学高中毕业，又恰好遇到父亲创办的群胜小学来城里招聘老师，于是，郎才女貌，志趣相投，一段美妙的姻缘就这样成就了。小学办在乡下的祠堂里。没自来水，没水泥路，没抽水马桶，这些对于自幼生活在城里的娇小姐来说都是要命的。相比之下，没有工资反而是无关紧要的，上课、备课、吃饭、睡觉全在老屋子里……圣德中学的教堂里，当年曾流淌过母亲柔风细雨般的钢琴声，如今的北七房老街已是一片废墟，但老人们似乎还能听见马老师嘹亮清澈的歌声。百年沧桑的北七房小学，永远留着母亲三十八年的辛勤耕耘和桃李芬芳。"物理意义上的圣德中学教堂，让人能产生一种躺在阳光里吸吮蜜汁的感觉。那里不但留下爸爸流着热泪在朗读法国小说家都德的《最后一课》的回声，也留下了妈妈弹奏着冼星海作曲的《黄河大合唱》的钢琴声，悠远地飘向北七房老街……这篇散文章法结构细腻，细腻但不平板，委婉但不绵软，真情直语，排空而下，具有很强的艺术感染力，感人至深，蕴含着百感交集的复杂心理和审美矛盾，给人留下一种清高且不落俗套的感觉，那种境界本非笔墨所能传写。然往事并不如烟，难以自禁怀念，苍凉的诗篇，凝聚为淡泊重逢，记忆之中的永恒，收容过往，高旷清超，或开启或封存，回忆任由点滴，于叙述之中打磨往昔之岁月，犹如雕琢琥珀，恍若再度轮回，植根于时光之岩，静谧无动，却皆为刻骨铭心。正是周宏伟人生性格、情操和美学趣味的反映。真可谓"众里寻他千百度，蓦然回首，那人却在，灯火阑珊处。"从这样的家庭里走出来的孩子，能没有出息吗？

　　人的一生就像一条河，开始是涓涓细流，被狭窄的河岸所束缚，然后，它激烈地奔过巨石，冲越瀑布。渐渐地河流变宽了，两边的堤岸也远去，河水流动得更加平静，最后它自然地融入了大海。做人应多学水的智慧，不言胜万语，柔中有刚，在干净通透中，得大自在，处处逍遥，风光绮丽。周宏伟是睿智的，有情怀有担当，更是一位有思想的写作者。在文学的激流中，他不断左冲右撞，行走在那些未曾失去的守望之路，经几十年努力，终于顺理成章地流向了文学的海洋，并在大海中深情地畅游着。随着时间的推移，周宏伟终于要出版他的文学专集了，我既觉得有点意外，又觉得是一种必然，更觉得周宏伟给了我一种美学上的享受。

写些与本文似乎无关的题外话。古希腊爱菲斯学派的创始人赫拉克利特，是一位富有传奇色彩的哲学家，他出生在伊奥尼亚地区的爱菲斯城邦的王族家庭里。他本来应该继承王位，但他将王位让给了他的兄弟，自己跑到女神阿尔迪美斯庙附近隐居起来。他有一句话说得特别好："人不能两次走进同一条河流。"意思是河里的水不断流动，这次踏进河，水流走了；下次踏进河时，流来的是新水。河水川流不息，所以人们不能踏进同一条河流。

他还说过一句非常哲学的话："你永远找不到灵魂的边界，即使你找遍所有道路，也是如此。因为它的原因隐藏得非常之深。"哲学停止的地方，必然会让文学去解决人的灵魂边界。文学，起源于人类的思维活动，是表达客观世界和主观认识非常高级的手段，代表着一个民族的艺术和智慧。文学需要懂得，懂得是一种智慧；智慧能增长，那是聪明。中国现代小说的人物，如果男人能写到阿Q这样，女人能写到祥林嫂这样，知识分子能写到孔乙己这样，可以说是非常成功了。可惜近百年过去，中国的作家，还没写得过鲁迅先生笔下的哪怕是其中的一个人。什么原因？近百年来我国的小说家，还没有谁能达到解决人的灵魂边界的高度。

如是，散文也逃不出这个怪圈。

写了以上与本文似乎并没有关联的赫拉克利特，是想和周宏伟进一步探讨，文学的风范，文学的哲学灵魂，文学的审美指向。文学的边界到底是什么？我想文学的边界应该是人学，搞写作的人，如果不能心怀崇高信仰，如果抉择的判断标准，仅仅满足于发表了多少篇而沾沾自喜，是没有出路的。我想文学的深度，特别是散文的深度需要时间和灾难的捶打。文学家特别是写散文的作家，应离热闹远一些，这意味着离沦陷远一些。人活到简静，不是没有了烦恼，而是不再自寻烦恼。这是人的精神上优势，是人取之不尽用之不绝的优势。灵魂的活动空间是人的心量，心量有多大，世界就有多大。我们必须要储备一种写作上的勇气，散文就是从心里长出来的勇气与优势，而不是由自己做出来的。时间更贵，一定要去做有意义的事情。对散文精神力量的传递与审美力量的体悟，能确认作家创作的意义所在，一篇简约、有品位、高雅的作品，让人心仪，自然也能激活这个时代。《道德经》七十一章中有一句："不知知，病也。"意思是不知道却自以为知道，这是很糟糕的事。人世间所有的东西，都抵不过时间和现实，让人成熟的从来都不是年龄，而是经历。清平烟火，袅袅徐徐；柴米油盐，青梅白首；点点滴滴，琥珀才有了包浆。我们的写作，要从世界观中去建构宇宙这个大系统，从灵魂深处不断探讨人与自然的关系。文学的所有可能性，都在作家们不断奔跑的路上。这条路既是思想的心路，也是落花成丘、望穿秋月的美好。服安眠药自杀、享年仅三十五岁的日本小说家芥川龙之介，他的代表作《罗生门》中有一句这样话："我曾听说过住在罗生门的恶鬼，是因为害怕人性的残忍而逃走的。"文学需要深度，深度需要时间和灾难的捶打。行于大道，唯施是畏。爱，关乎于己，止乎于人，唯有不懈努力才能获得心的解放。周宏伟肝肠似火，手擎着人格的火炬，照亮着前行中的文学之路，平和而从容地从文学的大道上不断走向光明。文学，向他张开了拥抱的姿式，欢迎着这位文学界的后起之秀，并期待着他作品的井喷和文学的高峰。周宏伟是执著的，更是幸运的。

命运在春天有着很强的情绪，隐藏在他生命信息库里内在的密码，常常或隐或现、或闪或烁地出现在他记忆的隧道，激发着他对文学在美学意义上重新认定，也促发他在文学的价值体质再次审视。顺便提个建议，从周宏伟散文写作的对话和场景描写的叙事方式来看，以我的愚见，他有写小说的很大潜能，如果坚持下去，将来必有大成。

祝周宏伟在文学之途上，越走越远，越走越光明……

2023 年 11 月

（丁一，中国作家协会会员，国家一级作家，中国散文家协会常务副会长，江南影视学院教授、泰国清迈大学研究生导师）